新訳《しんやく》

アンの青春《せいしゅん》（上《じょう》）

完全版《かんぜんばん》

—赤毛《あかげ》のアン2—

L《エル》・M《エム》・モンゴメリ・作
河合祥一郎《かわいしょういちろう》・訳
南《みなみ》 マキ・カバー絵
榊《さかき》 アヤミ・挿絵

角川つばさ文庫

アヴォンリー村《むら》へ
ようこそ
Illustration by
Noboru Sugiura
リンド夫人《ふじん》の家《いえ》
海岸通《かいがんどお》り（ホワイト・サンズ街道《かいどう》）
ホワイト・サンズへ
カーモディ街道《かいどう》
教会《きょうかい》
公会堂《こうかいどう》
郵便局《ゆうびんきょく》
ギルバートの家《いえ》
きらめきの湖《みずうみ》
カーモディへ
グリーン・ゲイブルズ（アンの家《いえ》）
おばけの森《もり》
ハリソンさんの家《いえ》
ロバート・ディクソンの家《いえ》
ダイアナの家《いえ》
丸木橋《まるきばし》
学校《がっこう》
恋人《こいびと》の小道《こみち》
やなぎ池《ウィローミア》
ニューブリッジ街道《かいどう》
樺《かば》の道《みち》
ブライト・リヴァー駅《えき》へ
荒野楽園《アイドルワイルド》
すみれの谷《たに》

登《とう》場《じょう》人《じん》物《ぶつ》

アン・シャーリー

親《おや》がいない、16才《さい》の夢見《ゆめみ》る少女《しょうじょ》。
カスバート家《け》で育《そだ》てられ、
今《いま》やアヴォンリー小学校《しょうがっこう》の新人教師《しんじんきょうし》に。

ダイアナ・バリー

アンのいちばんの親友《しんゆう》。16才《さい》。
フレッド・ライトと恋愛中《れんあいちゅう》？

ギルバート・ブライス

18才《さい》。アンたちの幼《おさな》なじみで、カーモディ小学校《しょうがっこう》の新人教師《しんじんきょうし》。アンのことが好《す》き。

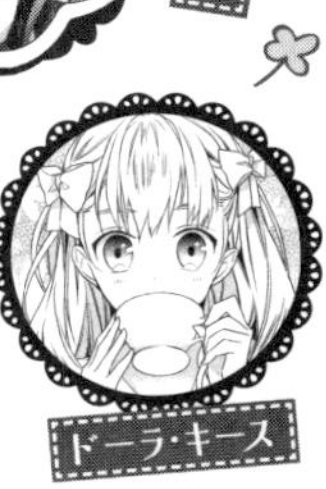

ドーラ・キース

デイヴィーとふたごの女《おんな》の子《こ》。おとなしい、いい子《こ》。

デイヴィー・キース

カスバート家《け》にやってきた、いたずらざかりの6才児《さいじ》。

マリラ・カスバート

アンの母親《ははおや》がわり。兄《あに》のマシューを亡くしたばかり。

アンソニー・パイ

悪名高《あくみょうだか》きパイ家《け》の少年《しょうねん》。クラスでただ一人《ひとり》、アンに反抗的《はんこうてき》。

J・A・ハリソン

アンの家《いえ》のとなりにひっこしてきた変人《へんじん》。気《き》むずかし屋《や》。

ポール・アーヴィング

10才《さい》。アメリカからきた転校生《てんこうせい》。アンと気《き》が合《あ》う。

板《いた》ばさみのギルバート

とうとう明日《あす》、**新学期《しんがっき》**がはじまります。アンとジェーンとギルバートの**三人《にん》の新人教師《しんじんきょうし》**たちはそのことで立《た》ち話《ばなし》をしていました。

「リンドのおばさまは、最初《さいしょ》から生徒《せいと》を怒《おこ》ってみせなきゃって言《い》うのよ。でも、教師《きょうし》が怒《おこ》るなんてよくないでしょ。」と、アン。

「規律《きりつ》をたもつには、怒《おこ》るべきだわ。**たっぷりむちで打《う》つのよ**」

「だめよ、ジェーン、子《こ》どもをむちで打《う》つなんて！　むちなんて、まったく意味《いみ》がないもの。」

「そうかしら。**ギルバートはどう思《おも》う？**　ときにはむちも必要《ひつよう》でしょう？」

「むちで打《う》つなんて、残酷《ざんこく》でやばんよね、**ギルバート！**」

「そうだな……」と、ギルバートは、自分《じぶん》の信念《しんねん》と、**アンの理想《りそう》に近《ちか》づきたい**という思《おも》いとのふたつにひきさかれて、口《くち》ごもりました。

新《しん》人《じん》教《きょう》師《し》1日《にち》目《め》！

はじめての授業《じゅぎょう》がおわり、アンは気分《きぶん》が落《お》ちこんでいました。

あまりにへとへとで、**教師《きょうし》の仕事《しごと》が好《す》きになれない**気《き》がしたのです。

好《す》きでもないことを毎日《まいにち》……そう、たとえば四十年間《ねんかん》もやることになったら、どんなにつらいでしょう。

すると、丘《おか》のふもとにポール・アーヴィングがいました。

ポールは、**小《ちい》さなランの花《はな》たば**をアンにさし出《だ》したのです。

「これ、野原《のはら》で見《み》つけたの。先生《せんせい》にあげようと思《おも》って。ぼく……」

少年《しょうねん》は、その大《おお》きな美《うつく》しいひとみで見《み》あげました。

「……**先生《せんせい》のことが、好《す》きだから。**」

「ありがとう。」アンは、香《かお》りのよい花《はな》を受《う》けとって言《い》いました。

ポールのことばが、魔法《まほう》のじゅもんであるかのように、
落胆《らくたん》も疲労《ひろう》も吹《ふ》き飛《と》んでしまい、**心《こころ》に希望《きぼう》がわきあがったのです。**

ドーラが行《ゆく》方《え》不《ふ》明《めい》!?

「アン、**ドーラがいないの!**」マリラが、目《め》を大《おお》きく見開《みひら》いて言《い》いました。

「ドーラがいない!?　デイヴィー、ドーラがどこにいるか知《し》ってるの?」

アンは、ドーラのふたごのきょうだいであるデイヴィーにたずねました。

「ううん、知《し》らないよ。誓《ちか》って、ほんとだよ。」

「ほんの三十分《さんじっぷん》ほど家《いえ》をあけただけなのに……」と、マリラ。

「どこかにいるはずだわ。ひとりで遠《とお》くまで行《い》ったりしない子《こ》だもの。」

家《いえ》じゅう、庭《にわ》じゅう、そして納屋《なや》などのすみずみまで、ふたりは必死《ひっし》になってさがしましたが、ドーラは見《み》つかりませんでした。

「**たぶん井戸《いど》に落《お》っこちたんだよ。**」デイヴィーが陽気《ようき》に言《い》いました。

アンとマリラはぞっとして、たがいの目《め》をのぞきこみました。

その考《かんが》えは、ずっと頭《あたま》にあったのですが、どちらもことばにすることができないでいたのでした。

大《だい》失《しっ》敗《ぱい》で大《だい》爆《ばく》発《はつ》!!

セント・クレアは、こっそりと**小《ちい》さな包《つつ》み**をジョゼフに渡《わた》しました。

アンは、それが学校《がっこう》に持《も》ちこみ禁止《きんし》のナッツケーキだと早合点《はやがてん》しました。

「ジョゼフ。その包《つつ》みをここへもってきなさい。」

ジョゼフは、びくっとして、はずかしそうにしたがいました。

太《ふと》っていて、おびえるといつも赤《あか》くなってしまう男《おとこ》の子《こ》なのです。

「それを**ストーブの火《ひ》のなか**に投《な》げ入《い》れなさい」

「あ……あ……あの、せ……せんせ……でも……これは……」

「ジョゼフ、先生《せんせい》の言《い》うことを聞《き》くんですか、**聞《き》かないんですか**」

こんなアンは、はじめてです。生徒《せいと》のだれも見《み》たことがありません。

ジョゼフは、セント・クレアをこまったようにちらりと見《み》てから、
ストーブのところへ行《い》き、小《ちい》さな包《つつ》みを投《な》げこみました。

とたんに大爆発《だいばくはつ》のような音《おと》がさく裂《れつ》したのです!

もくじ

Anne of Avonlea
by L. M. Montgomery

前巻《ぜんかん》までのあらすじ

11才《さい》で孤児院《こじいん》からグリーン・ゲイブルズのおうちにやってきたアンは、想像力《そうぞうりょく》にあふれた元気《げんき》いっぱいの赤毛《あかげ》の女《おんな》の子《こ》。はずかしがりやで無口《むくち》なおじいさんマシューと、そのきびしい妹《いもうと》マリラに育《そだ》てられます。

となりには、やはり11才《さい》のかわいい黒髪《くろかみ》の女《おんな》の子《こ》ダイアナが住《す》んでいて、アンの〝魂《たましい》のひびきあう友《とも》〟になってくれました。

学校《がっこう》では、ギルバートに赤毛《あかげ》を「にんじん！」とからかわれて、かんかん！　ギルバートがあやまってもアンはゆるしません。

ふたりともお互《たが》いをライバル視《し》して張《は》りあい、教師《きょうし》をめざしてクイーン学院《がくいん》を受験《じゅけん》します。結果《けっか》はそろって主席合格《しゅせきごうかく》！

ところが卒業直後《そつぎょうちょくご》、大好《だいす》きなマシューが亡《な》くなってしまいます。アンは大学進学《だいがくしんがく》をあきらめ、年老《としお》いたマリラを思《おも》って、グリーン・ゲイブルズにのこることを決《き》めました。

そんなアンのために、ギルバートはアヴォンリー校《こう》の先生《せんせい》の就職口《しゅうしょくぐち》を譲《ゆず》ります。長《なが》い時《とき》を経《へ》て、ふたりはようやく仲直《なかなお》りしたのでした。

わが恩師《おんし》ハッティ・ゴードン・スミス先生《せんせい》に捧《ささ》ぐ

その思《おも》いやりとはげましを、ありがたく思《おも》い出《だ》しつつ

あの女《ひと》がていねいに義務《ぎむ》を果《は》たし
歩《あゆ》んでいったその道《みち》には、花《はな》がさく。
われらが人生《じんせい》のかたく、ぎこちない流《なが》れは
あの女《ひと》にふれれば、美《うつく》しき曲線《きょくせん》をえがく。

ホイッティア

第1章
おこりんぼのおとなりさん

ある八月《がつ》の午後《ごご》のこと、すらりと背《せ》の高《たか》い〝十六才半《さいはん》〟の少女《しょうじょ》が、プリンス・エドワード島《とう》の農家《のうか》の玄関先《げんかんさき》にある赤《あか》い砂岩《さがん》の石段《いしだん》に腰《こし》かけて、ローマの詩人《しじん》ウェルギリウスの長々《ながなが》しいラテン語《ご》の詩《し》を解読《かいどく》しようとがんばっていました。目《め》は、まじめな灰色《はいいろ》。髪《かみ》の色《いろ》は、友《とも》だちに言《い》わせると赤褐色《オーバーン》でした。

けれども、八月《がつ》の午後《ごご》には、収穫期《しゅうかくき》の畑《はたけ》の斜面《しゃめん》は青《あお》い靄《もや》につつまれ、ポプラの木《き》にはそよ風《かぜ》が妖精《ようせい》のようにささやいていますし、サクランボの果樹園《かじゅえん》のすみの若《わか》い樅《もみ》の木立《こだち》の前《まえ》では、まっ赤《か》に映《は》えるポピーがおどるように首《くび》をふっているのです。そんな景色《けしき》のなかでは、もはや使《つか》われないむかしのことばを読《よ》むよりは、夢《ゆめ》を見《み》ているほうがふさわしいのでした。

ウェルギリウスの本《ほん》は、いつしか地面《じめん》にぽとりと落《お》ち、アンは指《ゆび》を組《く》みあわせた両手《りょうて》の上《うえ》にあごをのせ、Ｊ《ジェイ》・Ａ《エー》・ハリソンさんの家《いえ》の上《うえ》にむくむくとわきたつ大《おお》きな白《しろ》い山《やま》のような雲《くも》をながめながら、はるかかなたの夢《ゆめ》の世界《せかい》へ入《はい》ってしまいました。夢《ゆめ》の世界《せかい》では、ひとりの教師《きょうし》がすばらしい仕事《しごと》をしていました。生徒《せいと》たちがやがて政治家《せいじか》として活躍《かつやく》できるように、若《わか》い心《こころ》に大志《たいし》を吹《ふ》きこんでいるのです。

たしかに、きびしい現実《げんじつ》を見《み》すえれば、アヴォンリー校《こう》からは、およそ有名人《ゆうめいじん》など出《で》てきそうにありませんでした（アンが現実《げんじつ》を見《み》すえようとしなかったことは、みとめなければなりません）。それでも、教師《きょうし》が生徒《せいと》たちによい影響《えいきょう》をあたえたらどんなことになるか、だれにもわからないではありませんか。やりかたさえまちがえなければ、教師《きょうし》にはすばらしいことがなしとげられるというバラ色《いろ》の理想《りそう》が、アンにはあったのです。

そして今《いま》、アンは、四十年後《ねんご》に自分《じぶん》が有名人《ゆうめいじん》といっしょにいるすばらしい場面《ばめん》を想像《そうぞう》していたのでした……いったいその人《ひと》がなんで有名《ゆうめい》なのかは、ちょうどぼんやりとしてわからないのですが、大学《だいがく》の学長《がくちょう》かカナダの首相《しゅしょう》だったらすてきじゃないかしらとアンは思《おも》いました……その人《ひと》が、アンのしわしわの手《て》をとってうやうやしくおじぎをして、自分《じぶん》の大志《たいし》にはじめて火《ひ》をともしてくれたのはアン先生《せんせい》であり、自分《じぶん》の人生《じんせい》における成功《せいこう》はすべて、ずっとむかしアヴォンリー校《こう》でアン先生《せんせい》から受《う》けたご指導《しどう》のたまものですと言《い》うのです。そんな楽《たの》しい想像《そうぞう》をしているところへ、ひどくいやなじゃまが入《はい》って、想像《そうぞう》はかき消《け》されてしまいました。

おとなしそうな小《ちい》さなジャージー種《しゅ》の牛《うし》が道《みち》をかけてきて、その五秒後《びょうご》にハリソンさんがやってきたのです――「やってきた」という言《い》いかたが、庭《にわ》にとびこんできたハリソンさんの剣幕《けんまく》をあらわすのにふさわしいとしたら、の話《はなし》ですが。

ハリソンさんは、木戸《きど》を開《あ》けるのももどかしく、柵《さく》をとびこえて入《はい》ってきて、あっけにとられているアンの目《め》の前《まえ》に、怒《おこ》って立《た》ちはだかりました。

アンは、と言《い》えば、立《た》ちあがり、めんくらってハリソンさんを見《み》つめていました。ハリソンさんというのは、すぐとなりの家《いえ》に最近《さいきん》ひっこしてきた人《ひと》で、一度《ど》か二度《ど》ほどすがたを見《み》かけたきりで、まだきちんとごあいさつをしたことがありませんでした。

四月《がつ》のはじめ、アンがクイーン学院《がくいん》から帰省《きせい》する前《まえ》に、ロバート・ベルさんがカスバート家《け》〔すなわちグリーン・ゲイブルズ〕の西《にし》どなりにあった農場《のうじょう》を売《う》りはらってシャーロットタウンへひっこし、その農場《のうじょう》を買《か》ったのがＪ《ジェイ》・Ａ《エー》・ハリソンという人《ひと》だったのですが、この人《ひと》についてはハリソンという名前《なまえ》と、ニュー・ブランズウィック州《しゅう》出《しゅつ》身《しん》ということぐらいしか知《し》られていませんでした。ところが、アヴォンリー村《むら》にひと月《つき》もいないうちに、この人《ひと》は変人《へんじん》という評判《ひょうばん》をたてられていたのです――「変《か》わり者《もの》だわよ」と、レイチェル・リンド夫人《ふじん》は言《い》いました。リンド夫人《ふじん》が思《おも》うままにずけずけ言《い》う人《ひと》だということは、おなじみのみなさんは、おぼえていらっしゃるでしょう。ハリソンさんは、たしかに、ほかの人《ひと》とはちがっていま

した――それこそが、だれもが知《し》っているように、変《か》わり者《もの》の本質《ほんしつ》なのです。

そもそも、この人《ひと》はひとりぐらしで、女《おんな》なんてばか者《もの》には近《ちか》づいてほしくないと公言《こうげん》していたのでした。アヴォンリー村《むら》の女性軍《じょせいぐん》は、しかえしに、ハリソンさんの家事《かじ》や料理《りょうり》について、身《み》の毛《け》のよだつうわさ話《ばなし》をしました。うわさの出《で》どころは、ハリソンさんがやとったホワイト・サンズ村《むら》のジョン・ヘンリー・カーター少年《しょうねん》でした。

まず、ハリソン家《け》では、食事《しょくじ》の時間《じかん》が決《き》まっていないそうです。ハリソンさんは、おなかがすくと「ひと口《くち》かじる」だけでした。ジョン・ヘンリー少年《しょうねん》は、たまたまそのとき近《ちか》くにいればいっしょになにか食《た》べられるのですが、近《ちか》くにいなければ、ハリソンさんがつぎにおなかがすくまで待《ま》っていなければなりません。ジョン・ヘンリー少年《しょうねん》は、日曜日《にちようび》ごとに家《いえ》に帰《かえ》って思《おも》いっきり食《た》べて、月曜日《げつようび》の朝《あさ》におかあさんが「おなかの足《た》しに」と、いつも食《た》べものでいっぱいのバスケットを持《も》たせてくれなかったら飢《う》え死《じ》にしていると、悲《かな》しげに断言《だんげん》するのでした。

お皿《さら》を洗《あら》うことについては、ハリソンさんは、雨降《あめふ》りの日曜日《にちようび》になるまでは、やろうとするそぶりさえ見《み》せませんでした。日曜日《にちようび》に雨《あめ》が降《ふ》ったとなると、いよいよ仕事《しごと》にかかり、大《おお》だるにたまった雨水《あまみず》でいっぺんにお皿《さら》を洗《あら》って、そのままかわくまで、ほうっておいたのでした。

それに、ハリソンさんは「けち」でした。アラン牧師《ぼくし》の給料《きゅうりょう》のためにお金《かね》を出《だ》してくれとたのまれると、まず牧師《ぼくし》の説教《せっきょう》にいくら払《はら》う価値《かち》があるか、たしかめたいなんて言《い》うのです——品物《しなもの》もたしかめずにお金《かね》を払《はら》うなんてことはしないそうです。リンド夫人《ふじん》が、布教活動《ふきょうかつどう》のために寄付《きふ》をおねがいしに——ついでに家《いえ》のなかをのぞきに——行《い》くと、ハリソンさんは、アヴォンリーのおしゃべりばあさん連中《れんちゅう》ほど信心《しんじん》のうすい者《もの》はいないから、リンドさんが連中《れんちゅう》をキリスト教徒《きょうと》にしてくれるのなら、よろこんで布教活動《ふきょうかつどう》に寄付《きふ》すると言《い》うのでした。逃《に》げ帰《かえ》ったリンド夫人《ふじん》は、「ロバート・ベルのおくさまがぶじにお墓《はか》に入《はい》っていてよかったわよ。おくさまがあんなにじまんなさっていたおうちがこんなことになってしまったのを目《め》にしたら、さぞかしお悲《かな》しみになるでしょうよ」と言《い》いました。「だって、ベルのおくさまは一日《いちにち》おきに台所《だいどころ》の床《ゆか》をみがいていたのよ」と、リンド夫人《ふじん》は、腹《はら》をたてて、マリラ・カスバートに言《い》いました。「それが今《いま》はどうよ！　スカートのすそをもちあげなきゃ歩《ある》けないほど、よごれていましたよ。」

　そのうえ、ハリソンさんは、ジンジャーというオウムを飼《か》っていました。アヴォンリー村《むら》では、だれもオウムなんて飼《か》ったことはありませんでしたから、オウムを飼《か》うなんてとんでもな

いと思《おも》われました。しかも、そのオウムときたら！　ジョン・ヘンリー・カーター少年《しょうねん》の言《い》うことを信《しん》じるなら、あんないまいましい鳥《とり》はいません。おそろしくきたないことばでののしるのです。ジョン・ヘンリー少年《しょうねん》のおかあさんは、もし息子《むすこ》にほかの勤《つと》め先《さき》を世話《せわ》できるとしたら、ただちにここをやめさせていたことでしょう。しかもこのオウムは、鳥《とり》かごのすぐそばでかがんでいたジョン・ヘンリー少年《しょうねん》の首《くび》のうしろをがぶりとかんだのです。かわいそうなジョン・ヘンリー少年《しょうねん》が日曜日《にちようび》に家《いえ》に帰《かえ》ってくるたびに、おかあさんはみんなに傷《きず》を見《み》せてやるのでした。

ハリソンさんが怒《いか》りで口《くち》もきけないようすでアンの前《まえ》に立《た》ったとき、こうしたことがさっとアンの頭《あたま》をよぎりました。ハリソンさんは、とってもにこにこしているときでさえ、おせじにもかっこいい人《ひと》ではありませんでした。背《せ》が低《ひく》くて、太《ふと》っていて、はげていました。しかも今《いま》や、その丸顔《まるがお》が怒《いか》りでむらさき色《いろ》になって、ぎょろりとした青《あお》い目《め》は顔《かお》から飛《と》び出《だ》さんばかりでした。アンは、こんなにみっともない人《ひと》は、ほんとに見《み》たことがないと思《おも》いました。

ふいに、ハリソンさんは、ようやく声《こえ》が出《で》るようになりました。

「もう、がまんならん」と、まくしたてたのです。「もはや限界《げんかい》だ。いいかね。なんてこった、こんどで三度《ど》めだ……三度《ど》めだよ！　がまんにもほどがある。あんたのおばさんに、二度《にど》とこういうことのないように言《い》っといたのに……またやった……まただ……どういうつもりなのか知《し》りたいもんだ。どういうつもりか聞《き》かせてもらおうか。」

「なにが問題《もんだい》なのか説明《せつめい》してくださいますか」と、アンは、できるかぎり威厳《いげん》のある態度《たいど》でたずねました。学校《がっこう》がはじまったら規律《きりつ》をたもてるようにと、ふだんからそういう態度《たいど》をとる練習《れんしゅう》をしていたのです。しかし、おかんむりのJ《ジェイ》・A《エー》・ハリソン氏《し》には、ききめはないようでした。

「なにが問題《もんだい》かだと？　なんてこった、大問題《だいもんだい》だよ。問題《もんだい》というのは、あんたのおばさんの牝牛《めうし》が、うちのカラス麦《むぎ》の畑《はたけ》にまた入《はい》ってきたってことだよ。つい三十分前《さんじっぷんまえ》にね。三度《ど》めだ。こないだの火曜日《かようび》も入《はい》ったし、きのうも入《はい》りやがった。そのとき、わしはここにきて、二度《にど》とそういうことのないようにって、あんたのおばさんに言《い》ったんだ。それを、またやりやがった。おばさんはどこだね？　ちょっと会《あ》って、こっちがどう思《おも》ってるか教《おし》えてやる……J《ジェイ》・A《エー》・ハリソンがどう思《おも》っているかを少々《しょうしょう》お伝《つた》えしてやろうじゃないか。」

「ミス・マリラ・カスバートのことをおっしゃっているのでしたら、私《わたくし》のおばではございません。それに、とても具合《ぐあい》のわるい遠《とお》い親《しん》せきをみまいにイースト・グラフトンまで出《で》ておりまして、るすにしております」と、アンはひとことごとに威厳《いげん》を増《ま》しながら言《い》いました。「私《わたくし》の牛《うし》が、お宅《たく》の麦畑《むぎばたけ》に入《はい》りこんでしまったのは、ほんとうにもうしわけございません……あれは私《わたくし》の牛《うし》で、ミス・カスバートの牛《うし》ではございませんの……三年前《ねんまえ》、あれがまだ小《ちい》さな子牛《こうし》だったころ、マシューが私《わたくし》のためにベルさんから買《か》ってくださったんです。」

「もうしわけないだって！　もうしわけないじゃあ、なんの解決《かいけつ》にもならないんだ。あの動物《どうぶつ》がうちの麦畑《むぎばたけ》をどれほどめちゃくちゃにしたかを見《み》てくるがいい……まんなかからはしっこまで、すっかりふみたおしやがったんだよ。」

「ほんとうにもうしわけございませんが、」と、アンはきっぱりとした口調《くちょう》でくりかえしました。「お宅《たく》の柵《さく》をきちんと直《なお》していらしたら、ドリーだって入《はい》りこんだりしなかったと思《おも》いますよ。うちの牧草地《ぼくそうち》とお宅《たく》の麦畑《むぎばたけ》を仕切《しき》っているのはお宅《たく》の柵《さく》ですけど、先日《せんじつ》見《み》たときは、あまりきちんとなっていませんでしたもの。」

「うちの柵《さく》は、だいじょうぶだ。」逆襲《ぎゃくしゅう》をくらってますます怒《おこ》ったハリソンさんは、切《き》りかえしました。「あんな悪魔《あくま》みたいな牛《うし》は、牢獄《ろうごく》のへいだって、やぶっちまう。それにいいかね、この赤毛《あかげ》のとんちきめ、牛《うし》があんたのだって言《い》うなら、くだらん黄表紙《きびょうし》の小説《しょうせつ》なんか読《よ》んですわってないで、牛《うし》がひとさまの麦《むぎ》を食《た》べないようにちゃんと見張《みは》っていたらどうなんだい。」

そう言《い》うと、ハリソンさんは、アンの足《あし》もとにあった、なんの罪《つみ》もない、日《ひ》に焼《や》けたウェルギリウスの本《ほん》をじろりとにらみました。

髪《かみ》のことは、ふれてほしくないと、アンはずっと気《き》にしていました――だから、そう言《い》われた瞬間《しゅんかん》、アンは、赤毛《あかげ》のようにまっ赤《か》になりました。

「耳《みみ》のまわりにちょろちょろっと生《は》えてるだけで、なにもないよりは、赤毛《あかげ》のほうがましです。」アンは、かっとなって言《い》いました。

この一発《いっぱつ》は効《き》きました。ハリソンさんは、自分《じぶん》のはげ頭《あたま》のことを言《い》われるのが大《だい》きらいなのです。ふたたび怒《いか》りで息《いき》がとまりそうになったハリソンさんは、なにも言《い》えずにアンをにらみつけるばかりでしたが、アンはおちつきをとりもどして、上《うえ》から目線《めせん》で言《い》いました。

「大目《おおめ》に見《み》てさしあげるわ、ハリソンさん、だって私《わたくし》には想像力《そうぞうりょく》がありますから。自分《じぶん》の麦畑《むぎばたけ》に牛《うし》が入《はい》っているのを見《み》つけたら、さぞ腹《はら》だたしいだろうと想像《そうぞう》がつくし、あなたにひどいことを言《い》われたからといって、うらんだりもしません。ドリーには二度《にど》とあなたの麦畑《むぎばたけ》に入《はい》らせないとお約束《やくそく》します。**その点《てん》については、**名誉《めいよ》にかけて誓《ちか》います。」

「せいぜい気《き》をつけるんだな」と、ハリソンさんはいくぶん声《こえ》を落《お》として言《い》いましたが、怒《おこ》ってどしんどしんと足音《あしおと》をたてて、いつまでもぶつぶつ言《い》いながら、遠《とお》ざかっていきました。

アンは、すっかり気《き》が動転《どうてん》して、裏庭《うらにわ》をつっきって、いたずら者《もの》の牛《うし》を乳《ち》しぼりのかこいに閉《と》じこめました。

「ここなら柵《さく》をこわさないかぎり、もう出《で》られないわ」と、アンは考《かんが》えました。「今《いま》はとてもおとなしくしているようだけど、きっとカラス麦《むぎ》を食《た》べすぎたんでしょう。先週《せんしゅう》シアラーさんがこの子《こ》をほしがったとき、売《う》ってしまえばよかったわ。家畜《かちく》の競《せ》り売《う》りのときまで待《ま》って、みんないっしょに売《う》れればいいなんて思《おも》ってしまったけど。ハリソンさんが変《か》わり者《もの》だってことは、ほんとうだったわ。あの人は、ぜったい〝魂《たましい》のひびきあう友《とも》〟には、なれやしない。」

アンは、〝魂《たましい》のひびきあう友《とも》〟がいないかと、いつも気《き》をつけているのでした。

アンが家《いえ》のなかにもどると、マリラ・カスバートが馬車《ばしゃ》で庭《にわ》に入《はい》ってきたので、アンは大《おお》あわてでお茶《ちゃ》〔ここでは夕食《ゆうしょく》の意味《いみ》〕の準備《じゅんび》をはじめました。ふたりは、食事《しょくじ》をしながら、この事件《じけん》の話《はなし》をしました。

「競《せ》り売《う》りがおわったら、ほっとするんだけどね」と、マリラ。「これだけたくさんの家畜《かちく》を飼《か》っているだけでもたいへんだもの。しかも、今《いま》そのめんどうを見《み》てくれるのは、たよりにならないマルタンだけ。あの子《こ》、まだ帰《かえ》ってこないんだよ。おばさんのお葬式《そうしき》に出《で》るから休《やす》みがほしいと言《い》ってきたときは、きのうの夜《よる》のうちに帰《かえ》ってくるって約束《やくそく》してたのに。いったい何人《なんにん》のおばさんがいるんだろうね。一年前《ねんまえ》にあの子《こ》にきてもらってから、おばさんが死《し》んだのは、これで四人《にん》めだよ。刈《か》り入《い》れがおわって、バリーさんが農場《のうじょう》をひきうけてくださったら、ほんと、やれやれだわ。マルタンが帰《かえ》ってくるまで、ドリーはかこいに閉《と》じこめておかなきゃならないね。放《はな》すなら裏《うら》の牧場《ぼくじょう》だけど、それには柵《さく》を直《なお》さなきゃならないから。レイチェルの言《い》うとおり、やっかいな世《よ》の中《なか》だ。かわいそうなメアリー・キースは死《し》にかけてるし、あとに残《のこ》るふたりの子《こ》はどうなってしまうのやら。メアリーは、ブリティッシュ・コロンビア州《しゅう》にいる弟《おとうと》さんに、子《こ》どもたちのことを手紙《てがみ》で相談《そうだん》したんだけど、まだ返事《へんじ》がないんですって。」

「子《こ》どもたちって？　いくつなの？」

「六才《さい》とちょっと……ふたごなのよ。」

「ああ。ハモンドさんのところにふたごがたくさんいたから、あたし、ふたごは大好《だいす》きよ」と、アンは熱心《ねっしん》に言《い》いました。「かわいいの？」

「わからないね……私《わたし》が見《み》たときはまっ黒《くろ》だったからね。デイヴィーが外《そと》でどろのパイをこねていて、なかに入《はい》るようにってドーラが呼《よ》びに出《で》たら、デイヴィーがドーラをいちばん大《おお》きなパイのなかに頭《あたま》からおしこんだのよ。ドーラが泣《な》くもんだから、泣《な》くようなことじゃないってところを見《み》せようと、デイヴィーが自分《じぶん》からパイにつっこんでころげまわってみせたんだよ。メアリーに言《い》わせれば、ドーラはほんとにいい子《こ》ちゃんなんだけど、デイヴィーはいたずらばかりで手《て》がつけられないんですって。ちゃんとしつけを受《う》けていないってことだろうねえ。ふたりが赤《あか》んぼうのときに父親《ちちおや》が死《し》んでしまって、それからずっとメアリーは具合《ぐあい》がわるいものだから。」

「しつけを受《う》けていない子《こ》どもは、いつもかわいそうに思《おも》うわ」と、アンはまじめに言《い》いました。

「だって……あたしも……マリラがひきとってくれるまでは、そうだったんですもの。子《こ》どもたちのおじさまが、めんどうを見《み》てくれるといいわね。キースのおばさまは、マリラとは、どういう親《しん》せき関係《かんけい》なの？」

「メアリーとかい？　なんの関係《かんけい》もないよ。あの人《ひと》のだんなさんがね、うちのまたいとこのいとこなのよ。おや、レイチェルが庭《にわ》からやってきた。きっとメアリーのことを聞《き》きにくるだろうと思《おも》ってたわ。」

「ハリソンさんと牛《うし》のことは、だまっていてね」と、アンはたのみました。

マリラはわかったと約束《やくそく》してくれましたが、そんな約束《やくそく》は無意味《むいみ》でした。というのも、レイチエル・リンド夫人《ふじん》は、腰《こし》をおろすが早《はや》いか、こう言《い》ったのです。

「今日《きょう》、カーモディから帰《かえ》ってくるとき、ハリソンさんが、お宅《たく》のジャージー種《しゅ》の牛《うし》を自分《じぶん》の麦畑《ばたけ》から追《お》っぱらっているのが見《み》えましたよ。ひどく怒《おこ》っているようだったけど。ひともんちゃくあったの？」

アンとマリラはおかしそうに、こっそり笑《え》みを交《か》わしました。アヴォンリー村《むら》で、リンド夫人《ふじん》の目《め》をのがれることなんてできないのです。つい今朝《けさ》がたも、アンはこう言《い》ったばかりでした。

「真夜中《まよなか》に自分《じぶん》の部屋《へや》に入《はい》って、ドアにかぎをかけ、ブラインドをおろして、くしゃみをしたら、リンドのおばさまはつぎの日《ひ》きっと『かぜの具合《ぐあい》はどう？』って聞《き》いてくるんだわ！」

「ええ、大《おお》さわぎだったようですよ」と、マリラはみとめました。「私《わたし》はるすだったんですけど、アンをどなりつけたのよ。」

「あんなふゆかいな人《ひと》ってないわ。」アンは怒《おこ》って、赤《あか》い頭《あたま》をつんとそらして言《い》いました。

「まったくそのとおりですよ。」リンド夫人《ふじん》は、おごそかに言《い》いました。「ロバート・ベルが自分《じぶん》の地所《じしょ》をニュー・ブランズウィックからきた人《ひと》に売《う》ったときに、きっとごたごたがあるだろうってわかってましたよ。こんなによそ者《もの》がどんどんおしかけてくるようじゃ、アヴォンリーはどうなってしまうかわかりませんね。まくらを高《たか》くしておちおち寝《ね》ていられなくなりますよ。」

「あら、ほかにどんなよそ者《もの》がきたっていうの？」と、マリラはたずねました。

「聞《き》いてないの？　まず、ドネル一家《いっか》でしょ。ピーター・スローンのとこの古《ふる》い家《いえ》を借《か》りたのよ。ピーターが水車小屋《すいしゃごや》のめんどうをみてもらうためにやとった人《ひと》ですよ。東部《とうぶ》からきたそうだけど、その素姓《すじょう》についてだれもなにも知《し》らないのよ。それから、あのろくでもないティモシー・コトン一家《いっか》がホワイト・サンズからやってくるけど、めいわくったらないわ。だんなは肺結核《はいけっかく》で……寝《ね》こんでなきゃ、ぬすみを働《はたら》くし……おくさんは、なにひとつちゃんとやろうとしない、ものぐさな、あまのじゃくでね。すわったまま皿洗《さらあら》いをするんですよ。ジョージ・パイのおくさんも、だんなの甥《おい》にあたるアンソニー・パイという身《み》よりのない子《こ》をひきとりましたからね、アン、あなたの学校《がっこう》の生徒《せいと》になるのよ。だから、やっかいなことになると思《おも》ってたほうがいいわ、まったくもって。ほかにも新《あたら》しい生徒《せいと》がきますよ。ポール・アーヴィングがアメリカからやってきて、おばあさんのところに住《す》みますからね。あの子《こ》の父親《ちちおや》をおぼえてるでしょ、マリラ……スティーブン・アーヴィングよ。グラフトンのラベンダー・ルイスをふった男《おとこ》。」

「ふったりなんかしてないわよ。けんか別《わか》れしたんだから……わるいのは、どっちもどっちよ。」

「まあ、ともかく結婚《けっこん》はしなかった。あれ以来《いらい》ルイスは、おかしくなってしまったそうよ……自《じ》分《ぶん》でエコー・ロッジとか呼《よ》んでいる小《ちい》さな石造《いしづく》りの家《いえ》でひとりぐらしをしているんですから。スティーブンは、アメリカへ出《で》ていって、おじさんとビジネスをはじめて、ヤンキー娘《むすめ》と結婚《けっこん》したわ。それ以来《いらい》、家《いえ》には帰《かえ》ってこないのよ。母親《ははおや》が一、二度《ど》、会《あ》いに行《い》ってあげてるのに。二年前《ねんまえ》におくさんが亡《な》くなったので、男《おとこ》の子《こ》をしばらく母親《ははおや》にあずけることになってね。十才《じっさい》なんだけど、さて、理想的《りそうてき》な生徒《せいと》になりますかどうですか。ああいったヤンキーって、わけがわかりませんからね。」

リンド夫人《ふじん》は、プリンス・エドワード島《とう》でないところで生《う》まれたり育《そだ》ったりしたような不幸《ふこう》な人《ひと》たちを、聖書《せいしょ》にある「ナザレからなんのよいものが出《で》ようか」ということばと同《おな》じく、「プリンス・エドワード島以外《とういがい》からなんのよいものが出《で》ようか」という態《たい》度《ど》ではっきりと見下《みくだ》すのでした。もちろんいい人《ひと》もいるかもしれませんが、うたがってかかったほうが安全《あんぜん》だと思《おも》っているのです。

そして、リンド夫人《ふじん》はアメリカ人《じん》のことを「ヤンキー」と呼《よ》んで、特別《とくべつ》な偏見《へんけん》をもっていました。夫人《ふじん》の夫《おっと》がかつてボストンで働《はたら》いていたとき、アメリカ人《じん》のやとい主《ぬし》から十ドルだましとられたのです。それは、アメリカという国《くに》のせいではないということをリンド夫人《ふじん》になっとくさせることは、聖書《せいしょ》にあるように「どんな天使《てんし》にも、支配者《しはいしゃ》にも、力《ちから》ある者《もの》にも」できなかったので

した。

「アヴォンリー校《こう》に新《あたら》しい風《かぜ》が少々入《しょうしょうはい》るのは、わるいことじゃありませんよ」と、マリラはそっけなく言《い》いました。「その子《こ》がおとうさんと少《すこ》しでも似《に》ているなら、だいじょうぶですよ。ステイーブン・アーヴィングは、このあたりで育《そだ》ったなかじゃ、いちばん感《かん》じのいい子《こ》でしたからね。高慢《こうまん》だと言《い》う人《ひと》もいたけれど。おばあさんも、お孫《まご》さんをむかえて大《おお》よろこびでしょうね。だんなさんを亡《な》くしてから、ずいぶんさみしい思《おも》いをなさっていらしたから。」

「そりゃ、その子《こ》はだいじょうぶかもしれないけど、それでもアヴォンリーの子《こ》と同《おな》じというわけにはいかないわ。」リンド夫人《ふじん》は、それで話《はなし》に決着《けっちゃく》がついたかのように言《い》いました。人《ひと》や場所《ばしょ》や物《もの》について、リンド夫人《ふじん》は、いつだってがんとして意見《いけん》を変《か》えることがないのです。

「アン、あなたたち、村《むら》の改善協会《かいぜんきょうかい》を設立《せつりつ》するそうだけど、どういうことなの？」と、夫人《ふじん》はつづけました。

「このあいだの討論《とうろん》クラブで、お友《とも》だちと話《はな》していただけなんだけど。」アンは、顔《かお》を赤《あか》らめて言《い》いました。「すてきなアイデアだって、みんな思《おも》ってくれたんです……アラン夫妻《ふさい》もそうおっしゃって。今《いま》じゃ、いろんな村《むら》にあるのよ、改善協会《かいぜんきょうかい》って。」

「まあ、そんなことして、ひどいめにあうのが落《お》ちよ。やめときなさいな、アン、まったくもって。改善《かいぜん》されたい人《ひと》なんて、いないんだから。」

「あら、人を改善《かいぜん》しようっていうんじゃないわ。アヴォンリーそれ自体《じたい》を改善《かいぜん》するの。村《むら》をもっと美《うつく》しくするためにやれることって、いっぱいあるのよ。たとえば、リーヴァイ・ボウルターさんのところの上《うえ》の農場《のうじょう》に建《た》ってるあの身《み》の毛《け》のよだつような古《ふる》い家《いえ》をとりこわしてもらえたら、改善《かいぜん》じゃなくって？」

「それはそうね。」リンド夫人《ふじん》は、うなずきました。「あのあばら家《や》は、もう何年《なんねん》も目《め》ざわりだものね。でも、リーヴァイ・ボウルターに一銭《いっせん》の得《とく》にもならないようなことを、みんなのためにやらせようなんてむり。あなたがた改善協会《かいぜんきょうかい》が説得《せっとく》できるっていうなら、私《わたし》は、それをこの目《め》で見《み》てみたいもんだね、まったくもって。アン、あなたのアイデアにはいいところもあるから、水《みず》を差《さ》そうっていうんじゃないけどね。でも、どうせどっかのくだらないヤンキーの雑誌《ざっし》から見《み》つけてきたアイデアなんでしょ。あなた、学校《がっこう》のことで手《て》いっぱいになるんだから、友人《ゆうじん》として忠告《ちゅうこく》するけど、改善《かいぜん》なんてよしたほうがいいわよ、まったくもって。でも、あなたは、いったんこうと決《き》めたら、やるんでしょうね。なんとしても、やりとげなきゃ気《き》がすまないんだものね、アンは。」

アンのくちびるがきっとむすばれたようすから、リンド夫人《ふじん》にほぼ図星《ずぼし》をさされたことがわかりました。アンは、改善協会《かいぜんきょうかい》を結成《けっせい》しようと、そればかり考《かんが》えていたのでした。ギルバート・ブライスは、ホワイト・サンズ校《こう》で教《おし》えることになっていますが、金曜《きんよう》の夜《よる》から月曜《げつよう》の朝《あさ》までいつも家《いえ》に帰《かえ》ってくることになっていて、やはり協会結成《きょうかいけっせい》に熱《ねつ》をあげていました。ほかの仲間《なかま》たちも、ときおり顔《かお》を合《あ》わせてなにかおもしろいことができるなら、なんでも参加《さんか》してくれそうでしたが、なにが「改善《かいぜん》」なのかということについては、アンとギルバートのほかは、だれもはっきりした考《かんが》えをもっていませんでした。ふたりは何度《なんど》も話《はな》しあい、実際《じっさい》にできるできないはともかくとして、頭《あたま》のなかで理想的《りそうてき》なアヴォンリー村《むら》が見《み》えてくるまで計画《けいかく》を立《た》てたのでした。

リンド夫人《ふじん》には、まだニュースがありました。

「カーモディ校《こう》は、プリシラ・グラントの受《う》け持《も》ちになるんですってよ。そんな名前《なまえ》の子《こ》とクイーン学院《がくいん》でいっしょだったんじゃない、アン？」

「ええ、いっしょだったわ。プリシラがカーモディで教《おし》えるんですって！　なんて完《かん》ぺきにすばらしいのかしら！」

アンはそうさけんで、灰色《はいいろ》の目《め》をまるで宵《よい》の明星《みょうじょう》のようにきらきらかがやかせたので、リンド夫人《ふじん》は、アン・シャーリーがほんとうは美人《びじん》かそうでないのか、またわからなくなってしまいました。

第2章 あわてて売《う》って、ゆっくり後悔《こうかい》

あくる日《ひ》の午後《ごご》、アンはダイアナ・バリーをさそって、カーモディの町《まち》へお買《か》いものへ出《で》かけました。ダイアナは、もちろん改善協会《かいぜんきょうかい》によろこんで入《はい》ってくれていたので、カーモディへの往《い》き帰《かえ》りの話題《わだい》といったら、そのことばかりでした。

「まず第一《だいいち》にすべきことは、あの公会堂《こうかいどう》にペンキをぬることね。」ふたりの馬車《ばしゃ》が、アヴォンリー公会堂《こうかいどう》——森《もり》のくぼ地《ち》に建《た》っている、かなりくたびれた建物《たてもの》で、四方《しほう》を唐檜《とうひ》（蝦夷松《えぞまつ》によく似《に》た松《まつ》）の木《き》でおおわれていました——を通《とお》りすぎたとき、ダイアナが言《い》いました。「あんなのが建《た》ってるのは、はずかしいことだわ。リーヴァイ・ボウルターさんにあばら家《や》をとりこわしてもらう前《まえ》に、こっちを先《さき》にすべきよ。ボウルターさんの件《けん》は、うちのおとうさんが、そりゃむりだって言《い》ってたわ。リーヴァイ・ボウルターは、けちだから、とりこわす手間《てま》ひまなんか、かけるはずがないって。」

「とりこわすのは男《おとこ》の子《こ》たちにやらせるし、材木《ざいもく》はボウルターさんのたきぎになるようにわって

さしあげますって約束《やくそく》したら、やらせてくれるんじゃないかしら。」アンは、希望《きぼう》に満《み》ちて言《い》いました。「まずはゆっくりと進《すす》めるように、がんばらないとね。なにもかもすぐに改善《かいぜん》はできないもの。もちろん、まず、人々《ひとびと》の考《かんが》えが変《か》わるように教育《きょういく》しないと。」

ダイアナは、人々《ひとびと》の考《かんが》えを変《か》えるように教育《きょういく》するとはどういうことなのかよくわかりませんでしたが、すてきに思《おも》えたので、そういった理想《りそう》をかかげる協会《きょうかい》の一員《いちいん》であることがとてもほこらしく思《おも》えました。

「ゆうべ、あたしたちができることを思《おも》いついたのよ、アン。あのカーモディとニューブリッジとホワイト・サンズからの三本《ぼん》の街道《かいどう》が出会《であ》う三叉路《さんさろ》があるでしょ。あそこ、唐檜《とうひ》の若木《わかぎ》が一面《いちめん》に生《お》いしげっているけど、すっかり伐採《ばっさい》したらすっきりすると思《おも》わない？　あそこにある樺《かば》の木《き》を二、三本残《ぼんのこ》しておいて。」

「すてき」と、アンは陽気《ようき》に同意《どうい》しました。「そして、樺《かば》の木《こ》かげに丸太《まるた》のいすをおきましょう。春《はる》になったら、まんなかに花《か》だんを作《つく》って、ゼラニウムを植《う》えるの。」

「そうね。ただ、お年《とし》を召《め》したハイラム・スローン夫人《ふじん》の牛《うし》が道《みち》をうろつかないようにする方法《ほうほう》を考《かんが》えださないとね。さもないと、ゼラニウムをぜんぶ食《た》べられてしまうわ」と、ダイアナは笑《わら》いました。「人々《ひとびと》の考《かんが》えを変《か》えるように教育《きょういく》するってどういうことかわかってきたわ、アン。ほら、ボウルターさんのあばら家《や》よ。こんなボロ家《や》、見《み》たことある？　しかも、道《みち》のすぐ近《ちか》くまでせり出《だ》しているんだもの。窓《まど》ガラスがなくなった古《ふる》いおうちって、なんだか目《め》がなくなった死体《したい》みたい。」

「だれも住《す》んでいない古《ふる》い家《いえ》って、ひどく悲《かな》しいわ。」アンは、夢見《ゆめみ》るように言《い》いました。「家《いえ》がむかしのことを考《かんが》えて、かつてのよろこびが失《うしな》われたことをなげいているような気《き》がするの。マリラが言《い》ってたけど、ずっとむかし、あの家《いえ》には大家族《だいかぞく》が住《す》んでいて、すてきなお庭《にわ》があって、家《いえ》にはバラがからみついて、とってもきれいなところだったんですって。小《ちい》さな子《こ》どもが大勢《おおぜい》いて、笑《わら》い声《ごえ》や歌声《うたごえ》がひびいていたのに、今《いま》じゃがらんとして、通《とお》りすぎるのは風《かぜ》ばかり。なんてさみしくて悲《かな》しいことでしょう！　ひょっとすると、みんな月夜《つきよ》にもどってくるかも……ずっとむかしの小《ちい》さな子《こ》どもたちと、バラと、歌《うた》の亡霊《ぼうれい》たち……そしたら、ほんのしばらくのあいだ、あの古《ふる》い家《いえ》も若《わか》やいで、楽《たの》しい夢《ゆめ》を見《み》るんだわ。」

ダイアナは、首《くび》をふりました。

「あたし、もう、そんなこと思《おも》わないわ、アン。〝おばけの森《もり》〟におばけがいるって想像《そうぞう》したとき、うちのおかあさんとマリラがどんなにかんかんになったか、おぼえてないの？　あたし、いまだに、日《ひ》が暮《く》れてからあの森《もり》を通《とお》ると気味《きみ》がわるいわ。あなたがボウルターさんの古《ふる》い家《いえ》のことをそんなふうに想像《そうぞう》しはじめたら、あたし、ここも通《とお》れなくなっちゃうじゃないの。それに、その子《こ》たちは死《し》んじゃいないわ。みんなおとなになって、元気《げんき》にしているもの――なかにはりっぱにお肉屋《にくや》さんになった子《こ》だっているのよ。それに、お花《はな》や歌《うた》の亡霊《ぼうれい》なんてないわ。」

アンは、かすかなため息《いき》をかみ殺《ころ》しました。ダイアナのことは大好《だいす》きで、とてもなかよしだけれど、想像《そうぞう》の世界《せかい》にさまようときは、ひとりで行《い》かなければならないと、ずいぶん前《まえ》にわかっていたのでした。想像《そうぞう》の魔法《まほう》の小道《こみち》へは、親友《しんゆう》でさえ、ついてこられないのです。

アンたちがカーモディの町《まち》にいるあいだに、雷《かみなり》をともなう夕立《ゆうだち》となりました。ただ、長《なが》くはつづかず、帰《かえ》りは、枝《えだ》に雨《あま》つぶがきらきら光《ひか》る道《みち》を通《とお》ったり、ぬれそぼった羊歯《しだ》の葉《は》からつんとした香《かお》りがたちのぼる緑《みどり》の小《ちい》さな森《もり》を通《とお》ったりして、楽《たの》しいものとなりました。ところが、馬車《ばしゃ》がカスバート家《け》の小道《こみち》にさしかかると、美《うつく》しい景色《けしき》を台《だい》なしにしてしまうものが目《め》に入《はい》りました。

右手前方《みぎてぜんぽう》にハリソンさんの畑《はたけ》が大《おお》きく広《ひろ》がり、おそまきの深緑色《ふかみどりいろ》のカラス麦《むぎ》がぬれて一面《いちめん》に穂《ほ》をたらしていました。そのまんなかに、すべすべのわき腹《ばら》まで麦《むぎ》にうまりながら、麦穂《むぎほ》ごしに目《め》をぱちくりさせてこちらをしずかに見《み》つめているのは、ジャージー種《しゅ》の牛《うし》ではありませんか！

アンは手綱《たづな》をとり落《お》とすと、くちびるをきっとむすんで立《た》ちあがりましたが、そんなことをしても、このどろぼう牛《うし》にはなんのききめもありませんでした。アンはひとことも言《い》わずに、すばやく車輪《しゃりん》を伝《つた》って馬車《ばしゃ》をさっとおりて、ダイアナがなにがあったのかわからないうちに、柵《さく》をあっという間《ま》に乗《の》りこえていきました。

「アン、もどってきて。」ダイアナは、声《こえ》が出《だ》せるようになったとたんに、さけびました。「そんなぬれたところに入《はい》っちゃ、ドレスが台《だい》なしになるわ――台《だい》なしになるってば。……聞《き》こえやしないわ！　もう、アンひとりであの牛《うし》をつれだすなんて、できやしないんだから。助《たす》けに行《い》かなきゃ、もちろん。」

アンは、麦畑《むぎばたけ》のなかをもうれつないきおいでつっ走《ぱし》っていきました。ダイアナは、すばやく馬車《ばしゃ》からとびおりると、馬《うま》をしっかり杭《くい》にゆわえつけました。それから、かわいい格子柄《ギンガム》のスカートを両肩《りょうかた》までたくしあげると柵《さく》を乗《の》りこえて、めちゃくちゃに走《はし》る友《とも》だちを追《お》いかけはじめました。アンはびしょぬれのスカートが足《あし》にまとわりついていたので、ダイアナのほうが速《はや》く走《はし》れて、やがて追《お》いつきました。麦《むぎ》をふみたおして進《すす》んでいったふたりのうしろには、ハリソンさんが見《み》たら心臓《しんぞう》がとまりそうな跡《あと》がついていました。

「アン、おねがいだから、とまって。」あわれなダイアナは、あえぎました。「あたし、息《いき》が切《き》れたし、あなた、びしょぬれよ。」

「あたし……あの……牛《うし》を……ハリソンさんに……見《み》られる……前《まえ》に……つれださなきゃ。」ア

ンは、ハアハアと息《いき》を切《き》らして言《い》いました。「それ……さえ……でき……たら……あたし……おぼれ……死《し》んでも……かまわない。」

ところが、ジャージー種《しゅ》の牛《うし》は、おいしい麦《むぎ》が食《た》べ放題《ほうだい》の場所《ばしょ》からなぜ追《お》い立《た》てられるのか、わからないようでした。息《いき》を切《き》らした女《おんな》の子《こ》がふたり近《ちか》づいてきたとたん、さっとむきを変《か》えて、畑《はたけ》の反対《はんたい》がわのすみをめざして、にげていきました。

「とめて」と、アンはさけびました。「走《はし》って、ダイアナ、走《はし》って。」

ダイアナは走《はし》りました。アンも走《はし》ろうとしましたが、いたずら牛《うし》は、まるで悪魔《あくま》にとりつかれたかのように畑《はたけ》じゅうをにげまわりました。ダイアナは、口《くち》には出《だ》しませんでしたが、ほんとうに牛《うし》は悪魔《あくま》にとりつかれたんじゃないかと思《おも》いました。たっぷり十分《じっぷん》かかってふたりは牛《うし》をとめ、畑《はたけ》の角《かど》にあった柵《さく》のすきまから外《そと》へ追《お》い出《だ》して、カスバート家《け》の小道《こみち》へ追《お》い立《た》てました。

そのときのアンが、天使《てんし》のようなやさしい気持《きも》ちでなかったことは、まちがいありません。しかも、道《みち》のすぐわきに一頭立《とうだ》ての軽装四輪馬車《けいそうよりんばしゃ》がとまっているのを見《み》ると、顔《かお》にさらに血《ち》がのぼる思《おも》いでした。馬車《ばしゃ》には、カーモディのシアラーさんとその息子《むすこ》がすわって、にやにやしていたのです。

「先週《せんしゅう》、おれがあの牛《うし》を買《か》おうと言《い》ったときに、売《う》っとけばよかったんだよ、アン。」シアラーさんは、くすくす笑《わら》いました。

「おもとめなら、今《いま》すぐ売《う》りますわ。」髪《かみ》を乱《みだ》した飼《か》い主《ぬし》は、顔《かお》をまっ赤《か》にして言《い》いました。「たった今《いま》、この瞬間《しゅんかん》にお売《う》りします。」

「契約成立《けいやくせいりつ》だ。前《まえ》につけた値段《ねだん》どおり、二十払《はら》おう。ここにいるジムが、カーモディまで牛《うし》を追《お》っていってくれる。今晩《こんばん》、残《のこ》りの荷《に》といっしょに町《まち》へとどけよう。ブライトンのリードさんがジャージー種《しゅ》の牛《うし》をほしがっているんでね。」

五分後《ふんご》、ジム・シアラーとジャージー種《しゅ》の牛《うし》は、カーモディの町《まち》へむかって道《みち》を進《すす》み、もののはずみで牛《うし》を売《う》ったアンは、二十ドルを手《て》にして馬車《ばしゃ》でグリーン・ゲイブルズの小道《こみち》へ入《はい》りました。

「マリラがなんて言《い》うかしら？」ダイアナがたずねました。

「あら、マリラは気《き》にしないわ。ドリーはあたしの牛《うし》だし、競《せ》りにかけても二十ドル以上《いじょう》の値《ね》がつきゃしないもの。でも、ああ、ハリソンさんが、あの麦畑《むぎばたけ》をごらんになったら、またあの子《こ》が入《はい》ったってわかってしまうわ。二度《にど》と起《お》きないようにしますって、名誉《めいよ》にかけてお約束《やくそく》したのに！　まあ、牛《うし》のことで名誉《めいよ》にかけて約束《やくそく》するもんじゃないっていう教訓《きょうくん》は得《え》たけど。乳《ちち》しぼりのかこいをとびこえたり、こわして出《で》てきたりするような牛《うし》は、どこに閉《と》じこめてもだめね。」

マリラはちょうどリンド夫人《ふじん》のところへ出《で》かけていましたが、帰《かえ》ってきたときには、ドリーが売《う》られてカーモディの町《まち》へ運《はこ》ばれたこともすっかり知《し》っていました。というのも、リンド夫人《ふじん》が自宅《じたく》の窓《まど》から取引《とりひき》のようすをだいたい見《み》ていて、あとは察《さっ》したからです。

「あの牛《うし》は売《う》ってもよかったとは思《おも》うけど、あんたはまた、ずいぶんひどくあわてて事《こと》を運《はこ》んだもんだね、アン。だけど、どうやって乳《ちち》しぼりのかこいから出《で》てきたんだろう。囲《かこ》いの板《いた》を突《つ》き破《やぶ》ったってことだね。」

「そう言《い》えば、まだ見《み》てなかった」と、アン。「今《いま》、見《み》てくるわ。マルタンはまだ帰《かえ》ってきてないし。たぶん、またおばさんが死《し》んだんでしょうね。ピーター・スローンさんの言《い》う〝オクトジエネリアン〟みたいなもんかしら。こないだの晩《ばん》、スローンのおばさまが新聞《しんぶん》を読《よ》んでらして、スローンさんにこう言《い》ったんですって。『また〝オクトジェネリアン〟が亡《な》くなったって書《か》いてあるけど、〝オクトジェネリアン〟ってなに、ピーター？』スローンさんは知《し》らないっておっしゃったけど、かなり病気《びょうき》の人《ひと》のことだと思《おも》う。だって、死《し》ぬ話題《わだい》のときにしか聞《き》いたことないもの。マルタンのおばさんたちも、そうなんだわ。」〔〝オクトジェネリアン〟は「八十才代《はちじっさいだい》の人《ひと》」という意味《いみ》です。〕

「マルタンは、ほかのフランス人《じん》と変《か》わりゃしないね。」マリラは、うんざりして言《い》いました。「一日《いちにち》たりとて信用《しんよう》できないもの。」

カーモディの町《まち》からアンが買《か》ってきたものをマリラが見《み》ていると、納屋《なや》の方角《ほうがく》からするどい悲《ひ》鳴《めい》が聞《き》こえました。一分後《ぷんご》、アンが、両手《りょうて》をもみしぼりながら台所《だいどころ》へとびこんできました。

「アン・シャーリー、こんどはなに？」

「ああ、マリラ、どうしよう？　たいへんよ。ぜんぶあたしがわるいんだわ。ああ、とんでもないことをしでかす前《まえ》に、ちょっと立《た》ちどまって考《かんが》えるってことが、どうしていつまでたってもできないのかしら？　リンドのおばさまは、そのうちきっとあたしがおそろしいことをしでかすよっていつもおっしゃってたけど、とうとうやってしまったわ！」

「アン、ほんとにいらいらさせる子《こ》だね！　なにをしでかしたんだい？」

「ハリソンさんの牛《うし》を売《う》ってしまったの……ハリソンさんがベルさんからお買《か》いになった牛《うし》を……シアラーさんに売《う》ったの！　ドリーは、今《いま》、乳《ちち》しぼりのかこいのなかに、いるわ。」

「アン・シャーリー、夢《ゆめ》でも見《み》てるの？」

「そうだったらいいんだけど。夢《ゆめ》じゃないわ。悪夢《あくむ》に思《おも》えるけど。今《いま》ごろハリソンさんの牛《うし》はシャーロットタウンよ。ああ、マリラ、あたし、もうめんどうを起《お》こすのは卒業《そつぎょう》したと思《おも》ったけど、人生最悪《じんせいさいあく》のめんどうを起《お》こしたわ。どうしよう？」

「どうもこうもないよ、ハリソンさんに会《あ》いにいって、話《はな》すんだね。代金《だいきん》を受《う》けとってくれなければ、かわりにうちの牛《うし》をあげてもいい。似《に》たような牛《うし》だから。」

「きっとものすごく腹《はら》をたてて、いやみを言《い》ってくるわ。」アンは、なげきました。

「そうだろうね。すぐいらいらする人《ひと》みたいだからね。なんだったら私《わたし》が言《い》って、釈明《しゃくめい》してこようか。」

「いえいえ。それでは、あたし、ひきょう者《もの》だわ。」アンは、さけびました。「ぜんぶ、あたしのせいなのに、マリラにかわりに罰《ばつ》を受《う》けてもらうようなことはできないわ。自分《じぶん》で行《い》きます。すぐに。早《はや》くすませてしまったほうがいいもの。ひどくはずかしい思《おも》いをするだろうから。」

あわれなアンは、帽子《ぼうし》と二十ドルをもって外《そと》へ出《で》ようとしたとき、たまたま開《あ》いていたドアから台所《だいどころ》のとなりの配膳室《はいぜんしつ》のなかをちらりと見《み》ました。テーブルの上《うえ》には、その日《ひ》の朝《あさ》アンが焼《や》いたばかりのくるみケーキがありました。ピンクのアイシングにくるみのかざりをつけた、とりわけおいしい一品《いっぴん》です。金曜《きんよう》の夜《よる》、アヴォンリーの若者《わかもの》たちがグリーン・ゲイブルズに集《あつ》まって改《かい》善協会《ぜんきょうかい》の会合《かいごう》を開《ひら》くときに出《だ》そうと思《おも》っていたのですが、腹《はら》をたててとうぜんのハリソンさんにさしあげたほうがいいに決《き》まっています。どんな人《ひと》だってこのケーキを食《た》べたら、心《こころ》がなごむはずなのです。とりわけ自分《じぶん》で料理《りょうり》をしてくらしている人《ひと》はなおさらでしょう。

そこでアンは、すぐにケーキを箱《はこ》に入《い》れました。おわびのしるしとして、ハリソンさんにもっていこうというわけです。

「もしハリソンさんがあたしに口《くち》をきかせてくれたらということだけど。」アンは小道《こみち》の柵《さく》を乗《の》りこえて、夢《ゆめ》のように美《うつく》しい八月《がつ》の夕日《ゆうひ》を浴《あ》びてどこもかしこも黄金色《こがねいろ》に染《そ》まるなか、畑《はたけ》を横切《よこぎ》る近道《ちかみち》を歩《ある》きだしながら、しずんだ気持《きも》ちで考《かんが》えました。「死刑場《しけいじょう》へつれていかれる人《ひと》の気持《きも》ちって、わかるわぁ。」

第3章 ハリソンさんのお宅《たく》で

ハリソンさんのおうちは、古風《こふう》な、ひさしの低《ひく》い白《しろ》い家《いえ》で、こんもりした唐檜《とうひ》の森《もり》を背《せ》にして建《た》っていました。

ハリソンさん本人《ほんにん》は、上着《うわぎ》をぬいでシャツすがたになって、つる草《くさ》で日陰《ひかげ》になったベランダで夕方《ゆうがた》のパイプをくゆらせていました。小道《こみち》をやってくるのがだれかわかったとたん、とびあがって家《いえ》のなかへかけこみ、ドアを閉《し》めました。これはただ、きのう、かっとなってさけんでしまったことを大《おお》いに恥《は》じていて、アンがきたのにびっくりして、どぎまぎしたためでした。しかし、アンにしてみれば、これを見《み》て、かろうじて残《のこ》っていた勇気《ゆうき》が消《け》し飛《と》ばされる思《おも》いでした。

「もうあんなに怒《おこ》ってるなら、あたしがしたことをお話《はな》ししたら、どうなってしまうかしら。」

アンは、ドアをノックしながら、みじめな気持《きも》ちで考《かんが》えました。

ところが、ハリソンさんは、ドアを開《あ》けると、はずかしそうににこにこして、どことなくそわそわしながらも、とてもやさしく親《した》しげにアンを部屋《へや》へ招《まね》き入《い》れました。パイプはかたづけて、

上着《うわぎ》を着《き》ています。ほこりだらけのいすをアンにたいへんていねいにすすめてくれたので、鳥《とり》かごからいじわるそうな金色《きんいろ》の目《め》でのぞいていたオウムが告《つ》げ口《ぐち》しなければ、楽《たの》しい訪問《ほうもん》になっていたかもしれません。アンが腰《こし》をおろしたとたん、オウムのジンジャーがさけんだのです。

「なんてこった、あの赤毛《あかげ》のとんちき、なにしにきた？」

ハリソンさんの顔《かお》と、アンの顔《かお》と、どちらが赤《あか》いか、わからないほどでした。

「あのオウムのことは気《き》にせんでください」と、ハリソンさんは、怒《おこ》った目《め》でジンジャーをにらみつけて言《い》いました。「あれは……しょっちゅう、意味《いみ》のないことを言《い》うんでね。船乗《ふなの》りだった弟《おとうと》からもらったんだ。船乗《ふなの》りというのは、あまり上《じょう》品《ひん》なことばづかいをせんし、オウムは物《もの》まねをする鳥《とり》だからね。」

「そうですね。」かわいそうなアンは、用件《ようけん》を思《おも》い出《だ》して、むっとした気持《きも》ちをおさえて言《い》いました。

今《いま》は、ハリソンさんに文句《もんく》を言《い》える立場《たちば》にはないということは、たしかでした。人《ひと》の牛《うし》を勝手《かって》に、その人《ひと》が知《し》らないうちに売《う》ってしまったのですから、その人《ひと》のオウムがむっとすることをくりかえそうが気《き》にしてはいられません。とは言《い》え、「赤毛《あかげ》のとんちき」は、内心《ないしん》おだやかな気持《きも》ちではいられませんでした。

「白状《はくじょう》しにまいりました、ハリソンさん。」アンは、きっぱりと言《い》いました。「それは……あの……ジャージー種《しゅ》の牛《うし》のことです。」

「なんてこった。」ハリソンさんは、いらいらしてさけびました。「また、うちの麦畑《むぎばたけ》に入《はい》りこんだのかね？　なあに、かまわん……気《き》にすることはない。どうでもいいよ……ちっともかまわん。わしは……きのう、あまりにせっかちだったよ、まったく。牛《うし》がまた入《はい》りこんでも、まあいいよ。」

「ああ、それだけじゃないんです」と、アンはため息《いき》をつきました。「十倍《ばい》わるいことなんです。あたし……」

「なんてこった、まさか小麦畑《こむぎばたけ》に入《はい》ったというんじゃないだろうね？」

「いえ……いいえ……小麦畑《こむぎばたけ》じゃなく。あのう……。」

「じゃあ、キャベツ畑《ばたけ》か！　わしが品評会《ひんぴょうかい》に出《だ》そうと育《そだ》てているキャベツをふみつぶしたか、え？」

「キャベツではありません、ハリソンさん。なにもかも、もうしあげます……こちらにうかがったわけを――でも、どうか最後《さいご》まで聞《き》いてください。とちゅうでいろいろ言《い》われると、そわそわしてしまうんです。どうかあたしが話《はな》しおえるまで、なにも言《い》わずに聞《き》いてください。……お聞《き》きになったら、いろいろとおっしゃりたいことが山《やま》ほどあるでしょうけれど。」最後《さいご》のところは、頭《あたま》のなかで思《おも》っただけで、声《こえ》には出《だ》しませんでした。

「もうひとことも言《い》わないよ」と、ハリソンさんは言《い》い、ほんとうに言《い》いませんでした。しかし、ジンジャーはだまっているという約束《やくそく》ができるはずもなく、ときどき「**赤毛《あかげ》のとんちき**」と、さけびつづけたので、アンはものすごくいらいらしてしまいました。

「きのう、うちのジャージー種《しゅ》の牛《うし》をかこいのなかに閉《と》じこめました。今朝《けさ》カーモディへ行《い》って、もどってくると、お宅《たく》のカラス麦《むぎ》の畑《はたけ》にジャージー種《しゅ》の牛《うし》がいたんです。ダイアナとあたしで、その牛《うし》を追《お》いまわしたんですが、どんなにたいへんだったか、とてもおわかりにはならないと思《おも》います。あたしは、ずぶぬれになって、つかれて、いらいらしていました――そしたら、シアラーさんがまさにその瞬間《しゅんかん》にたちよって、牛《うし》を買《か》おうっておっしゃったんです。あたし、その場《ば》で、二十ドルで牛《うし》を売《う》りました。失敗《しっぱい》でした。もちろん、マリラに相談《そうだん》するまで待《ま》つべきだったんです。でも、あたし、考《かんが》えもしないでなにかをやってしまうひどいくせがあるんです――あたしのことを知《し》っている人《ひと》は、みんな、そう言《い》うと思《おも》います。シアラーさんは、すぐに牛《うし》をつれていって、その日《ひ》の午後《ごご》の列車《れっしゃ》で出荷《しゅっか》してしまいました。」

「**赤毛《あかげ》のとんちき**」と、ジンジャーが、ものすごい軽《けい》べつをこめた調子《ちょうし》で言《い》いました。

このとき、ハリソンさんが立《た》ちあがって、オウム以外《いがい》ならどんな鳥《とり》でもふるえあがるような顔《かお》をして、ジンジャーの入《はい》ったかごをとなりの部屋《へや》へ運《はこ》んで、ドアを閉《し》めました。ジンジャーはギャーギャーさわぎ、ののしり、そのほかうわさにたがわぬふるまいをしましたが、ひとりきりにされたとわかると、むっつりだまりこんでしまいました。

「失礼《しつれい》したね。話《はなし》をつづけて」と、ハリソンさんは、またすわりながら言《い》いました。「船乗《ふなの》りの弟《おとうと》は、あの鳥《とり》にぎょうぎというものを教《おし》えなかったのでね。」

「あたしは家《いえ》に帰《かえ》って、お茶《ちゃ》のあとで、乳《ちち》しぼりのかこいへ行《い》きました。ハリソンさん……」

アンは、むかし、小《ちい》さいときよくやっていた、両手《りょうて》を胸《むね》の前《まえ》でぎゅっと組《く》むしぐさをしながら身《み》を乗《の》り出《だ》し、大《おお》きな灰色《はいいろ》の目《め》でハリソンさんのまごついた顔《かお》を嘆願《たんがん》するようにじっと見《み》つめました。

「……かこいのなかには、まだ牛《うし》が閉《と》じこめられたままでした。あたしがシアラーさんに売《う》ってしまったのは、あなたの牛《うし》だったたんです。」

「なんてこった」と、ハリソンさんは、思《おも》いもよらぬ結末《けつまつ》にすっかりおどろいて、さけびました。

「なんとまあ、とほうもないことを！」

「ああ、自分《じぶん》やほかの人《ひと》をめんどうに巻《ま》きこむのは、あたしにとってとほうもないことじゃないんです。」アンは、なげくように言《い》いました。「あたし、とほうもないことをするので有名《ゆうめい》なんです。もうそういったことは卒業《そつぎょう》した年《とし》ごろだとお思《おも》いかもしれないけど……こんどの三月《がつ》で、あたし十七になるんです……でも、まだ、だめなんです。ハリソンさん、許《ゆる》していただこうなんて虫《むし》がよすぎるでしょうか。もうあなたの牛《うし》をとりもどそうにも手《て》おくれですが、ここに売《う》った代《だい》金《きん》があります……でも、よろしかったら、かわりにあたしの牛《うし》をさしあげます。とてもいい牛《うし》ですよ。とにかく、このことでは、ほんとにおわびのしようがありません。」

「まあまあ」と、ハリソンさんは、きびきびと言《い》いました。「もういいよ。たいしたことはない……ほんと、どうってことない。事故《じこ》は起《お》こるもんだ。わしは、ときどきかっとなることがあってね。……自分《じぶん》でもおさえがきかなくなる。でも、思《おも》ったことを言《い》わずにいられなくて、人《ひと》がどう思《おも》おうが気《き》にしていられないんだ。あの牛《うし》が、わしのキャベツ畑《ばたけ》に入《はい》っていたとしたら……でも、気《き》にすることはない、入《はい》ってないから、だいじょうぶだ。かわりにあんたの牛《うし》をもらうことにしようかね。売《う》りはらおうと思《おも》っていたようだから。」

「まあ、ありがとうございます、ハリソンさん。お怒《いか》りにならずによかったです。きっとお怒《いか》りになると思《おも》ってたから。」

「それでここへ、わしに話《はな》しにくるのが死《し》ぬほどこわかったんだろ？　きのうあんなにどやしつけちまったからな？　でも、わしのことは気《き》にせんでくれ。ただ、あけすけに物《もの》を言《い》うじいさんだっていうだけのことだからな……少《すこ》しずけずけ言《い》いすぎるかもしれんが、ほんとうのことを言《い》わずにはすまんのだよ。」

「リンドのおばさまもそうだわ」と、アンはうっかり口《くち》をすべらせてしまいました。

「だれだって？　リンドのばあさんか？　あんなおしゃべりばあさんといっしょにせんでくれ。」ハリソンさんは、いらいらと言《い》いました。「わしは……ちっとも……似《に》ておらんからな。その箱《はこ》に、なにが入《はい》っているのかね？」

「ケーキです」と、アンは茶目《ちゃめ》っ気《け》を出《だ》して言《い》いました。ハリソンさんが思《おも》いがけず人好《ひとず》きのする人《ひと》だったのでほっとして、アンの気分《きぶん》は、羽毛《うもう》のようにふわふわとまいあがっていました。

「あなたのためにもってきたの……きっとケーキなんて、めったにめしあがらないんじゃないかなって思《おも》って。」

「そうだね。そのとおりだ。それに、ケーキは大好《だいす》きだよ。どうもありがとう。上《うえ》のほうはおいしそうだね。なかまでずっとおいしいといいな。」

「おいしいですよ」と、アンは、明《あか》るく自信満々《じしんまんまん》で言《い》いました。「おいしくないケーキを作《つく》ったこともあって、アラン牧師《ぼくし》のおくさまがご存《ぞん》じだけれど、これはだいじょうぶです。改善協会《かいぜんきょうかい》のために作《つく》ったものなんですけど、協会用《きょうかいよう》にはまた作《つく》り直《なお》せばいいですから。」

「それじゃあ、いいかな、食《た》べるのにつきあってもらおう。やかんを火《ひ》にかけるから、お茶《ちゃ》にしよう。どうだね？」

「あたしがお茶《ちゃ》をいれてもいいですか？」アンは、うたがうように言《い》いました。

ハリソンさんは、くすくす笑《わら》いました。

「どうやらわしにはお茶《ちゃ》がちゃんといれられないと思《おも》っておるようだな。そりゃ、まちがいだ。いくらでもおいしいお茶《ちゃ》がいれられるよ。だが、まあ、いれておくれ。幸《さいわ》い、この日曜《にちよう》に雨《あめ》が降《ふ》ったから、きれいな食器《しょっき》がたくさんある。」

アンはさっと立《た》って仕事《しごと》にかかりました。ティーポットを何度《なんど》も水《みず》をかえてよく洗《あら》ってから、お茶《ちゃ》をいれました。それから、料理用《りょうりよう》ストーブをそうじして、テーブルの上《うえ》に、配膳室《はいぜんしつ》から運《はこ》んできたお皿《さら》をならべました。配膳室《はいぜんしつ》の状態《じょうたい》には、ぞっとしましたが、賢明《けんめい》にもなにも言《い》いませんでした。ハリソンさんは、パンとバターと桃《もも》の缶詰《かんづめ》がどこにあるか教《おし》えてくれました。アンは、庭《にわ》からつんできた花《はな》でテーブルをかざりつけ、テーブルクロスのしみには目《め》をつぶりました。

やがてお茶《ちゃ》の準備《じゅんび》ができて、アンは、ハリソンさんとむかいあってテーブルにすわり、ハリソンさんにお茶《ちゃ》をそそいでさしあげて、学校《がっこう》のこと、友《とも》だちのこと、計画《けいかく》のことなどをなんでもおしゃべりしていました。こんなことになるなんて、とても信《しん》じられませんでした。

ハリソンさんは、ジンジャーがさみしがっているだろうからかわいそうだと言《い》って、もとのところへもどしてやりました。アンは、だれでもなんでも許《ゆる》してあげられる気《き》になっていたので、オウムにくるみをあげましたが、ジンジャーの気持《きも》ちはひどく傷《きず》ついていて、どんな友情《ゆうじょう》のもうし出《で》も拒否《きょひ》されてしまいました。オウムは、とまり木《ぎ》に、むすっとしてとまり、羽《はね》をさかだてたので、まるで緑色《みどりいろ》と金色《きんいろ》の玉《たま》のように見《み》えました。

「どうしてジンジャー〔しょうが〕っていうんですか？」アンは、たずねました。ふさわしい名《な》前《まえ》が好《す》きなアンは、ジンジャーという名前《なまえ》はこんな豪華《ごうか》な羽《はね》に合《あ》っていない気《き》がしたのでした。

「船乗《ふなの》りの弟《おとうと》がつけたんだ。たぶん、こいつがピリッとした刺激《しげき》をくれるからだろう。だが、わしは、この鳥《とり》のことを大事《だいじ》に思《おも》っていてね……どれほど大事《だいじ》かわかったら、おどろくだろうね。もちろん、いけないところもある鳥《とり》だ。あれやこれやいろいろひどいめにあったよ。こいつがひどいことばを吐《は》くのを、よくないと言《い》う人《ひと》もいるが、やめさせることができんのだ。やめさせようとはしたがね……ほかの人《ひと》たちもやめさせようとしたが、だめだった。オウムに対《たい》して偏見《へんけん》をもっている人《ひと》たちもいるが、ばかげていると思《おも》わないかね。わしは、オウムが好《す》きだよ。ジンジャーはいい友《とも》だちだ。どんなことがあっても、この鳥《とり》を手《て》ばなす気《き》にはならん……どんなことがあってもね。」

ハリソンさんは、最後《さいご》のことばをアンにむかって、まるでアンがひそかにジンジャーを手《て》ばなすように説得《せっとく》しにやってきたかのように、とつぜん大《おお》きな声《こえ》で言《い》いました。しかし、アンは、この風変《ふうが》わりで小《こ》うるさい、せかせかした小男《こおとこ》が好《す》きになってきており、お茶《ちゃ》がおわるころには、すっかり友《とも》だちになっていました。ハリソンさんは、改善協会《かいぜんきょうかい》のことを教《おし》えてもらって、賛同《さんどう》す

る気《き》になっていました。

「そりゃいい。やるがいい。この村《むら》には大《おお》いに改善《かいぜん》すべきことがあるからね……この村《むら》の人《ひと》たちにも。」

「あら、どうかしら。」アンはカチンときました。アヴォンリーやその住人《じゅうにん》に、すぐ直《なお》すことのできるちょっとした欠点《けってん》があることは、内々《ないない》に、あるいはとくに親《した》しい仲間《なかま》うちなら、みとめることができますが、ハリソンさんのようなまったくのよそ者《もの》からそういうことを言《い》われるのは、話《はなし》がちがいます。「アヴォンリーはすてきなところです。そこに住《す》んでる人《ひと》たちも、とてもすてきです。」

「どうやらおまえさんは、かんしゃく持《も》ちのようだな」と、ハリソンさんは、目《め》の前《まえ》で紅潮《こうちょう》したほほや、怒《おこ》った目《め》を見《み》つめながら言《い》いました。「おまえさんのような髪《かみ》には似合《にあ》ってるよ。アヴォンリーは、かなりきちんとした場所《ばしょ》だ。さもなければ、わしはここに住《す》んだりせんよ。だが、おまえさんだって、少しは欠点《けってん》があることをみとめるだろ？」

「欠点《けってん》があるから、なおさらいいのよ」と、アヴォンリーが大好《だいす》きなアンは言《い》いました。「なんの欠点《けってん》もない場所《ばしょ》とか人《ひと》なんて好《す》きじゃないわ。ほんとに完《かん》ぺきな人《ひと》って、とてもつまらないと思《おも》うわ。ミルトン・ホワイトのおくさまがおっしゃっていたけど、完《かん》ぺきな人《ひと》にじかに会《あ》ったことはないけど、いやというほど、その人《ひと》のことを聞《き》かされたんですって……だんなさんの最初《さいしょ》のおくさんのことなの。最初《さいしょ》のおくさんが完《かん》ぺきだった男《おとこ》の人《ひと》と結婚《けっこん》するなんて、とても気《き》づまりだと思《おも》わない？」

「完《かん》ぺきなおくさんと結婚《けっこん》するほうが、気《き》づまりだろうよ。」ハリソンさんは、ふいに、どういうわけか熱《あつ》くなって言《い》いました。

お茶《ちゃ》がおわると、アンは食器《しょっき》を洗《あら》いたいと強《つよ》く言《い》いましたが、ハリソンさんは、まだ何週間《なんしゅうかん》も使《つか》えるほどの食器《しょっき》が家《いえ》にあるからだいじょうぶだと言《い》いました。アンは、床《ゆか》もそうじしたかったのですが、ほうきが見《み》あたらず、ひょっとしてこの家《いえ》には、ほうきがないのかもしれないと思《おも》って、ほうきはどこですかと聞《き》くこともできませんでした。

「ときどき遊《あそ》びにおいで。」アンが帰《かえ》るとき、ハリソンさんが言《い》いました。「遠《とお》くに住《す》んでいるわけじゃなし、近所《きんじょ》づきあいはいいもんだ。わしは、おまえさんの協会《きょうかい》とやらに興味《きょうみ》をもったよ。おもしろそうじゃないか。まず、だれからとりかかるのかね？」

「人をどうこうしようというんじゃないんです……あたしたちが改善《かいぜん》しようとしているのは、場所です。」アンは、威厳《いげん》ある言《い》いかたで言《い》いました。ハリソンさんが協会《きょうかい》のことをからかっているのではないかと思《おも》えたのです。

アンが行《い》ってしまうと、ハリソンさんは、窓《まど》からアンのうしろすがたをながめていました。……しなやかな女《おんな》の子《こ》らしいすがたが、夕焼《ゆうや》けの残光《ざんこう》をあびた畑《はたけ》のむこうに、軽《かる》い足《あし》どりで消《き》えていきました。

「わしは、気《き》むずかしくて、ひとりぼっちの、つむじまがりのじいさんだが」と、ハリソンさんは声《こえ》に出《だ》して言《い》いました。「あの子《こ》には、わしを若《わか》がえらせてくれるなにかがある……こいつはひどくゆかいな気分《きぶん》だ。ときどきこういう気分《きぶん》になりたいもんだ。」

「**赤毛《あかげ》のとんちき。**」ジンジャーが、ばかにするように、しわがれ声《ごえ》で言《い》いました。

ハリソンさんは、オウムにむかって、こぶしをふりあげました。

「このへそまがりの鳥《とり》め」と、ハリソンさんはつぶやきました。「船乗《ふなの》りの弟《おとうと》がおまえをつれてきたときに、いっそその首《くび》をひねってやればよかったわい。いつまでもわしをこまらせようというのか？」

アンは陽気《ようき》に家《いえ》にかけもどり、マリラに冒険談《ぼうけんだん》を語《かた》りました。マリラは、アンの帰《かえ》りがおそいのを少《すく》なからず心配《しんぱい》して、さがしに出《で》ようとしていたところでした。

「結局《けっきょく》、世《よ》の中《なか》って、いいものだわねえ、マリラ？」アンは、うれしそうに話《はな》しおえました。

「リンドのおばさまは、このあいだ、世《よ》の中《なか》はたいしたもんじゃないって、こぼしていらしたけど。なにかを楽《たの》しみにしたりすると、どうせがっかりするわよ、なんておっしゃってたわ……まあ、それもほんとかもしれないけれど。でも、いい面《めん》もあるわ。わるいことってものは、それほどわるくはないものなのよ……たいてい思《おも》ってたより、ずっとましなの。今夜《こんや》ハリソンさんのお宅《たく》にうかがうときは、ひどくいやな思《おも》いをするだろうなと思《おも》ってたけど、それどころか、ハリソンさんって、とっても親切《しんせつ》で、いっしょにいて楽《たの》しかったくらいだったわ。おたがいのわるいところに、いっぱい目《め》をつぶりあえば、ほんとにいいお友《とも》だちになれると思《おも》う。なにもかも最高《さいこう》によい結果《けっか》になったのよ。それにしても、マリラ、だれの牛《うし》か、たしかめもしないで牛《うし》を売《う》るのだけは、二度《にど》としないわ。それに、オウムって、大きらい！」

第4章 さまざまな意見《いけん》

ある日《ひ》の夕暮《ゆうぐ》れ、ジェーン・アンドルーズとギルバート・ブライスとアン・シャーリーは、〝樺《かば》の道《みち》〟として知《し》られる森《もり》の小道《こみち》が街道《かいどう》と交《まじ》わるあたり、ゆったりとゆれる唐檜《とうひ》の木《こ》かげになった柵《さく》のそばで立《た》ち話《ばなし》をしていました。ジェーンがその日《ひ》の午後《ごご》、アンの家《いえ》へ遊《あそ》びにきて、ジェーンが帰《かえ》るときにアンが見送《みおく》りにとちゅうまで出《で》てきたら、柵《さく》のところでギルバートと出会《であ》って、三人《にん》は今《いま》、運命《うんめい》の明日《あす》のことを話《はな》していたところでした。というのも、明日《あす》、九月一日《がっついたち》には、新《しん》学期《がっき》がはじまるのです。ジェーンはニューブリッジ校《こう》で教《おし》え、ギルバートはホワイト・サンズ校《こう》で教《おし》えることになります。

「あなたたちはどちらも、あたしよりもましよ。」アンは、ため息《いき》をつきました。「知《し》らない子《こ》たちを教《おし》えるんだもの。あたしなんて、かつて学校《がっこう》でお友《とも》だちだった子《こ》たちを教《おし》えるのよ。リンドのおばさまは、『なあんだ、アンが先生《せんせい》か』ってことになって、最初《さいしょ》からかなり怒《おこ》ってみせなきゃ、言《い》うことなんて聞《き》きやしないよって言《い》うのよ。でも、教師《きょうし》が怒《おこ》ってるなんてよくないでしょ。

ああ、なんて責任《せきにん》かしら！」

「だいじょうぶよ」と、ジェーンはなぐさめてくれました。ジェーンは、よき影響《えいきょう》をあたえられるお手本《てほん》になろうなんて野望《やぼう》を抱《いだ》いてはいませんでした。きちんと給料《きゅうりょう》をかせいで、学校《がっこう》の理事《りじ》に気《き》に入《い》られ、視察官《しさつかん》が作成《さくせい》する優等教員名簿《ゆうとうきょういんめいぼ》に自分《じぶん》の名前《なまえ》があがればそれでいいのです。それ以上《いじょう》のことはジェーンは望《のぞ》んでいませんでした。「大事《だいじ》なことは、規律《きりつ》をたもつことであり、教師《きょうし》はそのために、少《すこ》し怒《おこ》ってみせなければならないわ。生徒《せいと》たちが言《い》うことを聞《き》かなければ、罰《ばつ》をあたえるのよ。」

「どんな罰《ばつ》？」

「たっぷりむちで打《う》つのよ、もちろん。」

「あら、ジェーン。だめよ、そんな」と、アンはびっくりして言《い》いました。「ジェーン、そんなのだめ！」

「それが必要《ひつよう》な子《こ》には、そうするわ。とうぜんよ。」ジェーンは、きっぱりと言《い》いました。

「子《こ》どもをむちで打《う》つなんて、あたしには、ぜったいできないわ。」アンは、同《おな》じくらいきっぱりと言《い》いました。「むちなんて、まったく意味《いみ》がないもの。ステイシー先生《せんせい》は、だれひとりむちで打《う》たずに完《かん》ぺきな秩序《ちつじょ》をたもっていたじゃない。フィリップス先生《せんせい》はいつもむちをふりまわし

てたけど、クラスはめちゃくちゃだったわ。そうよ。むちを使《つか》わずにやっていかれないようなら、学校《がっこう》で教《おし》えようなんて思《おも》わない。もっとましなやりかたがあるわよ。生徒《せいと》たちから愛《あい》されるようにがんばるわ。そしたら、みんな、みずから進んであたしの言《い》うことを聞《き》いてくれるわ。」

「でも、そうならなかったら？」現実的《げんじつてき》なジェーンは言《い》いました。

「とにかく、むちなんて使《つか》いたくないわ。そんなことしても、いいことなんてないもの。ああ、ジェーンも、むちなんて使《つか》わないで。子《こ》どもたちがなにをしようとも。」

「どう思《おも》う、ギルバート？」ジェーンは、たずねました。「ときには、むちでたたかなきゃならない子《こ》がいると思《おも》わない？」

「子《こ》どもをむちで打《う》つなんて……どんな子《こ》どもであろうとも……残酷《ざんこく》で、やばんよね？」アンは、いっしょうけんめいなあまり、顔《かお》をまっ赤《か》にして、さけびました。

「そうだな」と、ギルバートは、自分《じぶん》の信念《しんねん》と、アンの理想《りそう》に近《ちか》づきたいという思《おも》いとのふたつにひきさかれて、ゆっくり言《い》いました。「どちらの言《い》い分《ぶん》ももっともだと思《おも》うよ。ぼくは、子《こ》どもをむち打《う》つことは、あまりよいことだとは思《おも》わない。君《きみ》の言《い》うとおり、アン、もっとよい方法《ほうほう》でしつけられると思《おも》うし、体罰《たいばつ》は最後《さいご》の手段《しゅだん》であるべきだと思《おも》う。でもいっぽう、ジェーンの言《い》うように、ほかのやりかたではわからない子《こ》だって、ときには、いるし、ようするに、むち打《う》ちが必要《ひつよう》でひっぱたいてやればよい子《こ》になる子《こ》だっている。最終手段《さいしゅうしゅだん》として体罰《たいばつ》をおこなうというのが、ぼくのやりかただ。」

ギルバートは、両方《りょうほう》にいい顔《かお》をしようとして、いつものように、とうぜんながら、どちらのきげんもそこねてしまいました。ジェーンは、頭《あたま》をつんと上《うえ》へそらして言《い》いました。

「あたしは、生徒《せいと》がわるいことをしたら、むち打《う》つわ。わからせるのにいちばん手《て》っとり早《ばや》いやりかただもの。」

アンはがっかりして、ギルバートをちらりと見《み》ました。

「あたしはぜったいに、むち打《う》ちなんてしない。」アンは、きっぱりと、くりかえしました。「まちがってるし、そんなことする必要《ひつよう》なんてないもの。」

「あなたがなにかしなさいと命《めい》じたとき、男子生徒《だんしせいと》が言《い》いかえしてきたら、どうするのよ？」と、ジェーン。

「放課後《ほうかご》に居残《いのこ》りをさせて、やさしく、きっちりお説教《せっきょう》をするわ」と、アン。「だれにだって、どこかしらいいところはあるものよ。それを見《み》つけて、のばしてやるのが、教師《きょうし》のつとめだわ。クイーンで学校運営《がっこううんえい》の先生《せんせい》がそう言《い》ってたでしょ？　むちなんか打《う》って子《こ》どものいいところが見《み》つけられると思《おも》う？　レニー教授《きょうじゅ》だって、読《よ》み書《か》き算数《さんすう》を教《おし》えることよりも、子《こ》どもによい影響《えいきょう》をあたえることのほうがずっと重要《じゅうよう》だっておっしゃってたわ。」

「でも、視察官《しさつかん》は子《こ》どもの学力《がくりょく》を調《しら》べるんですからね。基準《きじゅん》に達《たっ》しなければ、よい報告書《ほうこくしょ》は書《か》いてもらえないわ」と、ジェーンが反論《はんろん》しました。

「優秀教師《ゆうしゅうきょうし》として表彰《ひょうしょう》されるより、生徒《せいと》に愛《あい》されて、何年《なんねん》もたってからほんとにお世話《せわ》になったなあって思《おも》い出《だ》してもらえる先生《せんせい》になりたいわ。」アンが決意《けつい》したように断言《だんげん》しました。

「わるいことをしても、子《こ》どもをぜんぜん罰《ばっ》さないのかい？」ギルバートがたずねました。

「そりゃ、罰《ばつ》はあたえなきゃいけないとは思《おも》うわ。そうしたくないけれど。でも、休《やす》み時間《じかん》に居《い》残《のこ》らせたり、教室《きょうしつ》に立《た》たせたり、詩《し》を何行《なんぎょう》も写《うつ》させたりすればいいのよ。」

「罰《ばつ》として、女《おんな》の子《こ》を男《おとこ》の子《こ》のとなりにすわらせたりしないでしょうね？」ジェーンがほくそえむように言《い》いました。

ギルバートとアンは顔《かお》を見《み》あわせて、てれたようにほほえみました。ずっとむかし、アンは罰《ばつ》としてギルバートのとなりにすわらされ、その結果《けっか》、悲《かな》しくてつらい思《おも》いをしたのでした。

「まあ、なにがいちばんいいかは、そのうちわかるわ」と、ジェーンは別《わか》れぎわに、さとったように言《い》いました。

アンはグリーン・ゲイブルズへの帰《かえ》り道《みち》、羊歯《しだ》の葉《は》が香《かお》る木陰《こかげ》の〝樺《かば》の道《みち》〟をがさごそと通《とお》り、〝すみれの谷《たに》〟をぬけて、樅《もみ》の林《はやし》の下《した》で光《ひかり》とかげがキスをしあう〝やなぎ池《ウィローミア》〟をすぎて、〝恋人《こいびと》の小道《こみち》〟へさしかかりました……どれも、ずっと前《まえ》にダイアナといっしょに名《な》づけた場所《ばしょ》でした。

アンはゆっくりと歩《ある》き、森《もり》や野原《のはら》や星《ほし》のきらめく夏《なつ》の夕暮《ゆうぐ》れのすばらしさを楽《たの》しみつつ、明日《あす》ひきうけなければならない新《あたら》しい仕事《しごと》のことを真剣《しんけん》に考《かんが》えました。グリーン・ゲイブルズの庭《にわ》に着《つ》いてみると、台所《だいどころ》の開《ひら》いた窓《まど》から、リンド夫人《ふじん》の決《き》めつけるような口調《くちょう》の大声《おおごえ》が聞《き》こえてきました。

「リンドのおばさまが、明日《あした》のことで、あたしに忠告《ちゅうこく》をなさろうと、いらしてるんだわ。」アンは顔《かお》をしかめて考《かんが》えました。「だけど、なかに入《はい》らないでおこうっと。おばさまの忠告《ちゅうこく》って、コショウみたいなんだもの……ほんの少《すこ》しなら、すばらしいのに、こってりくださるから、ひりひりしてしまう。かわりに、ちょっとハリソンさんのところへ走《はし》っていって、おしゃべりしようっと。」

アンがハリソンさんのところへおしゃべりしに行《い》くのは、これがはじめてではありませんでした。例《れい》のジャージー種《しゅ》の牛《うし》の一件《いっけん》以来《いらい》、夕方《ゆうがた》、何回《なんかい》か遊《あそ》びに行《い》っていて、ハリソンさんとは、とてもいいお友《とも》だちになったのです。ただ、ハリソンさんがじまんしている、ものをズバリと言《い》う言《い》いかたは、ときどきかなりこたえることもありました。

オウムのジンジャーは、あいかわらずアンのことを、うさんくさそうに見《み》ており、かならず皮《ひ》肉《にく》いっぱいに「**赤毛《あかげ》のとんちき**」とあいさつするのでした。ハリソンさんは、これをやめさせようとして、アンがやってくると、とびあがって、「なんてこった、あのかわいい女《おんな》の子《こ》がまたやってきた」などとさけんでみせるのですが、むだでした。ジンジャーはこちらの魂胆《こんたん》を見《み》すかして、ばかにするのです。アンがいないところでハリソンさんがどれほどアンをほめちぎっているか、アンには知《し》るよしもありませんでした。もちろんハリソンさんは、面《めん》とむかってほめたりはしないのです。

「やあ、明日《あした》のために、むちにする小枝《こえだ》を集《あつ》めに森《もり》へ行《い》ってきたところかな？」と、ハリソンさんは、ベランダの段《だん》をあがってきたアンにあいさつしました。

「いいえ、とんでもない」と、アンはむっとして言《い》いました。アンはいつもむきになるので、からかうには絶好《ぜっこう》の相手《あいて》でした。「うちの学校《がっこう》ではむちは使《つか》わないの、ハリソンさん。もちろん、黒板《こくばん》を指《さ》す棒《ぼう》は使《つか》うけど、それは指《さ》ししめすためだけに使《つか》うんです。」

「じゃあ、かわりに革《かわ》ひもでたたくんだな？　まあ、ひょっとすると、それが正解《せいかい》かもしれん。むちはそのときはこたえるが、革《かわ》ひものほうが、あとまでじんじんするからな。」

「あたしは、そんなこと一切《いっさい》しないの。生徒《せいと》をひっぱたいたりしないの。」

「なんてこった。」ハリソンさんは、心《こころ》からおどろいて、さけびました。「じゃあ、どうやって規《き》律《りつ》を守《まも》らせるんだい？」

「愛情《あいじょう》でよ、ハリソンさん。」

「そりゃむりだ」と、ハリソンさん。「ぜったいむりだよ、アン。『むちを惜《お》しめば子《こ》どもはだめになる』っていうことわざがあるじゃないか。わしが学校《がっこう》に通《かよ》ってたころは、先生《せんせい》は毎日《まいにち》むちをくれたよ。そのときいたずらをしていなくても、どうせいたずらしようと思《おも》っていただろうって言《い》ってね。」

「ハリソンさんが子《こ》どもだったときとは、時代《じだい》がちがうんです。」

「だが、人間《にんげん》の本性《ほんしょう》は変《か》わっちゃおらん。いいかね。いつだってむちを使《つか》えるように用意《ようい》しておかないと、チビどもに言《い》うことを聞《き》かせることなどできんよ。」

「まあ、まず自分《じぶん》のやりかたで、やってみることにします。」アンは、かなり強固《きょうこ》な意志《いし》をもっていて、自分《じぶん》の考《かんが》えをぜったいにまげずに言《い》いました。

そのことをハリソンさんは、「おまえさんも、かなりがんこだな」と言《い》いました。「まあまあ、そのうちわかるさ。いつか、かっとなって……おまえさんみたいな髪《かみ》の人《ひと》は、どうしようもなくかっとするもんだからね……そのごたいそうな考《かんが》えなんかすっかりわすれちまって、さんざんひっぱたくだろうよ。なにしろ、おまえさんは、教師《きょうし》になるには、まだ若《わか》すぎる……若《わか》いし、おさなすぎるんだ。」

というわけで、その晩《ばん》、アンはかなり暗《くら》い気分《きぶん》になってベッドに入《はい》りました。あまりねむれず、翌朝《よくあさ》、朝食《ちょうしょく》のときひどく青白《あおじろ》く悲劇的《ひげきてき》なようすをしていたので、マリラはびっくりして、あつあつのジンジャー・ティーを飲《の》みなさいと強《つよ》くすすめました。

アンはそれをしんぼう強《づよ》くすすりましたが、ジンジャー・ティーになんの効果《こうか》があるのかわかりませんでした。飲《の》めば経験豊富《けいけんほうふ》なベテラン教師《きょうし》になれるという魔法《まほう》の飲《の》みものだったなら、ガブガブ飲《の》んだことでしょうけれど。

「マリラ、失敗《しっぱい》したらどうしよう!」

「一日《いちにち》ですっかり失敗《しっぱい》することなんてありえないし、明日《あした》からまだ何日《なんにち》もあるんだよ」と、マリラは言《い》いました。「あんたのいけないところはね、アン、今《いま》すぐ子《こ》どもたちになにもかも教《おし》えて、子《こ》どもたちのいけないところをすっかり直《なお》さなければと思《おも》っていて、それがすぐできないと、失《しっ》敗《ぱい》したと思《おも》うところだよ。」

第5章
れっきとした先生《せんせい》

その日《ひ》の朝《あさ》、アンが学校《がっこう》に着《つ》いたとき……〝樺《かば》の道《みち》〟を通《とお》って、その美《うつく》しさに気《き》づかなかったなんて、生《う》まれてはじめてのことでした……すべてがしずかで、しんとしていました。

前任《ぜんにん》の先生《せんせい》が、アンがくるときには子《こ》どもたちに席《せき》について待《ま》っているようにと指示《しじ》していたので、教室《きょうしつ》に入《はい》ると〔劇作家《げきさっか》シェイクスピアが表現《ひょうげん》したように〕「かがやく朝《あさ》の顔《かお》」がきちんとならんでいて、好奇心《こうきしん》に満《み》ちた目《め》がきらきらと光《ひか》っていました。アンは帽子《ぼうし》を帽子《ぼうし》かけにかけ、子《こ》どもたちにむかいながら、自分《じぶん》がおびえていて間《ま》がぬけていると自分《じぶん》で感《かん》じているのがばれませんように、自分《じぶん》がどんなにふるえているか気《き》づかれませんように、といのりました。

ゆうべは十二時近《じちか》くまで起《お》きていて、学期《がっき》をはじめるにあたって子《こ》どもたちに聞《き》かせるスピーチを書《か》いていたのでした。いっしょうけんめい直《なお》して、推敲《すいこう》して、暗記《あんき》しました。とてもよいスピーチで、とりわけ助《たす》けあうことと真剣《しんけん》な学習《がくしゅう》について、すばらしいことが書《か》かれていました。ただひとつこまったことに、それが今《いま》や、ひとことも思《おも》い出《だ》せないのです。

一年《ねん》もたったように思《おも》える時間《じかん》が……ほんとうは十秒《びょう》ほどでしたが……すぎてから、アンは弱々《よわよわ》しく言《い》いました。

「聖書《せいしょ》を読《よ》んでください。」

たちまち起《お》こったガタピシというつくえのふたを開《あ》け閉《し》めする音《おと》にかくれるようにして、アンは息《いき》もつけずに、いすにすわりこみました。子《こ》どもたちが聖書《せいしょ》を読《よ》むあいだ、うろたえていたアンは気《き》をとり直《なお》し、おとなの国《くに》をめざす小《ちい》さな巡礼《じゅんれい》たちの列《れつ》を見《み》わたしました。

もちろん、そのほとんどは、よく知《し》っている子《こ》たちでした。アンの同級生《どうきゅうせい》たちは前年《ぜんねん》に卒業《そつぎょう》しましたが、それ以外《いがい》は、新入生《しんにゅうせい》と十人《にん》のアヴォンリーへの転校生《てんこうせい》をのぞけば、みんなかつての学友《がくゆう》なのです。前《まえ》から知《し》っている子《こ》たちの能力《のうりょく》はだいたいわかっているので、アンは十人《にん》の転校生《てんこうせい》にひそかに興味《きょうみ》を抱《いだ》きました。やはりほかの子《こ》と大差《たいさ》ないのかもしれませんが、ひょっとすると、なかには天才《てんさい》がいるかもしれません。そう思《おも》うと、わくわくしました。

すみのつくえにひとりきりですわっていたのは、アンソニー・パイでした。ふきげんそうな浅《あさ》黒《ぐろ》い顔《かお》をして、敵意《てきい》をうかべた黒《くろ》い目《め》でこちらをにらんでいます。アンは思《おも》わず、この子《こ》の愛情《あいじょう》をかならずや勝《か》ち得《え》て、パイ家《け》の連中《れんちゅう》をまごつかせてやろうと心《こころ》に決《き》めました。

反対《はんたい》がわのすみには、見《み》たことのない男《おとこ》の子《こ》がアーティー・スローンのとなりにすわっていました――しし鼻《ばな》に、そばかすだらけの顔《かお》、白《しろ》っぽいまつげの下《した》に大《おお》きな水色《みずいろ》の目《め》がのぞいている、ゆかいそうな子《こ》です――おそらく、ドネル家《け》の男《おとこ》の子《こ》でしょう。似《に》ているということで判断《はんだん》するなら、通路《つうろ》をへだててメアリー・ベルとすわっているのは、この子《こ》の妹《いもうと》でしょう。こんなかっこうをさせて学校《がっこう》に行《い》かせるなんて、この子《こ》のおかあさんはいったいどんな人《ひと》かしら、とアンは思《おも》いました。コットンレースのふちかざりがたっぷりついた色《いろ》あせたピンクの絹《きぬ》のドレスに、絹《きぬ》の靴下《くつした》をはいて、よごれた白《しろ》い子《こ》ヤギ革《がわ》の室内《しつない》ばきをはいていたのです。その砂色《すないろ》の髪《かみ》は、あちこちねじまがって、不自然《ふしぜん》なカールがかけられていて、てっぺんには、頭《あたま》より大《おお》きな、けばけばしいピンクのリボンがむすんでありました。この子《こ》の顔《かお》つきからすれば、どうやら本人《ほんにん》はこのかっこうが気《き》に入《い》っているようです。

絹《きぬ》のようにすべすべの小鹿色《こじかいろ》の髪《かみ》を両肩《りょうかた》へなだらかに波打《なみう》たせている、顔色《かおいろ》のわるい小柄《こがら》な子《こ》は、アネッタ・ベルにちがいないとアンは思《おも》いました。かつてはニューブリッジ学区《がっく》に住《す》んでいたのに、両親《りょうしん》が家《いえ》を五十メートルほど北《きた》へ移動《いどう》させて、アヴォンリー学区《がっく》に入《はい》ったのです。

ひとつのベンチに三人《にん》でぎゅっと腰《こし》かけている青白《あおじろ》い子《こ》たちは、たしかにコトン家《け》の姉妹《しまい》です。それから、長《なが》い茶色《ちゃいろ》の巻《ま》き毛《げ》に栗色《くりいろ》の目《め》をした美少女《びしょうじょ》は――今《いま》、聖書《せいしょ》のはしから、ジャック・ギリスにみょうに色《いろ》っぽい視線《しせん》を投《な》げかけていますが――プリリー・ロジャソンにまちがいありま

せん。おとうさんが最近《さいきん》、ふたりめのおくさんをもらって、グラフトンのおばあさんのところからプリリーをひきとったのです。
うしろの席《せき》にすわって、手足《てあし》をもてあましているらしい、背《せ》が高《たか》くて、ぎこちない少女《しょうじょ》がだれなのか、アンにはまったくわかりませんでしたが、あとで、名前《なまえ》はバーバラ・ショーで、アヴォンリーのおばさんのところへひっこしてきた子《こ》だとわかりました。
さらに、バーバラが自分《じぶん》の足《あし》かだれかの足《あし》につまずかずに通路《つうろ》を歩《ある》けたら、アヴォンリー校《こう》の生徒《せいと》たちは、そのめずらしい事実《じじつ》を学校《がっこう》の入《い》り口《ぐち》の壁《かべ》に書《か》いて祝《いわ》うことになっていることも知《し》りました。
けれども、最前列《さいぜんれつ》の少年《しょうねん》と目《め》が合《あ》ったとき、小《ちい》さくゾクッとふるえるような、きみょうな感《かん》じがしました。まるで、探《さが》しもとめていた天才《てんさい》を見《み》つけたかのように思《おも》えたのです。この子《こ》こそ、ポール・アーヴィングにちがいありません。「あの子《こ》はアヴォンリーの子《こ》とはちがうだろうよ」というレイチェル・リンド夫人《ふじん》の予言《よげん》は、今回《こんかい》ばかりは当《あ》たっていたのです。それどころか、ほかのどんな子《こ》ともちがっていると、アンは気《き》づきました。アンのことをじっと見《み》つめている、そのとても濃《こ》い青《あお》い目《め》からは、アンの魂《たましい》とどこか似《に》ている魂《たましい》がのぞいていたのです。

ポールは十才《じっさい》だとわかっていましたが、八才《さい》にしか見《み》えませんでした。とても美《うつく》しい顔《かお》をしており、こんな美《うつく》しい顔《かお》の子《こ》をアンは見《み》たことがありませんでした……たいへん繊細《せんさい》であかぬけた顔《かお》だちをしていて、栗色《くりいろ》の巻《ま》き毛《げ》が後光《ごこう》のように頭《あたま》をつつんでいました。きれいな赤《あか》いくちびるはふっくらしているのに、つき出《だ》しておらず、上下《じょうげ》がそっとふれあって、口《くち》の両《りょう》はしへむけてやわらかな線《せん》をえがき、もう少《すこ》しで、えくぼになりそうでした。精神《せいしん》が肉体《にくたい》よりずっとおとなびているかのように、なにか考《かんが》えているような、まじめで真剣《しんけん》な表情《ひょうじょう》をしていました。しかし、アンがそっとほほえみかけると、かたい表情《ひょうじょう》はさっと消《き》えて、全身《ぜんしん》が光《ひか》りかがやくようなほほえみがかえってきました。あたかも少年《しょうねん》の内《うち》がわにランプがパッとともって、頭《あたま》からつま先《さき》まで照《て》らしたかのようでした。なによりもよかったのは、そのほほえみが思《おも》わず浮《う》かべられた自然《しぜん》なものであって、ほほえもうと努力《どりょく》したり意図《いと》したりしたものではなく、かくれていた人《ひと》がらがすっと外《そと》に見《み》えて、とてもいい子《こ》だとわかったことでした。アンとポールは、すばやくほほえみを交《か》わしただけで、ひとことも発《はっ》さぬうちから、親友《しんゆう》となったのです。

その日《ひ》は夢《ゆめ》のようにすぎました。あとでふりかえっても、はっきり思《おも》い出《だ》すことができません。まるで、教《おし》えていたのがアンではなく、だれかほかの人《ひと》であったような感《かん》じです。アンは機械的《きかいてき》に、子《こ》どもたちが朗読《ろうどく》する声《こえ》を聞《き》き、算数《さんすう》をさせ、書《か》きとりをさせました。

子《こ》どもたちはとてもぎょうぎよくしていました。しからなければならなかったのは、たった二回《かい》でした。ひとつは、モーリー・アンドルーズが、飼《か》いならしたコオロギを二ひき、通路《つうろ》で走《はし》らせていたところを、つかまえたのです。アンは、モーリーを教壇《きょうだん》の上《うえ》に一時間《じかん》立《た》たせました。モーリーは立《た》たされることはなんでもなかったのですが、コオロギを没収《ぼっしゅう》されると、しょげかえりました。アンはコオロギを箱《はこ》に入《い》れて、学校《がっこう》からの帰《かえ》り道《みち》、〝すみれの谷《たに》〟に放《はな》してやりました。でも、モーリーは、そのあともずっと、アンがコオロギを家《いえ》へ持《も》って帰《かえ》って、自分《じぶん》で飼《か》って楽《たの》しんでいるのだと思《おも》いこんでいました。

もうひとりつかまったのはアンソニー・パイで、石盤《せきばん》の文字《もじ》を消《け》す水《みず》が最後《さいご》の数滴《すうてき》びんに残《のこ》っていたのを、オーレリア・クレイのうなじに、たらしたのです。アンは、休《やす》み時間《じかん》にアンソニーを居残《いのこ》らせ、紳士《しんし》はどのようにふるまわなければいけないかを話《はな》し、淑女《しゅくじょ》の首《くび》に二度《にど》と水《みず》をたらしてはいけませんと注意《ちゅうい》しました。クラスの男《おとこ》の子《こ》にはみんな紳士《しんし》になってほしいの、と、アンは言《い》いました。このちょっとしたお説教《せっきょう》は、とてもやさしく、感動的《かんどうてき》だったのですが、ざんねんながらアンソニーには、どこ吹《ふ》く風《かぜ》といったようすでした。あいかわらずムスッとした顔《かお》のままで、だまって聞《き》いていましたが、出《で》ていくときには、ばかにしたように口《くち》ぶえを吹《ふ》いたのです。アンは、ため息《いき》をつきました。それから、パイ家《け》の子《こ》の愛情《あいじょう》を勝《か》ち得《え》るなんて、ローマの建国《けんこく》と同様《どうよう》、一日《いちにち》でできるものではないと思《おも》い直《なお》して自分《じぶん》を元気《げんき》づけました。実《じつ》のところ、パイ家《け》の子《こ》に、愛情《あいじょう》なんてそもそもあるのかあやしいところもありましたが、アンソニーの場合《ばあい》は、そのふきげんささえ克服《こくふく》できれば、かなりよい子《こ》になりそうに思《おも》えたので、期待《きたい》をかけたのでした。

授業《じゅぎょう》がおわって子《こ》どもたちがいなくなると、アンはぐったりして、いすにドスンと腰《こし》をおろしました。頭《あたま》が痛《いた》くて、気分《きぶん》が落《お》ちこんでいました。なにもひどいことが起《お》きたわけではないのですから、落《お》ちこむ理由《りゆう》なんてほんとはないのですが、あまりにへとへとで、教師《きょうし》の仕事《しごと》が好《す》きに

なれない気《き》がしました。好《す》きでもないことを毎日《まいにち》……そう、たとえば四十年間《ねんかん》もやることになったら、どんなにつらいでしょう。アンは、今《いま》すぐわっと泣《な》きだしてよいものか、それとも、家《いえ》の自分《じぶん》の白《しろ》い部屋《へや》におちつくまで待《ま》つべきかと、心《こころ》がひきさかれました。決《き》めかねていると、入《い》り口《ぐち》にカツカツと、くつ音《おと》がひびき、絹《きぬ》ずれの音《おと》がして、やがてアンの目《め》の前《まえ》にひとりの女性《じょせい》があらわれました。そのいでたちを見《み》たアンには、最近《さいきん》ハリソンさんがシャーロットタウンの店《みせ》で見《み》かけた着《き》かざった女性《じょせい》のことを、「まるで最新《さいしん》ファッションと悪夢《あくむ》とがぶつかったみたい」と評《ひょう》したことばが思《おも》い起《お》こされました。

　その婦人《ふじん》は、いたるところ、これでもかというほどパフとフリルとシャーリングでごてごてにかざりたてられた水色《みずいろ》の絹《きぬ》のサマードレスを豪華《ごうか》にまとっていました。頭《あたま》にかぶった巨大《きょだい》な白《しろ》いシフォンの帽子《ぼうし》には、かなりよれよれになったダチョウの長《なが》い羽根《はね》が三本《ぼん》ついていました。巨大《きょだい》な黒《くろ》い水玉《みずたま》がふんだんにちりばめられたピンクのシフォンのヴェールが、帽子《ぼうし》のふちから肩《かた》にかけてさがっていて、背中《せなか》のほうへ二本《ほん》のはためく吹《ふ》き流《なが》しのように流《なが》れていました。小《こ》柄《がら》な女性《じょせい》によくもこんなにつけられたというほどの宝石《ほうせき》を身《み》につけ

ており、強烈《きょうれつ》な香水《こうすい》がぷんぷんと、におっていました。

「あたくし、ドネールの……H《エイチ》・B《ビー》・ドネールの妻《つま》でございます」と、この幻《まぼろし》のような人《ひと》は言《い》いました。「娘《むすめ》のクラリス・アルマイラが今日《きょう》お昼《ひる》に帰宅《きたく》したとき、聞《き》きましたんですが、おそろしく気《き》にさわりましたことがございまして。」

「もうしわけございません。」アンは弱気《よわき》になって言《い》い、ドネル家《け》の子《こ》どもたちについて、今朝《けさ》なにかあったかしらと思《おも》い出《だ》そうとつとめましたが、なにも思《おも》い当《あ》たりませんでした。

「クラリス・アルマイラによれば、先生《せんせい》はうちの名前《なまえ》をドネルとおっしゃったそうですね。よろしゅうございますか、シャーリー先生《せんせい》、うちの名前《なまえ》の正《ただ》しい読《よ》みかたはドネール……うしろにアクセントがございますの。今後《こんご》はそうおぼえていただきとうございます。」

「わかりました。」アンは、大笑《おおわら》いしたい衝動《しょうどう》をこらえながら、あえぐように言《い》いました。「自分《じぶん》の名前《なまえ》をまちがったつづりで書《か》かれるのがどんなにふゆかいか、私《わたくし》も経験《けいけん》から知《し》っていますから、まちがった発音《はつおん》をされたら、もっといやな気持《きも》ちになると思《おも》います。」

「そのとおりざます。それからクラリス・アルマイラがもうひとつ教《おし》えてくれましたが、先生《せんせい》は、うちの子《こ》をジェイコブとお呼《よ》びになったとか。」

「本人《ほんにん》が、名前《なまえ》はジェイコブだと言《い》っていましたので」と、アンは抗議《こうぎ》しました。

「そんなことだろうと思《おも》いました。」H《エイチ》・B《ビー》・ドネール夫人《ふじん》の口調《くちょう》は、この堕落《だらく》した時代《じだい》、子《こ》どもが恩知《おんし》らずでこまると言《い》わんばかりでした。「あの子《こ》には、下品《げひん》な趣味《しゅみ》がございましてね、シャーリー先生《せんせい》。あの子《こ》が生《う》まれたとき、あたくし、セント・クレアと名《な》づけるつもりでしたの……とーっても、貴族的《きぞくてき》な名前《なまえ》じゃございません？　ところが、あれの父親《ちちおや》が、自分《じぶん》のおじにちなんでジェイコブとつけたいと言《い》って聞《き》きませんでしたの。ジェイコブおじさんというのが、とても裕福《ゆうふく》な老人《ろうじん》でしたので、あたくし、しかたなく承知《しょうち》いたしました。そしたら、どうでしょう、シャーリー先生《せんせい》？　うちの子《こ》が五才《さい》のとき、なんとジェイコブおじさんは結婚《けっこん》してしまって、今《いま》じゃ自分《じぶん》の子《こ》どもが三人《にん》もいるんですのよ。そんな恩知《おんし》らずなことってあるでしょうか？　結婚《けっこん》式《しき》の招待状《しょうたいじょう》がとどいたとき……よくもまあ、しゃあしゃあと招待状《しょうたいじょう》なんてよこせたものですよ、シャーリー先生《せんせい》……そのときあたくし、もうしましたの。『もうジェイコブは、たくさんです』って。その日《ひ》から、うちの子《こ》をセント・クレアと呼《よ》んでますし、これからもセント・クレアと呼《よ》ぶつもりです。あれの父親《ちちおや》ががんこにジェイコブと呼《よ》びつづけ、あの子自身《こじしん》もその下品《げひん》な名前《なまえ》のほうがどういうわけかすっかり気《き》に入《い》っておりますけれども、あの子《こ》はセント・クレアであり、これからもセント・クレアなんざますの。このことをどうぞおわすれなきようおねがいしますよ、シャーリー先生《せんせい》？　よござんすね。これはちょっとした誤解《ごかい》で、ひとこと言《い》えばすむ話《はなし》だとクラリス・アルマイラにもうしたんですのよ……ドネール……うしろを強《つよ》くね……それと、セント・クレア……ジェイコブじゃございませんから。よござんすか？　よござんすね。」

H《エイチ》・B《ビー》・ドネール夫人《ふじん》がドレスをひきずって立《た》ちさると、アンは学校《がっこう》のドアにかぎをかけて帰《き》宅《たく》しました。丘《おか》のふもと、〝樺《かば》の道《みち》〟近《ちか》くにポール・アーヴィングがいました。ポールは、かわいらしい小《ち》さな野生《やせい》のランの花《はな》たばをアンにさし出《だ》しました。アヴォンリーの子《こ》どもたちが「ライス・リリー」と呼《よ》んでいる花《はな》です。

「先生《せんせい》、これ。ライトさんの野原《のはら》で見《み》つけたの。」少年《しょうねん》は、はずかしそうに言《い》いました。「先生《せんせい》って、このお花《はな》が好《す》きそうだなって思《おも》ったから、あげようと思《おも》ってもどってきたんだ。それに、ぼく……」少年《しょうねん》は、その大《おお》きな美《うつく》しいひとみで見《み》あげました。「……先生《せんせい》のことが、好《す》きだから。」

「ありがとう。」アンは、香《かお》りのよい花《はな》を受《う》けとって言《い》いました。ポールのことばが、魔法《まほう》のじゅもんであるかのように、落胆《らくたん》も疲労《ひろう》も吹《ふ》き飛《と》んでしまい、おどる噴水《ふんすい》のように希望《きぼう》が心《こころ》にわきあがりました。アンは、ランのあまい香《かお》りを祝福《しゅくふく》のようにたずさえて、足《あし》どりも軽《かる》く〝樺《かば》の道《みち》〟を歩《ある》いていきました。

「で、どうだったの？」家《いえ》に着《つ》くと、マリラが知《し》りたがりました。

「ひと月《つき》あとで聞《き》いてくれたら答《こた》えられるかもしれないけど、今《いま》はだめ……自分《じぶん》でもわからない

んだもの……距離《きょり》をおいてみないと。頭《あたま》のなかがごちゃごちゃでわけがわからない感《かん》じ。今日《きょう》なしとげられたと自信《じしん》をもって言《い》えるのは、クリフィー・ライトにA《エー》はA《エー》だと教《おし》えてあげたこと。今《いま》まで知《し》らなかったのよ。やがてはシェイクスピアや『失楽園《しつらくえん》』〔ミルトンの長編詩《ちょうへんし》〕へとつづく文学《ぶんがく》の道《みち》をはじめるにふさわしい、はじめの一歩《いっぽ》だと思《おも》わない？」

あとからやってきたリンド夫人《ふじん》は、さらに元気《げんき》の出《で》る話《はなし》をもってきてくれました。このお人《ひと》よしの婦人《ふじん》は、自宅《じたく》の門《もん》のところで生徒《せいと》たちを待《ま》ちぶせて、新《あたら》しい先生《せんせい》は気《き》に入《い》ったかとたずねまくったのです。

「そしたら、アン、どの子《こ》も先生《せんせい》はすばらしいって言《い》ってたのよ、アンソニー・パイは別《べつ》としてね。あの子《こ》は、たしかにそうは言《い》わなかった。『女《おんな》の先生《せんせい》なんて、みんなだめさ』ですって。パイ家《け》の負《ま》けん気《き》ね。でも、気《き》にしちゃだめよ。」

「気《き》にしないわ」と、アンはしずかに言《い》いました。「それでも、アンソニー・パイにも気《き》に入《い》ってもらえる先生《せんせい》になるわ。しんぼう強《づよ》くやさしくすれば、あの子《こ》だってわかってくれるわ。」

「さあて、パイ家《け》の子《こ》が相手《あいて》じゃわからないわよ」と、リンド夫人《ふじん》は用心深《ようじんぶか》く言《い》いました。「あまのじゃくですからね。いつも人《ひと》と逆《ぎゃく》のことばかり。それから、あのドネールざますのおくさんだけど、なにがドネールざますよ。あの家《いえ》は前《まえ》からずっとドネルでしたからね。あの人《ひと》は、ちょっとへんなのよ、まったくもって。クィーニーって呼《よ》んでるパグ犬《けん》を飼《か》っていて、家族《かぞく》といっしょのテーブルで食事《しょくじ》をさせてるのよ。陶器《とうき》の皿《さら》から食《た》べさせてるの。私《わたし》だったら、ばちがあたらないかと思《おも》ってしまうけどね。うちの人《ひと》が言《い》うには、ドネルさん自身《じしん》は、もののわかった、まじめな人《ひと》なんだけど、おくさんをえらぶことにかけちゃ、目《め》がきかなかったんですって、まったくもって。」

第6章
十人十色《じゅうにんといろ》

九月《がつ》のある日《ひ》、プリンス・エドワード島《とう》の丘《おか》には、すがすがしい風《かぜ》が海《うみ》から砂丘《さきゅう》をこえて吹《ふ》きあがってきていました。

畑《はたけ》や森《もり》をぬけて、うねうねとどこまでもつづく赤《あか》い街道《かいどう》が、こんもりしげった唐檜《とうひ》の森《もり》をまわりこみ、大《おお》きな羽根《はね》のような羊歯《しだ》の葉《は》がいっぱいに広《ひろ》がる若《わか》い楓《かえで》の植林地《しょくりんち》をぬけて、くぼ地《ち》へと下《くだ》っていきます。そこでは、森《もり》からいきおいよく流《なが》れ出《で》た小川《おがわ》がふたたび森《もり》へ流《なが》れこんでいました。やがて赤《あか》い街道《かいどう》は、アキノキリンソウとくすんだ青《あお》いアスターの花《はな》が道《みち》ぞいにさいているあいだをぬって、さんさんと日光《にっこう》を浴《あ》びながら進《すす》んでいきます。あたり一帯《いったい》、夏山《なつやま》を楽《たの》しむ小《ちい》さな無数《むすう》のコオロギの鳴《な》き声《ごえ》がこだましています。

この赤《あか》い街道《かいどう》を、まるまる太《ふと》った茶色《ちゃいろ》の小馬《こうま》がぽくぽくと歩《ある》き、小馬《こうま》がひく馬車《ばしゃ》には、若《わか》さと人生《じんせい》とを謳歌《おうか》するふたりの少女《しょうじょ》が乗《の》っていました。

「ああ、今日《きょう》って、エデンの園《その》からこぼれでた一日《いちにち》だと思《おも》わない、ダイアナ？」そう言《い》ってアン

は、しあわせすぎてため息《いき》をつきました。「空気《くうき》には魔法《まほう》がかかってるわ。ほら、すり鉢《ばち》みたいなあの谷《たに》では、収穫期《しゅうかくき》をむかえた畑《はたけ》が紫色《むらさきいろ》になってるわ、ダイアナ。そして、ああ、枯《か》れた樅《もみ》の木《き》のにおいをかいでみて！　ほら、あの小《ちい》さな日当《ひあ》たりのいいくぼ地《ち》で、エベン・ライトさんが柵《さく》のくいを切《き》りだしてる！　あそこから、におってくるのよ。『こんな日《ひ》に生《い》くるは至福《しふく》、だが枯《か》れた樅《もみ》をかぐは、まさに天国《てんごく》』──これって三分《ぶん》の二はワーズワースで、三分《ぶん》の一はアン・シャーリーよ〔詩人《しじん》ワーズワースは『こんな夜明《よあ》けに生《い》くるは至福《しふく》、だが若《わか》いというのはまさに天国《てんごく》』と書《か》いたのです〕」。天国《てんごく》には枯《か》れた樅《もみ》はないわよね。でも、森《もり》を通《とお》っていくときに枯《か》れた樅《もみ》が香《かお》ってこなかったら、天国《てんごく》も完《かん》ぺきとは言《い》えないわ。ひょっとし

たら、天国《てんごく》では枯《か》れたり死《し》んだりしないで、においだけがあるのかもね。そうだわ、きっとそうよ。あのすばらしい香《かお》りは、樅《もみ》の魂《たましい》なのよ……そしてもちろん、天国《てんごく》にのぼるのは、魂《たましい》だけ。」

「木《き》に、魂《たましい》なんてないわよ。」現実的《げんじつてき》なダイアナは言《い》いました。「でも、樅《もみ》の枯《か》れ葉《は》のにおいって、たしかにすてきよね。あたし、クッションを作《つく》って、樅《もみ》の葉《は》をつめるわ。あなたも作《つく》りなさいよ、アン。」

「作《つく》るわ……お昼寝《ひるね》のときに使《つか》うの。そしたら、きっと妖精《ようせい》か森《もり》の精《せい》になった夢《ゆめ》を見《み》るでしょうよ。でも、今《いま》のところはアヴォンリー校《こう》のアン・シャーリー先生《せんせい》で満足《まんぞく》だわ。こんなにすてきな、ほっとする日《ひ》に、こんな道《みち》を行《い》けるんですもの。」

「すてきな日《ひ》だけど、これからやらなきゃいけない仕事《しごと》はすてきじゃないわよ。」ダイアナは、ため息《いき》をつきました。「なんだって、あなた、この道《みち》を受《う》け持《も》つなんて言《い》ったの、アン？　アヴォンリーの変《か》わり者《もの》という変《か》わり者《もの》は、ほとんどこの道《みち》すじに住《す》んでるんじゃないの。まるでおこづかいをねだりにきたみたいにあしらわれるに決《き》まってるわ。最悪《さいあく》の道《みち》よ。」

「だからえらんだのよ。もちろん、ギルバートとフレッドは、たのんだら、ここをひきうけてくれたとは思《おも》うわ。でもね、ダイアナ、あたし、自分《じぶん》が言《い》いだしっぺである以上《いじょう》、アヴォンリー村《むら》改善協会《かいぜんきょうかい》には責任《せきにん》を感《かん》じていて、いちばんいやな仕事《しごと》は率先《そっせん》してやらなきゃいけないと思《おも》ってるの。あなたにはもうしわけないけど。でも、変《か》わり者《もの》の家《いえ》では、あなた、なにも言《い》わないでいいから。話《はな》すのは、ぜんぶまかせといて……リンドのおばさまだったら、そりゃあ話《はな》すのは、あなたのお得意《とくい》でしょうよって、おっしゃるわね。リンドのおばさまは、あたしたちの企画《きかく》に賛成《さんせい》したものかどうか決《き》めかねてるのよ。アランご夫妻《ふさい》が支持《しじ》してくださっていることを思《おも》うと賛成《さんせい》しようという気《き》になるんだけど、村《むら》の改善協会《かいぜんきょうかい》っていうもの自体《じたい》がアメリカではじまったってことが気《き》に食《く》わないのね。だから、どっちつかずでいらして、ただもうあたしたちがうまくやってみせなければ、リンドのおばさまのおめがねにかなわないってわけ。プリシラは、つぎの協会《きょうかい》の会《かい》合《ごう》のために論文《ろんぶん》を書《か》いてくるって言《い》ってたけど、きっといいものを書《か》いてくると思《おも》うわ。だって、あの子《こ》のおばさまって、すっごく頭《あたま》のいい作家《さっか》で、ぜったいその血《ち》を受《う》け継《つ》いでるはずだもの。作家《さっか》のシャーロット・E《イー》・モーガン夫人《ふじん》がプリシラのおばさまだってことを知《し》ったときの感激《かんげき》といったら、一生《いっしょう》わすれられないわ。『エッジウッドの日々《ひび》』や『バラのつぼみの園《その》』を書《か》いた作《さっ》家《か》のめいっ子《こ》とお友《とも》だちだなんて、すばらしいわぁ。」

「モーガン夫人《ふじん》は、どちらにお住《す》まいなの？」

「トロントよ。来年《らいねん》の夏《なつ》、この島《しま》に遊《あそ》びにいらっしゃるんですって。プリシラが言《い》ってた。できたら、あたしたちが会《あ》えるようにとり計《はか》らってくれるんですって。そうなったら、もう夢《ゆめ》みたいね――でも、それって、夜《よる》、おふとんに入《はい》って想像《そうぞう》すると楽《たの》しめるわ。」

アヴォンリー村改善協会《むらかいぜんきょうかい》は、きちんとした組織《そしき》になっていました。ギルバート・ブライスが会《かい》長《ちょう》で、フレッド・ライトが副会長《ふくかいちょう》、アン・シャーリーが書記《しょき》、ダイアナ・バリーが会計《かいけい》でした。会員《かいいん》にはさっそく「改善員《かいぜんいん》」という名《な》がつき、二週間《しゅうかん》に一度《ど》、会員《かいいん》のだれかの家《いえ》で会合《かいごう》をもつことになりました。もう秋《あき》だし、今年《ことし》はたいして改善《かいぜん》はできないだろうという話《はなし》になりましたが、来年《らいねん》の夏《なつ》の活動《かつどう》を計画《けいかく》し、いろいろな案《あん》を出《だ》しあって議論《ぎろん》し、レポートを書《か》いたり読《よ》んだりし、それからこれはアンが言《い》ったことですが、人々《ひとびと》の意識向上《いしきこうじょう》のための教育《きょういく》をすることになりました。

もちろん、反対《はんたい》の声《こえ》はあがり――ことに改善員《かいぜんいん》たちがつらく感《かん》じたのは――あちこちから、からかわれたことでした。イライシャ・ライト氏《し》は、そんな組織《そしき》は、求婚《きゅうこん》クラブとでも呼《よ》んだほうがましだと言《い》ったそうです。ハイラム・スローン夫人《ふじん》は、改善員《かいぜんいん》たちは道《みち》の両《りょう》がわをぜんぶ掘《ほ》りかえしてゼラニウムを植《う》えるって聞《き》いたわ、と断言《だんげん》しました。リーヴァイ・ボウルター氏《し》は、改《かい》善協会《ぜんきょうかい》はそのうち、みんな家《いえ》をとりこわして、改善協会《かいぜんきょうかい》が認可《にんか》する計画《けいかく》にそって建《た》て直《なお》さなければならないと言《い》いだすから気《き》をつけろと、となり近所《きんじょ》に注意《ちゅうい》しました。ジェイムズ・スペンサー氏《し》は、できれば教会《きょうかい》の丘《おか》を平《たい》らにならしてほしいと手紙《てがみ》を送《おく》ってよこしました。エベン・ライト氏《し》はアンに、なんとかジョサイア・スローンのおじいさんに口《くち》ひげをきれいに切《き》りそろえるように改善協会《かいぜんきょうかい》から説得《せっとく》してくれないかと言《い》いました。ロレンス・ベル氏《し》は、どうしてもと言《い》うなら納屋《なや》を白《しろ》くぬってもいいが、牛舎《ぎゅうしゃ》にレースのカーテンをつるすのだけはかんべんしてほしいなどと言《い》いました。メイジャー・スペンサー氏《し》は、カーモディのチーズ工場《こうじょう》へ牛乳配達《ぎゅうにゅうはいたつ》をしている改《かい》善員《ぜんいん》のクリフトン・スローンに、来年《らいねん》の夏《なつ》はだれもが自分《じぶん》の牛乳《ぎゅうにゅう》入《い》れの台《だい》をペンキでぬって、刺《し》繍《しゅう》をしたテーブルクロスをかけなければならないというのはほんとうか、などとたずねました。

　こんなことがあったにもかかわらず、いや、人《ひと》というものはそういうものなのでしょうが、こんなことがあったがゆえに、改善協会《かいぜんきょうかい》はその年《とし》の秋《あき》のうちに実行《じっこう》できそうなただひとつの改善《かいぜん》に、はりきってとりかかることにしました。バリー家《け》の応接間《おうせつま》で開《ひら》かれた第《だい》二回《かい》の会合《かいごう》で、オリヴァー・スローンが、公会堂《こうかいどう》の屋根《やね》をふきかえて、壁《かべ》にペンキをぬるための寄付《きふ》をつのろうと提案《ていあん》したのです。ジュリア・ベルが賛成《さんせい》しましたが、女《おんな》らしくないことをしたのではないかしらと不安《ふあん》そうにしていました。ギルバートがこの提案《ていあん》を議決《ぎけつ》にかけ、満場一致《まんじょういっち》で採択《さいたく》され、アンはおごそかにそれを議事録《ぎじろく》に記録《きろく》しました。

　つぎにすべきは、寄付集《きふあつ》めのための委員《いいん》を指名《しめい》することであり、ガーティー・パイは、ジュリア・ベルばかりにいいかっこうをさせるものかとがんばって、ジェーン・アンドルーズを委員長《いいんちょう》に推薦《すいせん》しました。この動議《どうぎ》もまた支持《しじ》され、採択《さいたく》されたので、ジェーンはおかえしにガーティーを委員《いいん》に指名《しめい》し、そのほかの委員《いいん》をギルバート、アン、ダイアナ、フレッド・ライトとしました。指名《しめい》された委員《いいん》だけが集《あつ》まって、どうまわるかを決《き》めました。アンとダイアナはニューブリッジ街道担当《かいどうたんとう》となり、ギルバートとフレッドはホワイト・サンズ街道《かいどう》、そして、ジェーンとガーティーはカーモディ街道担当《かいどうたんとう》となりました。

ギルバートはアンといっしょに〝おばけの森《もり》〟をぬけていっしょに帰《かえ》る道《みち》すがら、説明《せつめい》しました。

「なぜああいうふうに決《き》めたかと言《い》えばね、パイ家《け》の連中《れんちゅう》はみんなカーモディ街道《かいどう》に住《す》んでいるからだよ。あそこへパイ家《け》のガーティーを送《おく》りこまないかぎり、寄付《きふ》なんか一セントももらえやしないのさ。」

つぎの土曜日《どようび》、アンとダイアナは、さっそくとりかかったというわけです。ふたりは街道《かいどう》のはずれまで馬車《ばしゃ》を走《はし》らせ、そこからもどりながら募金活動《ぼきんかつどう》をはじめることにしました。手《て》はじめは、〝アンドルーズ家《け》の娘《むすめ》たち〟です。

「キャサリンがひとりだったら、なにかもらえるかも」と、ダイアナは言《い》いました。「でも、イライザがいたら、だめだわ。」

イライザは、いました。しかも、いつもよりいっそうふきげんで……いつもよりもずっと陰《いん》うつそうでした。ミス・イライザというのは、人生《じんせい》はなみだの谷間《たにま》であり、笑《わら》うのはおろか、ほほえむのさえエネルギーのむだで、けしからんという感《かん》じの人《ひと》でした。この〝アンドルーズ家《け》の娘《むすめ》たち〟は、五十年《ねん》あまりずっと娘《むすめ》のままで、この世《よ》の旅路《たびじ》の果《は》てまで結婚《けっこん》することはなさそうでした。キャサリンはすっかりあきらめたわけではないけれど、イライザは生《う》まれつきの悲観論者《ひかんろんじゃ》で、希望《きぼう》はまったくもっていませんでした。ふたりは、マーク・アンドルーズのブナの森《もり》のはしっこにある日《ひ》の当《あ》たる土地《とち》に建《た》った小《ちい》さな茶色《ちゃいろ》の家《いえ》に住《す》んでいました。イライザは、夏《なつ》はひどく暑《あつ》い家《いえ》だとこぼしていましたが、キャサリンは、冬《ふゆ》はあたたかなすてきなおうちだと言《い》っていました。

　イライザはパッチワークをぬっていましたが、そうする必要《ひつよう》があったからではなく、くだらないレース編《あ》みなどをしているキャサリンへのあてつけにすぎませんでした。ふたりの少女《しょうじょ》が使《つか》いの用件《ようけん》を説明《せつめい》しているあいだ、イライザは顔《かお》をしかめ、キャサリンはほほえみをうかべて聞《き》いていました。キャサリンはイライザと目《め》が合《あ》うと、もうしわけなさそうにどぎまぎして笑顔《えがお》をやめ

てしまうのですが、つぎの瞬間《しゅんかん》にはまた、ほほえんでくれるのでした。

「むだにするようなお金《かね》があったら」と、イライザはむっつりとして言《い》いました。「火《ひ》をつけて燃《も》えあがるのを見《み》て楽《たの》しむかもしれないけれど、あの公会堂《こうかいどう》なんかのために一セントも出《だ》しやしませんよ。あんなもの、この村《むら》にとってなんの役《やく》にもたたちゃしない。若《わか》い人《ひと》たちが集《あつ》まってわいわいさわぐだけのとこじゃありませんか。家《いえ》で寝《ね》てなきゃいけない時間《じかん》に。」

「あら、イライザ、若《わか》い人《ひと》たちには楽《たの》しみが必要《ひつよう》なのよ」と、キャサリンが抗議《こうぎ》しました。

「そんな必要《ひつよう》ありませんよ。私《わたし》たちが若《わか》いころには、公会堂《こうかいどう》なんかに集《あつ》まったりしませんでしたからね、キャサリン・アンドルーズ。世《よ》の中《なか》は、日《ひ》に日《ひ》にわるくなるいっぽうですよ。」

「私《わたし》は、よくなっていると思《おも》うわ。」キャサリンは、きっぱり言《い》いました。

「あんたが思《おも》うだって！」ミス・イライザは、軽《けい》べつしきった口調《くちょう》で言《い》いました。「あんたがどう思うかなんて、どうだっていいんですよ、キャサリン・アンドルーズ、事実《じじつ》は事実《じじつ》ですからね。」

「あのね、私《わたし》はいつだって物事《ものごと》の明《あか》るい面《めん》を見《み》るようにしているの、イライザ。」

「物事《ものごと》に明《あか》るい面《めん》なんてありません。」

「ありますとも。」そんないまわしい考《かんが》えをだまって聞《き》いていられないアンはさけびました。「だって、明《あか》るい面《めん》って、ものすごくたくさんあるじゃありませんか、ミス・アンドルーズ。ほんとに世《よ》の中《なか》って、すばらしいです。」

「私《わたし》ぐらい人生《じんせい》を長《なが》く生《い》きたら、そんなに人生《じんせい》をよくは思《おも》わないでしょうよ。」ミス・イライザは、うんざりしたように言《い》いかえしました。「世《よ》の中《なか》をよくしようだなんて思《おも》わなくなるでしょうね。おかあさまのおかげんは、いかが、ダイアナ？　まったく、最近《さいきん》ずいぶんおわるいようじゃないか。ひどくお元気《げんき》がないようで。それに、あとどれぐらいでマリラはすっかり目《め》が見《み》えなくなるんだい、アン？」

「気《き》をつけていれば、目《め》はこれ以上《いじょう》わるくならないって、お医者《いしゃ》さまはおっしゃっていますけど。」アンは弱気《よわき》になって言《い》いました。

イライザは首《くび》をふりました。

「お医者《いしゃ》さまっていうのは、元気《げんき》づけるためにそんなことをおっしゃるんだよ。私《わたし》だったら、あまり期待《きたい》しないね。最悪《さいあく》に備《そな》えておくのがいちばんですよ。」

「でも、最善《さいぜん》に備《そな》えておくべきでもありませんか？」アンはうったえました。「わるくなるかもしれないけど、よくなるかもしれないでしょう。」

「私《わたし》の経験上《けいけんじょう》、よくなるなんてことはありませんね。あなたは十六年《ねん》しか生《い》きていないけど、こっちは五十七年《ねん》だからね」と、イライザは言《い》いかえしました。「おや、もうお帰《かえ》り？　じゃあまあ、あなたがたの新《あたら》しい協会《きょうかい》のお力《ちから》で、これ以上《いじょう》アヴォンリーが悪化《あっか》することのないように、いのっていますよ。」

アンとダイアナは、その場《ば》から退散《たいさん》できてやれやれと思《おも》いながら、できるかぎり速《はや》く小馬《こうま》を走《はし》らせました。ブナの森《もり》の下《した》で大《おお》きくカーブをえがいている馬車道《ばしゃみち》をまがっていると、太《ふと》った人《ひと》が、いっしょうけんめい手《て》をふりながら、アンドルーズさんの牧場《ぼくじょう》をつっ切《き》って走《はし》ってくるではありませんか。キャサリン・アンドルーズです。口《くち》もきけないほど息《いき》を切《き》らしていましたが、二十五セント硬貨《こうか》を二枚《まい》、アンの手《て》のなかにおしこみました。

「これは、公会堂《こうかいどう》をぬるための、私《わたし》からの、献金《けんきん》よ。」キャサリンは、あえぎながら言《い》いました。「一ドルさしあげたいところだけど、私《わたし》のおこづかいからこれ以上出《いじょうだ》したら、イライザに気《き》づかれてしまうから。あなたがたの協会《きょうかい》、とっても応援《おうえん》してるわ。たくさんいいことをしてくださるだろうって信《しん》じています。私《わたし》、楽観主義《らっかんしゅぎ》者《しゃ》なの。イライザといっしょにくらしてたら、楽観主義《らっかんしゅぎ》者《しゃ》でないとやっていけないものね。イライザに気《き》づかれないうちに急《いそ》いでもどらなきゃ……にわとりにエサをあげてくるって言《い》って出《で》てきたから。募金活動《ぼきんかつどう》、がんばってね。それからイライザが言《い》ったことなんか気《き》にしちゃだめよ。世《よ》の中《なか》は、ほんと、よくなっていますからね……まちがいなく。」

つぎは、ダニエル・ブレアの家《いえ》でした。

「さあ、ここは、おくさんが家《いえ》にいるかいないかで決《き》まるわ。」わだちのあとが深《ふか》くついた道《みち》をがたがたゆれて進《すす》む馬車《ばしゃ》のなかで、ダイアナは言《い》いました。「家《いえ》にいたら、一セントももらえないわよ。ダニエル・ブレアは、おくさんの許可《きょか》なしに散髪《さんぱつ》もできないって、みんな言《い》ってるもの。ひかえめに言《い》っても、かなりけちなおくさんよ。気前《きまえ》よくする前《まえ》に正《ただ》しくあらねばならないなんて言《い》うのよ。でも、リンドのおばさまに言《い》わせれば、正《ただ》しくあらねばばっかりで、気前《きまえ》よくなんかぜったいならないんですって。」

アンは、ブレアさんのお宅《たく》で体験《たいけん》したことを、その晩《ばん》、マリラにこう話《はな》しました。

「馬《うま》をつないで、それからお勝手口《かってぐち》をノックしたの。だれも出《で》ていらっしゃらなかったけど、ドアは開《あ》いていて、台所《だいどころ》でだれかがひどくさわいでいるのが聞《き》こえたわ。なんて言《い》っているのかわからなかったけど、ダイアナは、あの言《い》いかたは、ののしっているって言《い》うの。ブレアさんがののしったりするはずないでしょ、いつだってとっても物《もの》しずかでおだやかな人《ひと》ですもの。でも、なにかいらいらすることがあったんでしょうね。だって、マリラ、ドアに出《で》ていらしたブレアさんたら、赤《あか》かぶみたいにまっ赤《か》になって、顔《かお》から汗《あせ》をしたたらせて、おくさんの大《おお》きな格子柄《ギンガム》のエプロンをつけてらしたのよ。『このいまいましいひもがとれないもんで』っておっしゃるの。

『かたむすびになっちまって、ほどけないんですよ。だから、こんなかっこうで失礼《しつれい》しますよ、おじょうさんたち』って。あたしたち、『かまいません』って言《い》って、なかに入《はい》ってすわったわ。ブレアさんもおすわりになって、エプロンを首《くび》のまわりにひねってまるめあげたのだけれど、すごくはずかしそうにして気《き》になさるものだから、お気《き》の毒《どく》なくらい。ダイアナが、『おとりこみのところにおうかがいしてしまって』と言《い》うと、ブレアさんは、にっこりなさろうとして……あのかたって、いつも礼儀正《れいぎただ》しいんだわ……『ちょいとばたばたしておりましてね……まあ、ケーキを焼《や》く準備《じゅんび》をしようとしていたんですよ。妻《つま》が今日《きょう》、モントリオールから姉《あね》が今晩《こんばん》くるという電報《でんぽう》を受《う》けとって、汽車《きしゃ》に乗《の》ってむかえに行《い》ったんだが、お茶《ちゃ》に出《だ》すケーキを焼《や》いておいてくれと言《い》って出《で》たんです。材料《ざいりょう》の分量《ぶんりょう》を紙《かみ》に書《か》いて、作《つく》りかたの手順《てじゅん》も教《おし》えてくれたんですが、もうその半分《はんぶん》もすっかりわすれちまいましてね。それに『味《あじ》つけは、お好《この》みで』って書《か》いてあるんだが、こりゃどういうことですかね？　どうしたらわかるんです？　私《わたし》の好《この》みが、ほかの人《ひと》の好《この》みとちがっていたらどうすりゃいいんです？　小《ちい》さなレイヤーケーキの味《あじ》つけには、大《おお》さじ一ぱいのバニラでじゅうぶんでしょうか？』

そんなことおっしゃるのを聞《き》いて、あたし、ますますお気《き》の毒《どく》に思《おも》ったわ。まったくなれないことをなさろうとしていらしたんですもの。おくさんのしりにしかれただんなさんの話《はなし》は聞《き》いたことがあるけど、これがそうなんだなって思《おも》った。『ブレアさん、公会堂《こうかいどう》のために寄付《きふ》をしてくださったら、ケーキを焼《や》くばかりのところまでお手伝《てつだ》いしますよ』って、もう口《くち》まで出《で》かかったんだけど、こまっている人《ひと》に取引《とりひき》をおしつけたりするようじゃ近所《きんじょ》づきあいにならないって気《き》づいたの。それで、なんの条件《じょうけん》もつけずに、『ケーキを焼《や》くばかりのところまでお手伝《てつだ》いします』って言《い》ったわ。そしたら、大《おお》よろこびしてくださって、『独身《どくしん》のときは自分《じぶん》でパンも焼《や》いていたもんだが、ケーキを焼《や》くのはむりだ』っておっしゃってた。でも、おくさんをがっかりさせたくなかったのね。あたしに別《べつ》のエプロンをくださって、ダイアナが卵《たまご》をかきまぜて、あたしが粉《こな》をまぜたわ。ブレアさんは走《はし》りまわって、いろんな材料《ざいりょう》を用意《ようい》してくださった。自分《じぶん》のエプロンのことはすっかりわすれて、走《はし》るとエプロンがうしろになびいてひらひらしたもんだから、ダイアナはそれがおかしくて死《し》にそうだって言《い》ったわ。ブレアさんはケーキをオーブンに入《い》れて焼《や》くのはだいじょうぶで……焼《や》くのは、なれているっておっしゃって……あたしたちの募金表《ぼきんひょう》に四ドル寄付《きふ》するって書《か》いてくださったわ。だから、お手伝《てつだ》いしたかいがあったってわけ。でも、たとえ一セントもくださらなくっても、お手伝《てつだ》いをしたのは、ほんとにキリスト教徒《きょうと》にふさわしいおこないだったと思《おも》うわ。」

つぎの家《いえ》は、セオドア・ホワイトのところでした。アンもダイアナもこれまで一度《いちど》も訪《たず》ねたことがなく、ホワイト夫人《ふじん》は、人《ひと》を歓迎《かんげい》するということのない人《ひと》で、ふたりともあまり話《はな》したことがありませんでした。勝手口《かってぐち》にまわるべきでしょうか、それとも玄関《げんかん》から行《い》くべきでしょうか？こそこそと相談《そうだん》していると、ホワイト夫人《ふじん》が新聞紙《しんぶんし》を腕《うで》いっぱいにかかえて玄関《げんかん》に出《で》てきました。その新聞《しんぶん》を一枚一枚《いちまいいちまい》慎重《しんちょう》に玄関前《げんかんまえ》のポーチにしき、ポーチの段《だん》にしき、それからあっけにとられているふたりの訪問客《ほうもんきゃく》の足《あし》もとまでしいていきました。

「くつを草《くさ》できれいにふいてから、この新聞紙《しんぶんし》の上《うえ》を歩《ある》いてきてくださる？」夫人《ふじん》は、心配《しんぱい》そうに言《い》いました。「うちのおそうじをすっかりすませたところなので、よごれをもちこまないでほしいの。きのう雨《あめ》が降《ふ》ってからというもの、道《みち》がひどくぬかるんでいるでしょ。」

「笑《わら》っちゃだめよ。」ふたりで新聞紙《しんぶんし》の上《うえ》を歩《ある》いていくとき、アンはささやき声《ごえ》で釘《くぎ》をさしました。「おねがい、ダイアナ、おくさまがなにを言《い》おうと、あたしを見《み》ないで。でないと、まじめな顔《かお》をしていられなくなるから。」

新聞紙《しんぶんし》は玄関《げんかん》ホールから、きちんとした、ちりひとつない居間《いま》へとつづいていました。アンとダイアナは手近《てぢか》のいすにおそるおそるすわって、用件《ようけん》を説明《せつめい》しました。ホワイト夫人《ふじん》は、礼儀正《れいぎただ》しく耳《みみ》をかしてくだって、話《はなし》をさえぎったのは二度《ど》だけでした。一度目《どめ》は、うるさいハエを追《お》い出《だ》すためで、もう一回《かい》はアンの服《ふく》からじゅうたんに落《お》ちた小《ちい》さな草《くさ》のかたまりをひろうためでした。アンは、もうしわけなくていたたまれない気持《きも》ちになりましたが、ホワイト夫人《ふじん》は二ドル寄付《きふ》すると記《しる》して、そのお金《かね》をすぐ払《はら》ってくださいました。

「お金《かね》を受《う》けとりにもどってきてほしくなかったからよ。」

ふたりが家《いえ》から離《はな》れてから、ダイアナが言《い》いました。ホワイト夫人《ふじん》は、ふたりがまだ馬《うま》のつなをほどきもしないうちに新聞紙《しんぶんし》をかたづけてしまって、ふたりが庭《にわ》から馬車《ばしゃ》で出《で》ていくときは、玄関《げんかん》にいそがしくほうきをかけていました。

「セオドア・ホワイト夫人《ふじん》は世界一《せかいいち》きれい好《ず》きだって聞《き》いてたけど、たしかにそうね」と、ダイアナは、もうだいじょうぶなところまでくると、こらえていた笑《わら》いを爆発《ばくはつ》させて言《い》いました。

「子《こ》どもがいなくてよかったわよ」と、アンは大《おお》まじめに言《い》いました。「いたら、子《こ》どもは言《い》いようもないほどひどいめにあうわ。」

スペンサーさんのお宅《たく》では、イザベラ・スペンサー夫人《ふじん》が、アヴォンリーのだれかれについてひどいことを言《い》って、ふたりをいやな気分《きぶん》にさせました。トマス・ボウルターさんは、あの公会堂《こうかいどう》は二十年前《ねんまえ》に建《た》てられたとき、自分《じぶん》がすすめた場所《ばしょ》に建《た》てられなかったからと言《い》って、寄付《きふ》はできないとことわりました。エスター・ベル夫人《ふじん》は、健康《けんこう》そのものであるにもかかわらず、あそこが痛《いた》いの、ここがつらいのと三十分《さんじっぷん》かけてこまごま説明《せつめい》して、来年《らいねん》にはお墓《はか》のなかに入《はい》ってしまって寄付《きふ》しようにもできないだろうからと、悲《かな》しそうに五十《ごじっ》セントを寄付《きふ》してくださいました。

しかし、最悪《さいあく》のお宅《たく》は、サイモン・フレッチャーのところでした。庭《にわ》に馬車《ばしゃ》で入《はい》っていくと、玄関横《げんかんよこ》の窓《まど》のむこうから、こちらをのぞいているふたつの顔《かお》が見《み》えました。ところが、ノックをしてしんぼう強《づよ》くじっと待《ま》っても、だれも出《で》てこないのです。ふたりは、かんかんに怒《おこ》ってサイモン・フレッチャーの家《いえ》をあとにしました。アンでさえ、気《き》がくじけてきたと言《い》いました。

ところが、このあと、流《なが》れが変《か》わったのです。スローン家《け》の家屋敷《いえやしき》がつづき、そこで気前《きまえ》のよい寄付《きふ》をもらえて、そこからは最後《さいご》まで調子《ちょうし》よくいき、ときたま拒否《きょひ》されるだけでした。最後《さいご》におとずれたのは、池《いけ》の橋近《はしちか》くのロバート・ディクソンの家《いえ》でした。もう家《いえ》のすぐ近《ちか》くではありましたが、とても「神経質《しんけいしつ》だ」という評判《ひょうばん》のディクソン夫人《ふじん》のきげんをそこねないようにと、そこでお茶《ちゃ》にお呼《よ》ばれすることになりました。

ふたりがおじゃましているところへ、年老《としお》いたジェイムズ・ホワイト夫人《ふじん》がやってきました。

「今《いま》、ロレンゾさんのお宅《たく》に寄《よ》ったんですけどね」と、夫人《ふじん》は言《い》いました。「アヴォンリーであの人《ひと》ほど鼻高々《はなたかだか》な人《ひと》は今《いま》いませんよ。ちょいとまあ、あのお宅《たく》で男《おとこ》の子《こ》が生《う》まれたばかりなのよ……女《おんな》の子《こ》ばかり七人《にん》もつづいたあとで、こりゃ大事件《だいじけん》よ。ほんと。」

アンは耳《みみ》をそばだて、外《そと》へ出《で》ると言《い》いました。

「ロレンゾ・ホワイトさんのところへ、すぐ行《い》くことにするわ。」

「だけど、あの人《ひと》の家《いえ》はホワイト・サンズ街道《かいどう》だから、あたしたちのルートからは、かなり離《はな》れているわ。」ダイアナが反対《はんたい》しました。「ギルバートとフレッドの受《う》け持《も》ち区域《くいき》よ。」

「あのふたりは、こんどの土曜日《どようび》までは行《い》かないわ。それじゃ手《て》おくれなのよ。」アンは、きっぱり言《い》いました。「めずらしさが、うすれてしまうもの。ロレンゾ・ホワイトさんはおそろしくけちだけど、たった今《いま》ならなにになにだって寄付《きふ》してくれるわ。こんなまたとないチャンスをみすみすのがすわけにはいかないわよ、ダイアナ。」

結果《けっか》は、アンが思《おも》ったとおりでした。ふたりを庭《にわ》でむかえたホワイト氏《し》は、復活祭《ふっかつさい》の日《ひ》の太陽《たいよう》のように、にこにこしていました。アンが寄付《きふ》をもとめると、氏《し》は熱烈《ねつれつ》に賛成《さんせい》してくれました。

「もちろん、もちろん。これまでの寄付《きふ》の最高額《さいこうがく》に一ドル上乗《うわの》せした額《がく》を出《だ》すから、そう書《か》いておいてくれたまえ。」

「それですと、五ドルになります……ダニエル・ブレアさんが四ドルですので」と、アンは、おそるおそる言《い》いました。しかし、ロレンゾさんは、びくともしませんでした。

「じゃあ、五ドルだ……そして、はい、即金《そっきん》で払《はら》おう。さあ、おふたりとも家《いえ》へ入《はい》ってください。お見《み》せしたいものがあるんだ……まだ、見《み》ている人《ひと》は少《すく》ないんだよ。さ、入《はい》って、どう思《おも》うか教《おし》えてくれたまえ。」

「あかちゃんがかわいくなかったら、なんて言《い》う？」興奮《こうふん》したロレンゾさんのあとについて家《いえ》のなかへ入《はい》っていくとき、ダイアナがびくびくしてささやきました。

「あら、なにかしらほめるところってあるものよ」と、アンはのん気《き》に言《い》いました。「あかちゃんて、そういうものよ。」

しかし、あかちゃんはかわいかったのでした。ぷくぷくとしたあかちゃんを見《み》て、ふたりの少女《しょうじょ》が心《こころ》から大《おお》よろこびしたので、ホワイトさんは五ドル払《はら》ったかいがあったと思《おも》いました。ただし、ロレンゾ・ホワイトがなにかに寄付《きふ》をしたのは、それが最初《さいしょ》にして最後《さいご》でした。

アンは、つかれてはいましたが、その晩《ばん》、公共《こうきょう》の利益《りえき》のためにもうひとふんばりして、ハリソンさんに会《あ》いに農場《のうじょう》をかけていきました。ハリソンさんはいつものように、ベランダでパイプを吹《ふ》かし、そばにはジンジャーがいました。厳密《げんみつ》に言《い》えば、ハリソンさんの家《いえ》はカーモディ街道《かいどう》に面《めん》しているのですが、

ジェーンもガーティーも、あやしげなうわさを聞《き》くばかりでハリソンさんとは面識《めんしき》がないものですから、どうかおねがいとアンにたのみこんで、ハリソンさんの担当《たんとう》をひきうけてもらったのでした。

しかしながら、ハリソンさんは、一セントも寄付《きふ》をしてくれませんでした。アンがなだめすかしても、むだでした。

「だけど、協会《きょうかい》を応援《おうえん》してくれてるんだと思《おも》ったわ、ハリソンさん」と、アンはなげきました。

「してるよ……してるともさ……だが、金《かね》を出《だ》すほどじゃないってことだよ、アン。」

アンは、その夜《よ》、東《ひがし》の妻壁部屋《つまかべべや》〔アンのお部屋《へや》。妻壁《つまかべ》は三角屋根《さんかくやね》の下《した》の三角形《さんかくけい》の壁《かべ》。『赤毛《あかげ》のアン』下巻《げかん》281ページ参照《さんしょう》〕のかがみに映《うつ》った自分《じぶん》にこう話《はな》しかけました。

「今日《きょう》のようなことがつづいたら、あたし、ミス・イライザ・アンドルーズみたいな悲観論者《ひかんろんじゃ》になりそうだわ。」

第7章 それが義務《ぎむ》なのです

あるおだやかな十月《がつ》のゆうべ、いすにもたれかかったアンは、ため息《いき》をつきました。教科書《きょうかしょ》や練習帳《れんしゅうちょう》でいっぱいのテーブルにむかってすわっていたのですが、手《て》もとにあるぎっしりと書《か》きこみのされた数枚《すうまい》の紙《かみ》は、勉強《べんきょう》や学校《がっこう》の仕事《しごと》とはなんの関係《かんけい》もなさそうでした。

「どうしたんだい？」開《あ》けっぱなしの台所《だいどころ》のドアの前《まえ》へちょうどやってきて、ため息《いき》を聞《き》きつけたギルバートがたずねました。

アンは顔《かお》を赤《あか》らめて、自分《じぶん》が書《か》いていたものを学校《がっこう》の作文《さくぶん》の下《した》におしやりました。

「たいしたことじゃないわ。ハミルトン教授《きょうじゅ》から教《おそ》わったとおり、自分《じぶん》の考《かんが》えを書《か》きとめようとしていたんだけど、思《おも》ったとおりにできないの。白《しろ》い紙《かみ》に黒《くろ》いインクで書《か》いてみると、とたんになんだかぱっとしない、まのぬけたものに見《み》えるんだわ。心《こころ》のなかの思《おも》いって、かげみたいね……気《き》まぐれにおどりまわって、つかまえられない。でも、がんばってつづければ、いつかコツがわかるかも。あたし、あんまりひまな時間《じかん》がないでしょ。学校《がっこう》の練習帳《れんしゅうちょう》と作文《さくぶん》に赤《あか》を入《い》れおわると、もう自分《じぶん》の文章《ぶんしょう》なんて書《か》く気《き》がしなくなるの。」

「アンは学校《がっこう》で、すばらしくうまくやっているじゃないか。生徒全員《せいとぜんいん》から好《す》かれてさ。」

ギルバートは石《いし》のふみ段《だん》に腰《こし》をおろしながら言《い》いました。

「いいえ、全員《ぜんいん》じゃないわ。アンソニー・パイは、あたしのことを好《す》きじゃないし、好《す》きになろうとしてくれない。そのうえ、あたしのこと、尊敬《そんけい》してないの……そう、してないんだわ。あたしをばかにしてる。あなただからうちあけるけど、あたし、すごく気《き》に病《や》んでいるの。どうしようもなくわるい子《こ》っていうわけじゃないのよ……ただひどくいたずらなだけで、ほかの子《こ》とたいしてちがわないわ。言《い》うことを聞《き》かないことはあまりないんだけど、そんなことどうだっていいから、まあ言《い》うとおりにしてやらあっていう、ばかにした態度《たいど》でしたがうのよ……ほかの子《こ》にわるい影響《えいきょう》をあたえてるわ。なんとかわかってもらおうと、いろいろやったんだけど、むりなのかしらという気《き》がしてきた。わかってもらいたいのよ。だって、パイ家《け》の子《こ》にしては、とってもかわいい子《こ》なんですもの。好《す》きになれると思《おも》うわ、あの子《こ》がそうさせてくれたら。」

「きっと、家《いえ》でよけいなことを聞《き》かされているせいなんじゃないかな。」

「そうともかぎらないわ。アンソニーは独立心《どくりつしん》の強《つよ》い子《こ》で、なんにつけ自分《じぶん》で決《き》めるもの。これまで男《おとこ》の先生《せんせい》に教《おそ》わってきたから、女《おんな》の先生《せんせい》はだめだって言《い》ってるのよ。まあ、忍耐《にんたい》とやさしさとでなにができるかやってみせるわ。困難《こんなん》に打《う》ち勝《か》つのは好《す》きだし、教《おし》えるのって、ほんと、おもしろい仕事《しごと》だわ。ポール・アーヴィングは、ほかの子《こ》にないものをすべてもちあわせている子《こ》。あの子《こ》は、完《かん》ぺきにかわいい子《こ》よ、ギルバート。しかも、天才《てんさい》なの。いつか世《よ》の中《なか》の人《ひと》たちは、あの子《こ》のうわさを耳《みみ》にするだろうって信《しん》じているわ。」アンは確信《かくしん》したかのような口調《くちょう》で言《い》いおえました。

「ぼくも教《おし》えるのは好《す》きさ」と、ギルバート。「いい訓練《くんれん》になるしね。だって、アン、ぼくは、ホワイト・サンズのアイデアいっぱいの子《こ》どもたちを教《おし》えたこの数週間《すうしゅうかん》で、自分《じぶん》が何年《なんねん》もかかって学校《がっこう》で学《まな》んだことよりも多《おお》くのことを学《まな》んだんだよ。ぼくらみんな、うまくいってるみたいだね。ニューブリッジ校《こう》ではジェーンが気《き》に入《い》られているみたいだし。ホワイト・サンズでも、ぼくはまあまあいい線《せん》いってるんじゃないかな……アンドルー・スペンサー氏《し》を例外《れいがい》としてね。ゆうべ家《いえ》に帰《かえ》るとちゅうでピーター・ブルーイット夫人《ふじん》に会《あ》ったんだけど、『お伝《つた》えするのが義務《ぎむ》だと思《おも》いますからもうしますが、スペンサー氏《し》はあなたのやりかたに賛同《さんどう》していませんよ』だってさ。」

「だれかが義務《ぎむ》だと思《おも》うから伝《つた》えるなんて言《い》うときは」と、アンが思《おも》い出《だ》すように言《い》いました。「なにかいやなことを言《い》おうとしてるって思《おも》わない？　どうしてすてきなことを伝《つた》えるのを義務《ぎむ》だと思《おも》わないのかしらね？　きのうＨ《エイチ》・Ｂ《ビー》・ドネール夫人《ふじん》が、また学校《がっこう》にきて、お伝《つた》えするのが義務だと思ったと言《い》っていろいろ教《おし》えてくれたわ。ハーモン・アンドルーズ夫人《ふじん》は、あたしが子《こ》どもたちに童話《どうわ》なんか読《よ》み聞《き》かせるのはいかがなものかと思《おも》っているし、ロジャソン氏《し》はプリリーの算数《さんすう》がおくれているとお考《かんが》えなんですって。プリリーが石盤《せきばん》ごしに男《おとこ》の子《こ》たちに流《なが》し目《め》をするのを少《すこ》しでもやめれば、成績《せいせき》もよくなるのに。ジャック・ギリスがプリリーのかわりに計算《けいさん》をしてやってるにちがいないんだけど、その現場《げんば》をおさえられないのよ。」

「ドネール夫人《ふじん》の期待《きたい》の息子《むすこ》に、例《れい》の聖人《せいじん》みたいな名前《なまえ》で呼《よ》ぶことは、なっとくさせたのかい？」

「ええ」と、アンは笑《わら》いました。「でも、たいへんだったわ。最初《さいしょ》、セント・クレアって呼《よ》んだら、ぜんぜんわからなくて、二、三度《ど》呼《よ》んでようやく気《き》づいたの。それから、ほかの子《こ》たちがひじでつついたので、ひどくむっとしたようすで顔《かお》をあげたわ。まるでジョンとかチャーリーとか呼《よ》ばれて自分《じぶん》のこととはわからなかったみたいに。だから、こないだ放課後《ほうかご》に居残《いのこ》らせて、やさしく話《はな》したわ。おかあさまがあなたをセント・クレアと呼《よ》ぶようにご希望《きぼう》で、私《わたし》はそうするほかないんだって。すっかり説明《せつめい》したらわかってくれたわ……ほんと、ものわかりのいい子《こ》なのよ……で、先生がぼくをセント・クレアと呼《よ》ぶのはいいけど、ほかの子《こ》がそんなことをしたら、ぶっとばしてやる、ですって。もちろん、そんなひどいことばを使《つか》ってはいけませんと、しからなければならなかったけど。それ以来《いらい》、あたしはあの子《こ》をセント・クレアと呼《よ》んで、ほかの子《こ》たちはジェイク〔ジェイコブの愛称《あいしょう》〕と呼《よ》んで、うまくやってるわ。大《おお》きくなったら大工《だいく》さんになりたいんですって。ドネール夫人《ふじん》は、あたしがあの子《こ》を大学教授《だいがくきょうじゅ》にすることをご希望《きぼう》なんだけど。」

大学《だいがく》の話《はなし》が出《で》たので、ギルバートの思《おも》いは別《べつ》のほうへ流《なが》れ、ふたりは将来《しょうらい》の計画《けいかく》や希望《きぼう》をしばらく……大《おお》まじめに、真剣《しんけん》に、希望《きぼう》に満《み》ちて、若者《わかもの》らしく語《かた》りあいました。ふたりにとって、将《しょう》来《らい》は、すばらしい可能性《かのうせい》に満《み》ちた、足《あし》あとひとつない、まっさらな道《みち》なのです。

ギルバートはついに、医者《いしゃ》になる決心《けっしん》をしたのでした。

「すばらしい職業《しょくぎょう》だと思《おも》うんだよ」と、ギルバートは熱心《ねっしん》に言《い》いました。「人間《にんげん》は人生《じんせい》を戦《たたか》いつづけなければならない……人間《にんげん》は戦《たたか》う動物《どうぶつ》だって、だれか言《い》ってなかったっけ？　……そして、ぼくが戦《たたか》う敵《てき》は、病気《びょうき》と痛《いた》みと無知《むち》だ……その三つはたがいにむすびついている。ぼくは、この世《よ》で、誠実《せいじつ》な、ほんとの仕事《しごと》をしたいんだよ、アン……人類《じんるい》が生《う》まれてからずっと蓄積《ちくせき》してきた人間《にんげん》の知識《ちしき》に、少《すこ》しでも知識《ちしき》をくわえたいんだ。ぼくの前《まえ》に生《い》きていた人《ひと》たちは、ぼくのためにものすごいことをしてくれたわけだろ。だから、ぼくは、あとからくる人《ひと》たちのためになにかすることで、感謝《かんしゃ》をしめしたいのさ。人類《じんるい》に対《たい》する義務《ぎむ》を果《は》たすのは、それしか方法《ほうほう》がないように思《おも》えるんだ。」

「あたしは、人生《じんせい》に美《うつく》しさをくわえたいわ」と、アンは夢見《ゆめみ》るように言《い》いました。「人々《ひとびと》がもっと多《おお》くのことを知るようになってほしいとは思《おも》わない……それはものすごく気高《けだか》い野心《やしん》だとは思《おも》うけどね……そうじゃなくて、あたしがいるおかげで、ゆかいにすごしてもらえたらいいなって思《おも》うの……あたしが生《う》まれてこなかったら味《あじ》わえなかっただろうなっていう、ちょっとしたよろこびや、しあわせを感《かん》じてもらいたいの。」

「その野望《やぼう》は、毎日《まいにち》かなえているじゃないか」と、ギルバートは、ほれぼれしたように言《い》いました。

そのとおりでした。アンは、生《う》まれながらにして、光《ひかり》の子《こ》だったのです。だれかの人生《じんせい》のなかをアンが通《とお》りすぎると、アンのほほえみやことばが、日《ひ》ざしのように、その人《ひと》の人生《じんせい》にさしこんで、少《すく》なくともその瞬間《しゅんかん》その人《ひと》は、自分《じぶん》の人生《じんせい》が希望《きぼう》に満《み》ち、すばらしく、すてきなものに思《おも》えるのでした。

とうとうギルバートは、なごりおしそうに立《た》ちあがりました。

「さて、ぼくはマクファーソンさんのところへ急《いそ》がなきゃ。ム

ーディー・スパージョンが今日《きょう》、日曜日《にちようび》を家《いえ》で過《す》ごすためにクイーン学院《がくいん》から帰《かえ》ってきて、ボイド教授《きょうじゅ》がぼくにかしてくれる本《ほん》をもってきてくれているはずなんだ。」

「あたしは、マリラのお茶《ちゃ》の用意《ようい》をしなきゃ。夕方《ゆうがた》からキースのおばさまのところへ行《い》っていて、そろそろ帰《かえ》ってくるころだから。」

アンがお茶《ちゃ》を用意《ようい》したところへ、マリラが帰《かえ》ってきました。だんろの火《ひ》は、パチパチと陽気《ようき》に燃《も》え、霜《しも》のせいで白《しろ》くなった羊歯《しだ》とまっ赤《か》な楓《かえで》の葉《は》を生《い》けた花《か》びんがテーブルをかざっていて、ハムとトーストのおいしそうなにおいがただよっていました。ところが、マリラは、深《ふか》いため息《いき》をついて、いすにぐったりすわりこみました。

「また目《め》が痛《いた》いの？　頭《あたま》が痛《いた》いの？」アンは、心配《しんぱい》そうにたずねました。

「いや、ただ、つかれたんだよ……心配《しんぱい》でね。メアリーと子《こ》どもたちのことだけど……メアリーの具合《ぐあい》がわるくなっていて……もう長《なが》いことないのよ。あのふたごは、どうなることやら、見当《けんとう》もつかない。」

「おじさんから連絡《れんらく》はないの？」

「あったよ。メアリーのところに手紙《てがみ》が来《き》てね。材木《ざいもく》を切《き》り出《だ》す伐採場《ばっさいじょう》で働《はたら》いて、『よろしくやってる』んですって、どういう意味《いみ》か知《し》らないけど。とにかく、春《はる》まで子《こ》どもはひきとれないって言《い》うのよ。春《はる》には結婚《けっこん》する予定《よてい》だから、子《こ》どもを受《う》け入《い》れる家庭《かてい》ができるって。でも、冬《ふゆ》のあいだはメアリーのほうで近所《きんじょ》の人《ひと》にでもあずかってもらってくれと書《か》いてあったの。メアリーは、だれもたのめる人《ひと》はいないって言《い》うのよ。イースト・グラフトンの人《ひと》たちとは、あんまりうまくいってなかったからね。それはほんとうにそう。ようするにね、アン、メアリーは、私《わたし》に子《こ》どもをひきとってもらいたいんだと思《おも》う……そうは言《い》わなかったけど、そういう顔つきだったわ。」

「まあ！」アンは、すっかり興奮《こうふん》して両手《りょうて》をにぎりしめました。「もちろん、ひきとるわよね、マリラ、ね？」

「まだ決《き》めちゃいないよ」と、マリラはぶっきらぼうに言《い》いました。「私《わたし》は、あんたみたいに、やみくもに物事《ものごと》をはじめたりしないからね、アン。またいとこのいとこっていうのは、かなりうすいつながりだし。しかも、六才《さい》の子《こ》どもふたりのめんどうを見《み》るっていうのは、たいへんな責任《せきにん》だよ……おまけに、ふたごときているんだから。」

マリラは、ふたごは、ふつうの子《こ》どもの二倍《ばい》たいへんだと思《おも》っていたのでした。

「ふたごって、とってもおもしろいわよ……少《すく》なくとも一組《ひとくみ》なら」と、アン。「つまらなくなるのは、二組《ふたくみ》も三組《みくみ》もいるときだけよ。それにあたしが学校《がっこう》に行《い》ってるすのあいだ、マリラを楽《たの》しませてくれるものがあったらすてきだと思《おも》うわ。」

「楽《たの》しいことなんか、たいしてないと思《おも》うけどね……心配事《しんぱいごと》と、めんどうばかりだよ。あんたをひきとったときのように、もっと年《とし》がいっていたら、少《すこ》しは安心《あんしん》だけど。ドーラのほうは、だいじょうぶなんだよ……いい子《こ》でしずかにしているみたいだから。でも、デイヴィーはいたずらでね。」

アンは子《こ》どもが大好《だいす》きなので、ぜひキース家《け》のふたごをひきとりたいと思《おも》いました。自分自身《じぶんじしん》がつらい子《こ》ども時代《じだい》を送《おく》った記憶《きおく》が、まだなまなましく残《のこ》っていたのです。マリラのただひとつの弱点《じゃくてん》は、自分《じぶん》の義務《ぎむ》と思《おも》うことには身《み》を粉《こ》にしてがんばってしまうところだとわかっていましたので、アンはじょうずに話《はなし》をそちらへ進《すす》めました。

「デイヴィーがいたずらっ子《こ》なら、なおさらちゃんとしつけなければいけないわよね、マリラ？　うちがひきとらないとしたら、だれがひきとるのかしら。どんなひどい環境《かんきょう》におかれるかもわからないわ。キースのおばさまのおとなりのスプロット家《け》にひきとられると仮定《かてい》しましょう。リンドのおばさまは、ヘンリー・スプロットほど、ばちあたりな人《ひと》はいないとおっしゃっているし、あの家《いえ》の子《こ》どもの言《い》うことは、ひとことも信《しん》じられないわ。ふたごがそんなふうになったら、おぞましくはないかしら？　あるいは、ウィギンズ家《け》にひきとられたとしましょう。リンドのおばさまによれば、ウィギンズ氏《し》は、家《いえ》にあるものはすべて売《う》りはらってしまって、脂肪分《しぼうぶん》をこしとったあとの牛乳《ぎゅうにゅう》で子《こ》どもを育《そだ》てているんですって。たとえ、またいとこのいとこであっても、親《しん》せきが飢《う》え死《じ》にするのはいやでしょう？　マリラ、ふたごをひきとるのは、あたしたちの義務《ぎむ》のようよ。」

「そのようだね」と、マリラは暗《くら》い顔《かお》で同意《どうい》しました。「メアリーに、私《わたし》がひきとると言《い》ってくるわ。なにもそんなにうれしそうにしなくったっていいよ、アン。あんたの仕事《しごと》が増《ふ》えることになるんだからね。私《わたし》はこの目《め》のせいで、ひと針《はり》もぬえないし、あんたが子《こ》どもたちの服《ふく》を作《つく》ったり、つくろったりしなきゃならないんだよ。しかも、あんたは、ぬいものがきらいじゃないか。」

「きらいよ」と、アンはしずかに言《い》いました。「でも、マリラが義務《ぎむ》だと思《おも》って子《こ》どもたちをひきとるというなら、あたしだって義務《ぎむ》だと思《おも》ってぬいものぐらいするわ。きらいなことでもしなければならないというのは……少《すこ》しなら、いいことよ。」

第8章 マリラはふたごをひきとる

レイチェル・リンド夫人《ふじん》は、台所《だいどころ》の窓辺《まどべ》にすわってキルトを編《あ》んでいました。ちょうど、数年《すうねん》前《まえ》のある夕方《ゆうがた》にマシュー・カスバートが、アン――リンド夫人《ふじん》が「島《しま》の外《そと》からやってくる孤児《こじ》」と呼《よ》んだアン――を馬車《ばしゃ》に乗《の》せて丘《おか》をこえてきたときと同《おな》じように。

けれども、あれは春《はる》でしたが、今《いま》は晩秋《ばんしゅう》で、木々《きぎ》はすっかり葉《は》を落《お》とし、野原《のはら》は茶色《ちゃいろ》く枯《か》れていました。ちょうど太陽《たいよう》が紫色《むらさきいろ》と黄金《おうごん》をはでにかがやかせながら、アヴォンリーの西《にし》の暗《くら》い森《もり》のむこうへしずもうというそのとき、丘《おか》の上《うえ》からおりてきたのは、気持《きも》ちよさそうな茶色《ちゃいろ》の老《お》いぼれ馬《うま》にひかれた一頭立《とうだ》ての軽装四輪馬車《けいそうよりんばしゃ》でした。リンド夫人《ふじん》は、熱心《ねっしん》に目《め》をこらしました。

「あれは、お葬式《そうしき》から帰《かえ》ってくるマリラだわ」と、夫人《ふじん》は、台所《だいどころ》のソファーに横《よこ》になっている夫《おっと》に言《い》いました。夫《おっと》のトマス・リンドは、最近《さいきん》ではかつてよりもソファーに横《よこ》になることが多《おお》いのです。家《いえ》の外《そと》のことについてはなにひとつ見《み》のがさないリンド夫人《ふじん》ですが、まだそのことに気《き》づいていませんでした。

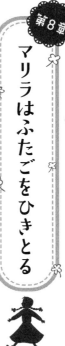

「ふたごをつれてる……そら、デイヴィーが小馬《こうま》のしっぽをつかもうとしてどろよけから身《み》を乗《の》り出《だ》したのを、マリラがむりやりひきもどしたわ。ドーラは、ほんとにおりこうさんに席《せき》にすわっている。あの子《こ》はいつだって、のりをつけてアイロンでもかけたように、きちっとしているわ。まあまあ、お気《き》の毒《どく》に、マリラはこの冬《ふゆ》てんてこまいだわね。でも、事情《じじょう》が事情《じじょう》だから、あの子《こ》たちをひきとらないわけにはいかなかったし、アンも手伝《てつだ》ってくれるでしょうし。こうなると、アンは大《おお》よろこびでしょうよ。子《こ》どもをあつかうのは、ほんとにじょうずだから。いやはや、お気《き》の毒《どく》なマシューがアンを家《いえ》につれ帰《かえ》ってきたのが、つい、きのうのようだわ。マリラが子《こ》どもを育《そだ》てるなんてありえないって、みんなで笑《わら》ったもんだった。それがこんどは、ふたごをひきとったんだから、いくつになっても、おどろきの種《たね》はつきないものねえ。」

太《ふと》った小馬《こうま》はリンドさんのくぼ地《ち》の橋《はし》をとっとこ渡《わた》り、グリーン・ゲイブルズの小道《こみち》を進《すす》んでいきました。マリラの表情《ひょうじょう》は、かなりきびしいものでした。イースト・グラフトンから十六キロの道《みち》のりでしたが、デイヴィー・キースはしょっちゅう動《うご》きまわらずにはいられなかったのです。じっとさせておくことができず、デイヴィーが馬車《ばしゃ》のうしろから落《お》ちて首《くび》の骨《ほね》でも折《お》りはしないか、どろよけから転《ころ》がり落《お》ちて馬《うま》にふまれやしないかと、マリラは道中《どうちゅう》ずっと気《き》が気《き》ではありませんでした。絶望《ぜつぼう》したマリラは、最後《さいご》には、家《いえ》に着《つ》いたらたっぷりむちを打《う》ちますよと、おどしました。

すると、デイヴィーは、マリラのひざにのぼってきて、マリラが手綱《たづな》をもっていることも気《き》にせずに、マリラの首《くび》にぷっくりした両腕《りょううで》をまわして、熊《くま》のようにぎゅっと抱《だ》きしめたのです。

「本気《ほんき》じゃないよね」と、デイヴィーは、マリラのしわだらけのほほに愛情《あいじょう》たっぷりにキスをしました。「じっとしていられないだけのことで、小《ちい》さな男《おとこ》の子《こ》をむち打《う》つような人《ひと》には見えないもの。おばさんだって、ぼくくらい小《ちい》さいときは、じっとしてられなかったんじゃない？」

「いいえ。じっとしているように言《い》われたときは、じっとしていました」と、マリラはきびしい口調《くちょう》で言《い》おうとつとめました。とは言《い》え、デイヴィーに急《きゅう》に抱《だ》きつかれて、心《こころ》はとろけてしまっていたのですが。

「それはきっと、おばさんが、女《おんな》の子《こ》だったからだよ。」デイヴィーは、もう一度《いちど》ぎゅっと抱《だ》きしめてから、自分《じぶん》の場所《ばしょ》にもぞもどりました。「おばさんも女《おんな》の子《こ》だったんだよね。そう考《かんが》えると、すっごくおかしいけど。ドーラは、じっとしてられる……けど、そんなの、おもしろくないって、ぼくは思《おも》うよ。女《おんな》の子《こ》って、なんか、ぐずぐずしてるだろ。ほら、ドーラ、ちょっと気合《きあ》いを入《い》れてやるよ。」

デイヴィーの「気合《きあ》いの入《い》れかた」というのは、ドーラの巻《ま》き髪《がみ》をぎゅっとつかんで、ひっぱることでした。ドーラは悲鳴《ひめい》をあげて、泣《な》きだしてしまいました。

「どうしてそんないたずらっ子《こ》なんだろうね？　おかあさんが、今日《きょう》、お墓《はか》にうめられたっていうのに。」マリラは、絶望《ぜつぼう》しながらたずねました。

「ママはね、よろこんで死《し》んだんだ。」デイヴィーは、ないしょ話《ばなし》のように言《い》いました。「ぼく知《し》ってるんだ。ママ、そう言《い》ってたから。病気《びょうき》には、もううんざりだって。死《し》ぬ前《まえ》の晩《ばん》にいろいろ話《はな》したんだ。おばさんがぼくとドーラを冬《ふゆ》のあいだあずかってくれるから、いい子《こ》にしなさいって言《い》ってた。ぼく、いい子《こ》になるけど、じっとすわらないで走《はし》りまわってても、いい子《こ》になれないかな？　それから、ドーラにもやさしくしなさいって。だから、ぼく、やさしくする。」

「髪《かみ》の毛《け》をひっぱるのが、やさしくするってことなの？」

「えっと、ほかのだれにもひっぱらせないんだ」と、デイヴィーは両手《りょうて》をこぶしにして、顔《かお》をしかめて言《い》いました。「やるならやってみろ。ぼくなら、あんまり痛《いた》くしないもん……泣《な》いたのは、女《おんな》の子《こ》だからだよ。ぼく、男《おとこ》の子《こ》でよかった。だけど、ふたごなのは、がっかりだな。ジミー・スプロットの妹《いもうと》がなまいき言《い》うと、ジミーは『ぼくのほうが兄《にい》さんなんだから、ぼくのほうがいろいろ知《し》ってるんだ』って言《い》って、それで妹《いもうと》をだまらせるんだって。でも、ぼくはドーラにそう言《い》えないから、ドーラは、ぼくとちがうことばっか考《かんが》えちゃうんだ。お馬《うま》さんを走《はし》らせるの、ぼくにもちょっとやらせて、ぼく、男《おとこ》だもん。」

マリラは、家《いえ》の庭《にわ》に馬車《ばしゃ》を入《い》れたときは、やれやれありがたいと思《おも》いました。庭《にわ》では、秋《あき》のそよ風《かぜ》が茶色《ちゃいろ》の落《お》ち葉《ば》を舞《ま》いあがらせておどらせていました。アンが門《もん》のところへむかえに出《で》ていて、ふたごをもちあげて馬車《ばしゃ》からおろしました。

ドーラはしずかにキスをしてもらいましたが、デイヴィーは思《おも》いっきり抱《だ》きついて、「ぼく、ミスター・デイヴィー・キースだよ」と元気《げんき》よく言《い》って、アンの歓迎《かんげい》にこたえました。

夕食《ゆうしょく》の席《せき》では、ドーラは小《ち》いさな淑女《しゅくじょ》のようにふるまいましたが、デイヴィーのおぎょうぎは、かなりひどいものでした。

「おなかぺこぺこだから、おぎょうぎよく食《た》べてるひまがないんだよ。」マリラにしかられると、デイヴィーは言《い》いました。「ドーラは、ぼくの半分《はんぶん》もおなかがすいちゃいないんだ。ぼくは、ここにくるまで、じっとなんかしてないもん。そのケーキ、すっごくおいしいね、プラムがいっぱいで。ぼくら、おうちでは、ずうーっとケーキなんか食《た》べられなかったんだ。

ママが病気《びょうき》で作《つく》ってくれなかったし、スプロットのおばさんは、パンを焼《や》いてあげるのがせいいっぱいだって言《い》うし。それにウィギンズのおばさんは、ケーキにプラムをひとつも入れてくれないんだ。ひどいでしょ。もひとつ、おかわり、いい？」

マリラはだめと言《い》おうとしましたが、アンが大《おお》きめにもうひとつケーキを切《き》りわけてやりました。しかし、アンは、「ありがとう」と言《い》わなければいけませんとデイヴィーに教《おし》えました。デイヴィーは、ただアンににやりと笑《わら》うだけで、がぶりとかみつきました。食《た》べおえてから、デイヴィーは言《い》いました。

「もひとつくれたら、それにはありがとうを言《い》うよ。」

「いいえ、ケーキはもうたくさん食《た》べました」と、マリラは、アンのよく知《し》っている口調《くちょう》で言《い》いました。デイヴィーは、マリラがこういう言《い》いかたをしたらもうだめだということをこれから知《し》ることになるのでした。

デイヴィーはアンにウインクをして、それから、テーブルに手《て》をのばして、ドーラがほんのひと口《くち》食《た》べたばかりのひと切《き》れめのケーキを、ドーラが持《も》っているその手《て》から横《よこ》どりすると、大《おお》きな口《くち》を開《あ》けて、一気《いっき》におしこんでしまいました。ドーラのくちびるはふるえ、マリラはおどろいて、ことばを失《うしな》いました。アンは、できるかぎり「学校《がっこう》の先生《せんせい》」らしく、ただちにさけびました。

「あら、デイヴィー、紳士《しんし》はそんなことをしませんよ。」

「知《し》ってるよ。」デイヴィーは口《くち》がきけるようになると、言《い》いました。「でも、ぼく、しんしんじゃないもん。」

「なりたいと思《おも》わないの？」おどろいたアンは言《い》いました。

「なりたいさ。でも、大《おお》きくならないと、しんしんになれないもん。」

「あら、なれますよ。」アンは、よい種《たね》をまくチャンスだと思《おも》って、急《いそ》いで言《い》いました。「小《ちい》さいうちから紳士《しんし》になりはじめることができます。そして、紳士《しんし》は、決して女の人《おんなのひと》からものをうばったりしません、よ……ありがとうを言《い》いわすれたりもしません……だれかの髪《かみ》をひっぱったりもしません。」

「そんなのつまんないよ、ほんと」と、デイヴィーは正直《しょうじき》に言《い》いました。「ぼく、おとなになるまでは、しんしんにならなくてもいいや。」

マリラは、あきらめたようすで、ドーラにケーキを新《あら》たに切《き》ってやりました。このとき、マリラは、デイヴィーは手《て》に負《お》えないと感《かん》じていたのでした。葬式《そうしき》に出《で》たり、長《なが》い馬車道《ばしゃみち》をゆられたりして、今日一日《きょういちにち》たいへんだったのです。そのときのマリラは、イライザ・アンドルーズも顔負《かおま》けの暗《くら》い気持《きも》ちで、先《さき》を思《おも》いやったのでした。

ふたごは、どちらも金髪《きんぱつ》でしたが、すぐふたごと気《き》づくほどは似《に》ていませんでした。ドーラのつやつやした長《なが》い巻《ま》き毛《げ》は、決《けっ》してみだれることはありませんでしたが、デイヴィーのほうは、ちりちりの小《ちい》さな黄色《きいろ》の巻《ま》き毛《げ》のわっかが、その丸《まる》い頭《あたま》じゅうをおおっていました。ドーラの金《きん》褐色《かっしょく》の目《め》はやさしく、おだやかで、デイヴィーの目《め》はいたずらそうで、小妖精《エルフ》のようにおどっていました。ドーラの鼻《はな》はまっすぐですが、デイヴィーのははっきりとしたしし鼻《ばな》でした。ドーラは、気《き》どって、とりすました口《くち》をしていましたが、デイヴィーの口《くち》はいつも笑《わら》っていました。それに、かたほうのほほだけにえくぼがあって、笑《わら》うと、かわいくて、いっぽうにかしいだように、ひょうきんに見《み》えました。デイヴィーの小《ちい》さな顔《かお》には、いたるところに陽気《ようき》さといたずらっぽさとが見《み》えかくれしていました。

「もう寝《ね》かせたほうがいいわ。」マリラは、そうするのがいちばん手《て》っとり早《ばや》くふたりをおとなしくさせる方法《ほうほう》だと思《おも》って言《い》いました。「ドーラは私《わたし》といっしょに寝《ね》かせるから、アンはデイヴィーを西《にし》の妻壁部屋《つまかべべや》に寝《ね》かせてちょうだい。デイヴィー、あなた、ひとりで寝《ね》るの、こわくないわね？」

「うん。でも、ぼく、まだまだ寝《ね》ないよ」と、デイヴィーは楽《たの》しそうに言《い》いました。

「いいえ、寝《ね》るんです。」がまんを重《かさ》ねてきたマリラが言《い》ったのはそれだけでしたが、その声《こえ》には、デイヴィーでさえ、しゅんとさせるようなひびきがありました。デイヴィーは、おとなしくアンといっしょに二階《かい》にあがりました。

「大《おお》きくなってまずやりたいのは、ひと晩じゅう起《お》きてたらどうなるか、やってみることだよ」と、デイヴィーはアンにこっそりとうちあけました。

何年《なんねん》もたって、マリラは、ふたごがグリーン・ゲイブルズにやってきた最初《さいしょ》の週《しゅう》のことを思《おも》い出《だ》すと身《み》ぶるいがしました。そのあとの数週間《すうしゅうかん》よりもひどいことが起《お》こったというのではないのですが、マリラにはあまりにもおどろきの連続《れんぞく》だったのです。デイヴィーが起《お》きているあいだ、いたずらをしていない、あるいはいたずらを考《かんが》えていない瞬間《しゅんかん》は、一瞬《いっしゅん》もありませんでした。最初《さいしょ》のとくにひどい事件《じけん》が起《お》きたのは、デイヴィーがやってきて二日《ふつか》たったあとの日曜《にちよう》の朝《あさ》でした……。

よく晴《は》れたあたたかい日《ひ》で、まるで九月《がつ》のような、かすみのかかった、おだやかな日《ひ》でした。アンはデイヴィーを教会《きょうかい》につれていくために着《き》がえをさせており、マリラはドーラのめんどうを見《み》ていました。デイヴィーは、はじめ、顔《かお》を洗《あら》ってもらうのをひどくいやがりました。

「マリラがきのう洗《あら》ってくれたよ……それに、お葬式《そうしき》の日《ひ》に、ウィギンズのおばさんが、ソーダ石《せっ》けんでごしごしてくれたよ。それで一週間《しゅうかん》はだいじょうぶだよ。そんなにめちゃくちゃきれいにして、どうすんの？　きたないほうが、ずっとおちつけるよ。」

「ポール・アーヴィングは、毎日《まいにち》、自分《じぶん》で顔《かお》を洗《あら》いますよ。」アンは、ぬけめなく言《い》いました。

デイヴィーはグリーン・ゲイブルズに住《す》んでまだ四十八時間《じかん》と少《すこ》ししかたっていませんでしたが、早《はや》くもアンを尊敬《そんけい》し、着《つ》いた翌日《よくじつ》からアンが熱烈《ねつれつ》にほめあげるポール・アーヴィングに敵意《てきい》を抱《いだ》いていました。ポール・アーヴィングが毎日顔《まいにちかお》を洗《あら》うなら、それで決《き》まりなのです。ぼくだって、デイヴィー・キースだって、たとえ死《し》んでも、やってやるのです。同《おな》じように考《かんが》えて、デイヴィーは、ほかの身《み》じたくをなにもかもおとなしくやりましたから、すっかり用意《ようい》がととのうと、ちょっとしたハンサムなお子《こ》さまができあがりました。アンは、デイヴィーを教会内《きょうかいない》の古《ふる》いカスバート家《け》のベンチへつれていくとき、まるで母親《ははおや》のように、じまんに思《おも》いました。

はじめのうちデイヴィーは、教会《きょうかい》のなかにいる小《ちい》さな男《おとこ》の子《こ》たちをこっそり見《み》まわして、どれがポール・アーヴィングなんだろうと、じろじろ見《み》るのに気《き》をとられていたため、とてもぎょうぎよくしていました。最初《さいしょ》のふたつの讃美歌《さんびか》と、聖書《せいしょ》の朗読《ろうどく》は、なにごともなくすみました。さわぎが起《お》こったのは、アラン牧師《ぼくし》のおいのりの最中《さいちゅう》でした。

デイヴィーの前《まえ》には、ローレッタ・ホワイトがうつむきかげんにすわっていました。うしろにたらした金髪《きんぱつ》のおさげ二本《ほん》のあいだからは、白《しろ》いうなじが、ふんわりしたレースのフリルにつつまれて、誘惑《ゆうわく》するようにのぞいていました。ローレッタは太《ふと》った、おちついた感《かん》じの八才《さい》の女《おんな》の子《こ》で、六か月《げつ》のあかちゃんのときにおかあさんに教会《きょうかい》につれてこられた最初《さいしょ》の日《ひ》からずっと、教《きょう》会《かい》でいつもぎょうぎよくしていました。

デイヴィーがポケットに手《て》をつっこんで、とり出《だ》したのは……もぞもぞと動《うご》きまわる、毛《け》むくじゃらの毛虫《けむし》でした。マリラは気《き》づいて、デイヴィーの手《て》をひっつかもうとしましたが、おそすぎました。デイヴィーは、毛虫《けむし》をローレッタの首《くび》に落《お》としてしまったのです。

アラン牧師《ぼくし》のおいのりのまっ最中《さいちゅう》に、絹《きぬ》をさくような悲鳴《ひめい》が連続《れんぞく》してあがりました。牧師《ぼくし》さんはびっくりしておいのりをやめ、目《め》を開《あ》けました。教会《きょうかい》じゅうの人《ひと》たちが顔《かお》をあげました。ローレッタ・ホワイトが、服《ふく》の背中《せなか》へ必死《ひっし》になって手《て》をのばしながら、自分《じぶん》の席《せき》で上《うえ》へ下《した》へととびはねています。

「きゃあ……ママ……ママ……きゃあ……とって……きゃあ……とってよ……きゃあ……あのわるい子《こ》が背中《せなか》に入《い》れたの……きゃあ……ママ……どんどん下《した》へ入《はい》っちゃう……きゃあ……きゃあ……きゃあ……。」

ホワイト夫人《ふじん》がこわばった顔《かお》をして、ヒステリーを起《お》こして身《み》をよじるローレッタを教会《きょうかい》からつれだしました。そのさけび声《ごえ》は遠《とお》くに聞《き》こえなくなっていき、アラン牧師《ぼくし》は礼拝《れいはい》をつづけましたが、だれもが、その日《ひ》はさんざんなことになったと感《かん》じていました。マリラは生《う》まれてはじめ

て、聖書《せいしょ》のことばが耳《みみ》に入《はい》らず、アンはくやしさでほほをまっ赤《か》にしてすわっていました。

家《いえ》に帰《かえ》ると、マリラはデイヴィーにベッドに入《はい》るように言《い》いつけ、一日《いちにち》じゅうそこにいるように命《めい》じました。なにもつけないパンと牛乳《ぎゅうにゅう》以外《いがい》、お昼《ひる》ごはんは、ぬきにしました。アンがパンと牛乳《ぎゅうにゅう》を二階《かい》に運《はこ》んで、悲《かな》しみにくれてすわっていると、その横《よこ》でデイヴィーは、わるびれもせずにおいしそうにそれを飲《の》み食《く》いしました。けれども、アンのつらそうな目《め》は、デイヴィーも気《き》になりました。

「きっと」と、デイヴィーは考《かんが》えながら言《い》いました。「ポール・アーヴィングなら、教会《きょうかい》で女《おんな》の子《こ》の背中《せなか》に毛虫《けむし》を落《お》としたりしないんだろうね？」

「しないわ」と、アンは悲《かな》しそうに言《い》いました。

「じゃあ、やって、わるかったよ」と、デイヴィーはしぶしぶ言《い》いました。「でも、すっごくおっきな毛虫《けむし》だったんだ……教会《きょうかい》に入《はい》るとき、段《だん》のところでひろったの。むだにするのは、もったいないだろ。それに、あの子《こ》がさけんだの、おもしろくなかった？」

火曜日《かようび》の午後《ごご》に、教会《きょうかい》の婦人会《ふじんかい》の会合《かいごう》がグリーン・ゲイブルズで開《ひら》かれました。アンは、自分《じぶん》ができるかぎり手伝《てつだ》わないとマリラひとりではどうにもならないことがわかっていたので、大急《おおいそ》ぎで学校《がっこう》からもどりました。ドーラは、きれいにのりのきいた白《しろ》いドレスを着《き》て、黒《くろ》いサッシュ〔腰《こし》に巻《ま》くかざり帯《おび》〕をむすんで、こざっぱりとして、婦人会《ふじんかい》のメンバーといっしょに客間《きゃくま》にすわり、話《はな》しかけられたら上品《じょうひん》にお答《こた》えして、そうでないときはだまっていて、どこから見《み》てもいい子《こ》のお手本《てほん》のようにふるまっていました。デイヴィーは、とんでもなくどろんこになって、納屋《なや》のある裏庭《うらにわ》で、どろのパイを作《つく》っていました。

「どろんこでもいいことにしたの」と、マリラがつかれたように言《い》いました。「ひどいいたずらをされるよりはましだもの。あれなら、せいぜいどろんこですむからね。こちらのお茶《ちゃ》をすませてから、あの子《こ》に食《た》べさせることにしましょう。ドーラはみんなといっしょでいいけど、デイヴィーを婦人会《ふじんかい》のみなさんがいらっしゃる席《せき》へすわらせようとは、ぜったい思《おも》わないわ。」

お茶《ちゃ》の用意《ようい》ができましたので食堂《しょくどう》へどうぞ、とアンが婦人会《ふじんかい》のメンバーに声《こえ》をかけに行《い》くと、客間《きゃくま》にドーラがいませんでした。ジャスパー・ベル夫人《ふじん》が、デイヴィーが玄関《げんかん》にやってきてドーラを呼《よ》びだしたと教《おし》えてくれました。台所《だいどころ》でマリラと急《いそ》いで相談《そうだん》した結果《けっか》、子《こ》どもたちふたりともあとで食事《しょくじ》を食《た》べさせればよいということにしました。

お茶《ちゃ》がなかばおわったころ、食堂《しょくどう》に、あわれなかっこうをした子《こ》が入《はい》ってきました。マリラとアンはうろたえて、婦人会《ふじんかい》のメンバーはあっけにとられました。これが、ドーラでしょうか……びしょぬれになって、服《ふく》や髪《かみ》から水《みず》をぽたぽたしたたらせて、マリラが新《あたら》しくしいたコインもようのじゅうたんを水《みず》びたしにして、泣《な》きじゃくっている得体《えたい》の知《し》れない子《こ》が？

「ドーラ、なにがあったの？」

アンはさけんで、うしろめたそうにジャスパー・ベル夫人《ふじん》をちらりと見《み》ました。ベル夫人《ふじん》のご家庭《かてい》は、事件《じけん》など決《けっ》して起《お》こさない、世界一《せかいいち》きちんとしたご家庭《かてい》だと言《い》われているのです。

「デイヴィーが、あたしにブタ小屋《ごや》のかこいの上《うえ》を歩《ある》けって言《い》ったの」と、ドーラは泣《な》きさけびました。「いやだったんだけど、弱虫《よわむし》やーいって言《い》うから。そしたら、ブタのなかに落《お》ちちゃって、およーふくがすっかりよごれて、ブタがあたしの上《うえ》を走《はし》ったの。およーふくがめちゃくちゃになって、デイヴィーが、ポンプの下《した》に立《た》ったらきれいに洗《あら》ってやるって言《い》うから、言《い》うとおりにしたら、お水《みず》を頭《あたま》からかけられて、でも、およーふくはちっともきれいにならなくて、かわいいサッシュもおくつも、みんなだめになっちゃった。」

食事《しょくじ》の給仕役《きゅうじやく》をアンにまかせて、マリラは、ドーラを二階《かい》につれていき、いつもの服《ふく》に着替《きが》えさせました。デイヴィーはつかまえられて、夕食《ゆうしょく》なしでベッドに入《い》れられました。アンは夕暮《ゆうぐ》れどきにデイヴィーの部屋《へや》へ行《い》き、真剣《しんけん》に話《はなし》をしました……。アンがかたく信《しん》じている方法《ほうほう》であり、

まったく効果《こうか》がないわけではありませんでした。アンは、デイヴィーのやったことをとてもざんねんに思《おも》うと言《い》いました。

「ぼくも今《いま》は、わるいと思《おも》ってるよ」と、デイヴィーはみとめました。「でも、こまるのは、そういうことをやっちゃうまでは、わるいって思《おも》わないんだよね。ドーラは、およーふくがよごれるからって、どろのパイを作《つく》るのを手伝《てつだ》ってくれないんだもん。ぼく、ものすごくかっときちゃったんだ。ポール・アーヴィングだったら、妹《いもうと》にブタ小屋《ごや》のかこいの上《うえ》を歩《ある》かせたりしないんだろうね？　なかに落《お》っこちるってわかってるのに。」

「ええ。そんなことは夢《ゆめ》にも思《おも》いませんよ。ポールは完《かん》ぺきな小《ちい》さな紳士《しんし》ですから。」

デイヴィーはぎゅっと目《め》をつぶって、しばらくこのことを考《かんが》えているようでした。それから、アンのひざの上《うえ》によじのぼって首《くび》に両腕《りょううで》をまわして、その赤《あか》くなった小《ちい》さな顔《かお》をアンの肩《かた》にすりよせました。

「アン、ぼくが、ポールみたいないい子《こ》じゃなくても、ぼくのこと、少《すこ》しは好《す》き？」

「好《す》きよ」と、アンは心《こころ》から言《い》いました。どういうわけか、デイヴィーは好《す》きにならずにはいられないのです。「でも、そんなにいたずらをしなければ、もっと好《す》きになれるんだけどな。」

「ぼく……今日《きょう》、ほかにもやっちゃったの。」デイヴィーは、くぐもった声《こえ》で言《い》いました。「今《いま》で

はわるいと思《おも》ってるけど、言《い》うのは、すっごくこわいな。ものすごく怒《おこ》らないでいてくれる？　マリラにも言《い》わないでね？」

「どうかな、デイヴィー。マリラには言《い》わなきゃいけないかもよ。でも、なんにしろ、二度《にど》としないって約束《やくそく》するのなら、あたしも言《い》わないって約《やく》束《そく》できる気《き》がするわ。」

「うん、二度《にど》としないよ。とにかく、今年《ことし》はもうあんなの見《み》つからないと思《おも》うし。地下室《ちかしつ》の階段《かいだん》で見《み》つけたんだ。」

「デイヴィー、なにをしたの？」

「マリラのベッドに、ヒキガエルを入《い》れたの。そうしたほうがよければ、とり出《だ》しちゃってもいいよ。でもさ、アン、そこにおいといたほうが、おもしろくない？」

「デイヴィー・キース！」アンはデイヴィーのしがみつく腕《うで》をひきはがして、ろうかをかけぬけて、マリラの部屋《へや》へ行《い》きました。ベッドはかすかにみだれていました。アンはいらいらとあわてて、毛布《もうふ》をぱっとひきはがすと、たしかに、まくらの下《した》からぱちくりとした目《め》をのぞかせて、こちらを見《み》あげているヒキガエルがいました。

「こんな気持《きも》ちわるいもの、どうやってとり出《だ》せばいいの？」

アンは、身《み》ぶるいして、うなりました。だんろで使《つか》うシャベルがいいと思《おも》いついて、マリラが台所《だいどころ》でいそがしくしているあいだ、アンは足音《あしおと》をしのばせて一階《かい》へおりてとってきました。このヒキガエルを一階《かい》へ運《はこ》ぶのもひと苦労《くろう》でした。というのも、カエルはシャベルから三度《ど》とびはねて、一度《ど》は、ろうかで見失《みうしな》ったかと思《おも》ったからです。とうとうサクランボの果樹園《かじゅえん》に捨《す》てると、アンは、ほっと長《なが》いため息《いき》をつきました。

「もしマリラがこれを知《し》ったら、一生安心《いっしょうあんしん》してベッドに入《はい》れないでしょうね。あの小《ちい》さな罪人《つみびと》が早《はや》く懺悔《ざんげ》してくれてよかったわ。あら、ダイアナが窓《まど》からあたしに合図《あいず》をしてる。うれしい……少《すこ》しは気《き》がまぎれることがなきゃ、やってられないもの。学校《がっこう》ではアンソニー・パイ、おうちではデイヴィー・キースじゃ、とてもじゃないけど、一日《いちにち》ももたないわ。」

第9章 色《いろ》の問題《もんだい》

「あのレイチェル・リンドとかいう、やっかいなばあさんが、また今日《きょう》もきたよ。教会《きょうかい》の聖具室《せいぐしつ》のじゅうたんを買《か》うのに寄付《きふ》をしろと、うるさく言《い》いやがるんだ」と、ハリソンさんは怒《おこ》って言《い》いました。「あの女《おんな》ほど、いやなやつはおらん。説教《せっきょう》も聖書《せいしょ》のことばも注《ちゅう》も解釈《かいしゃく》もなにもかも短《みじか》いことばにまとめて、自分《じぶん》と意見《いけん》がちがう人《ひと》はキリスト教徒《きょうと》じゃないみたいに、れんがでもぶつけるいきおいでぶつけてくるんだからね。」

ベランダのはしに腰《こし》かけていたアンは、灰色《はいいろ》に染《そ》まった十一月《がつ》の夕暮《ゆうぐ》れどき、たがやしたばかりの畑《はたけ》をわたって吹《ふ》いてきたおだやかな西風《にしかぜ》の心地《ここち》よさにうっとりして、庭《にわ》のむこうのくねった樅《もみ》の木立《こだち》で風《かぜ》がふしぎなメロディーをかすかにかなでているのを楽《たの》しんでいましたが、その夢見《ゆめみ》る顔《かお》を肩《かた》ごしにハリソンさんにむけました。

「問題《もんだい》なのは、おじさんとリンドのおばさまがおたがいを理解《りかい》していないことよ」と、アンは説《せつ》明《めい》しました。「おたがいにきらいあってる人《ひと》たちって、いつもそう。あたしも、最初《さいしょ》はリンドのおばさまがきらいだったけど、おばさまのことがわかるようになったら、好《す》きになったわ。」

「リンドのばあさんを好《す》きになる人《ひと》もおるだろうが、わしは、バナナを食《た》べつづけたら好《す》きになるからと言《い》われてバナナを食《た》べつづけたりはせんのだ。」ハリソンさんは、うなりました。「相手《あいて》を理解《りかい》しろもなにも、あの人《ひと》はだれもがみとめるおせっかい焼《や》きじゃないか。本人《ほんにん》にもそう言《い》ってやったよ。」

「あら、そんなことを言《い》われたら、おばさま、とっても傷《きず》ついたと思《おも》うわ」と、アンは非難《ひなん》がましく言《い》いました。「よくもそんなことが言《い》えたわね。あたしもずっとむかしにリンドのおばさまにひどいことを言《い》ったけど、それはかんしゃくを起《お》こしてしまったからだわ。わざと言《い》ったりするなんて、ひどいわ。」

「それはほんとうのことであり、わしはだれに対《たい》してもほんとうのことを言《い》うんだ。」

「でも、ほんとうのことをぜんぶ言《い》わないじゃない」と、アンは抗議《こうぎ》しました。「いやなところだけを言《い》うんだわ。あたしにだって、髪《かみ》の毛《け》が赤《あか》いって何十回《なんじっかい》も言《い》うけど、あたしの鼻《はな》がすてきだって一度《いちど》も言《い》ってくれないでしょ。」

「そんなこと、言《い》わんでもわかってるだろ。」ハリソンさんは、くすくす笑《わら》いました。

「髪《かみ》の毛《け》が赤《あか》いことだってわかってるわよ……前《まえ》よりもずっと暗《くら》い色《いろ》になったけど……だから、

髪《かみ》の毛《け》のことだって言《い》う必要《ひつよう》はないのよ。」

「まあ、まあ、そんなに気《き》にしてるんなら、これからは言《い》わないようにするさ。かんべんしてくれなきゃならんよ、アン。わしには、あからさまに言《い》うくせがあるんで、いちいち気《き》にせんでもらいたい。」

「気《き》にするわよ。それがくせだからなんて、なんの言《い》いわけにもなりゃしないわ。みんなに針《はり》やピンをさしまくる人《ひと》がいて、『失礼《しつれい》、気《き》にせんでくれ……わしのくせだから』なんて言《い》われたらどう思《おも》う？　どうかしてると思《おも》わない？　リンドのおばさまがおせっかいだってことは、そりゃそうかもしれないけど、おばさまにはとてもやさしい心《こころ》があって、まずしい人《ひと》をいつも助《たす》けてあげているのよ。そのことは言《い》ってあげた？　おばさまの乳《ち》しぼり場《ば》からティモシー・コトンがバターをひとつぼぬすんで、自分《じぶん》のおくさんにおばさまから買《か》ったってうそついたときだって、ひとことも言《い》わなかったんだから。コトン夫人《ふじん》がそのつぎにおばさまと会《あ》ったときに、あのバターはかぶの味《あじ》がしたと文句《もんく》を言《い》ったら、リンドのおばさまは、できがわるくて、もうしわけないって、あやまったのよ。」

「あの人《ひと》にもいいところはあるだろうさ。」ハリソンさんは、しぶしぶみとめました。「そりゃたいていの人《ひと》はそうさ。わしにだって、いいところはある。おまえさんにはわからんだろうがね。

だが、なにがあっても、あのじゅうたんに、一セントも払《はら》うつもりはないんだ。ここじゃ、だれもが金《かね》をせびるようだね。公会堂《こうかいどう》をぬる計画《けいかく》はどうなったんだい？」

「とってもうまくいってるわ。先週《せんしゅう》の金曜《きんよう》の夜《よる》にアヴォンリー村改善協会《むらかいぜんきょうかい》の会合《かいごう》を開《ひら》いたら、寄付金《きふきん》がじゅうぶん集《あつ》まって、公会堂《こうかいどう》にペンキをぬるだけじゃなくて、屋根《やね》もふき直《なお》せることがわかったの。たいていの人《ひと》は気前《きまえ》よく寄付《きふ》してくださったものですからね、ハリソンさん。」

アンは心根《こころね》のやさしい少女《しょうじょ》でしたが、場合《ばあい》に応《おう》じて、あることばを強《つよ》く言《い》って少《すこ》しいやみを効《き》かせることぐらいはできました。

「何色《なにいろ》にぬるのかね？」

「とってもきれいな緑《みどり》にしたわ。もちろん屋根《やね》は、えんじ色《いろ》。今日《きょう》、ロジャー・パイさんが、町《まち》でペンキを買《か》ってきてくださるの。」

「ぬるのは、だれかね？」

「カーモディのジョシュア・パイさんよ。もう屋根《やね》のふきかえは、ほとんどすませてしまったの。パイ家《け》って四家族《かぞく》もいるでしょ……そのどの家《いえ》もが、ジョシュアに仕事《しごと》をやらせなければ一セントも出《だ》せないっていうから、ジョシュアさんと契約《けいやく》するしかなかったの。パイ家《け》四軒《けん》合《あ》わせて十二ドルを出《だ》すと言《い》ってくれたから、これをのがす手《て》はないと思《おも》ったわけ。パイ家《け》の言《い》いなりになるのはよくないと言《い》う人《ひと》もいたけどね。リンドのおばさまは、パイ家《け》はなんだって自分《じぶん》たちで仕《し》切《き》ろうとするっておっしゃってたわ。」

「問題《もんだい》は、そのジョシュアというやつがちゃんと仕事《しごと》ができるかということだろ。できるなら、名前《なまえ》がパイだろうか、プリンだろうが、かまいやしない。」

「腕《うで》のいい職人《しょくにん》だっていう評判《ひょうばん》よ。かなり変《か》わっているらしいけど。めったに口《くち》をきかないらしいの。」

「そいつはたしかに変《か》わってるな」と、ハリソンさんは冷《ひ》ややかに言《い》いました。「少《すく》なくとも、この村《むら》の人《ひと》にとっちゃ、変《か》わり者《もの》だろう。わしも、アヴォンリーにくる前《まえ》はおしゃべりじゃなかったが、ここじゃ自己弁護《じこべんご》のために口《くち》をきかなきゃ、口《くち》がきけないとリンド夫人《ふじん》に決《き》めつけられて、わしに手話《しゅわ》を習《なら》わせるための募金活動《ぼきんかつどう》でもはじめられちまう。おや、まだ帰《かえ》らんだろ、アン？」

「もう行《い》かなきゃ。今晩《こんばん》ドーラのためにぬいものをしなきゃならないの。それに、デイヴィーがそろそろまたいたずらをして、マリラの心《こころ》をずたずたにしているわ。今朝《けさ》、あの子《こ》、起《お》きぬけに『夜《よる》ってどこへ行《い》っちゃうの、アン？　教《おし》えて』って言《い》いだして、夜《よる》は世界《せかい》の裏《うら》がわに行《い》くんだって教《おし》えたんだけど、朝《あさ》ごはんのあと、そうじゃないって言《い》いだしたの……井戸《いど》の底《そこ》へ落《お》ちたんだって。マリラは、今日《きょう》、四度《ど》も、あの子《こ》が井戸《いど》のなかの夜《よる》に手《て》をのばそうとして井戸《いど》へ落《お》ちそうになるのをつかまえたわ。」

「たいしたいたずらぼうずだよ」と、ハリソンさんは断言《だんげん》しました。「きのう、ここへやってきて、わしが納屋《なや》に行《い》っているすきに、ジンジャーのしっぽから六本《ぽん》も羽根《はね》をむしりとりやがった。かわいそうなオウムは、それ以来《いらい》、ふさぎこんでるよ。ああいった子《こ》どもは、あんたがたにとって、なやみのたねだろ。」

「手《て》にする価値《かち》のあるものなら、どんなものにも多少《たしょう》の苦労《くろう》はあるものよ」と、アンは言《い》い、なんであろうと、デイヴィーがつぎにするいたずらは、許《ゆる》してやろうとひそかに思《おも》いました。ジンジャーにしかえしをしてくれたからです。

その晩《ばん》、ロジャー・パイが公会堂《こうかいどう》を塗《ぬ》るペンキを家《いえ》に持《も》ち帰《かえ》り、無愛想《ぶあいそう》でむっつりとしたジョシュア・パイがつぎの日《ひ》からペンキをぬりはじめました。その仕事《しごと》はだれにもじゃまされませんでした。公会堂《こうかいどう》は〝下《した》の道《みち》〟と呼《よ》ばれるところにあって、晩秋《ばんしゅう》にはこの道《みち》はいつもぬかるむので、人々《ひとびと》は少《すこ》し遠回《とおまわ》りになる〝上《うえ》の道《みち》〟を通《とお》ってカーモディへ行《い》き来《き》したからです。公会堂《こうかいどう》は樅《もみ》の森《もり》にびっしりとかこまれていたので、近《ちか》づかないと見《み》えませんでした。人《ひと》づきあいの苦手《にがて》なジョシュア・パイにはありがたいことでしたが、だれにも見《み》られないまま、ペンキぬりをしあげることができたのです。

ジョシュアは金曜《きんよう》の午後《ごご》に仕事《しごと》をおえて、カーモディへ帰《かえ》っていきました。そのすぐあとに、レイチェル・リンド夫人《ふじん》が馬車《ばしゃ》で通《とお》りかかりました。公会堂《こうかいどう》がどんなふうに新《あたら》しくなったのかを見《み》たいがために〝下《した》の道《みち》〟のぬかるみをあえて通《とお》ったのです。唐檜《とうひ》の林《はやし》をまがったところで、公《こう》会堂《かいどう》が見《み》えてきました。

それを見《み》たリンド夫人《ふじん》は、きみょうな反応《はんのう》をしました。手綱《たづな》をとり落《お》とし、両手《りょうて》を宙《ちゅう》にあげて、「まあ、なんてこと！」と言《い》ったのです。自分《じぶん》の目《め》が信《しん》じられないかのように、目《め》を見開《みひら》いています。それから、ほとんどヒステリーのように笑《わら》いだしました。

「なにかのまちがいだわ……ぜったい。あのパイ家《け》の連中《れんちゅう》はいつかへまをやらかすとわかってたのよ。」

リンド夫人《ふじん》は家《いえ》に帰《かえ》るとちゅう、何人《なんにん》かの人《ひと》に会《あ》って、公会堂《こうかいどう》のことを話《はな》しました。ニュースは野火《のび》のようにあっという間《ま》に広《ひろ》がりました。家《いえ》で教科書《きょうかしょ》を読《よ》んでいたギルバート・ブライスは、父親《ちちおや》がやとった少年《しょうねん》から日暮《ひぐ》れに知《し》らせを聞《き》いて、息《いき》せききってグリーン・ゲイブルズにかけつけるとちゅう、フレッド・ライトといっしょになりました。グリーン・ゲイブルズに着《つ》いてみると、ダイアナ・バリー、ジェーン・アンドルーズ、そしてアン・シャーリーが、絶望《ぜつぼう》の権化《ごんげ》となって、庭《にわ》の木戸《きど》のところの落葉《らくよう》した大《おお》きな柳《やなぎ》の木《き》の下《した》にいました。

「そんなの、ほんとじゃないよね、アン？」ギルバートがさけびました。
「ほんとなのよ」と答《こた》えたアンは、悲劇《ひげき》の女神《めがみ》のようでした。「リンドのおばさまが、カーモディからの帰《かえ》りに立《た》ちよって、教《おし》えてくださったの。ああ、あまりにもひどいわ！　改善《かいぜん》もなにもあったものじゃないわ。」
「ひどいって、なにが？」ちょうどこのとき、町《まち》からマリラのために円筒形《えんとうけい》の帽子箱《ぼうしばこ》を買《か》ってもどってきたオリヴァー・スローンがたずねました。
「聞《き》いてないの？」ジェーンが怒《おこ》って言《い》いました。「まあ、ようするにこういうこと……ジョシユア・パイが公会堂《こうかいどう》を緑《みどり》じゃなくて青《あお》くぬってしまったの……荷車《にぐるま》とか手《て》おし車《ぐるま》にぬるような濃《こ》いけばけばしい青《あお》よ。リンドのおばさまは、建物《たてもの》に使《つか》うには、考《かんが》えられるかぎり最悪《さいあく》の色《いろ》だって。とくに赤《あか》い屋根《やね》といっしょじゃ、目《め》も当《あ》てられないって。それを聞《き》いたとき、あたし、もう少《すこ》しでたおれてしまいそうだったわ。あたしたちがあんなに苦労《くろう》したのに、あんまりな話《はなし》よ。」

「どうしてこんなまちがいが起《お》きたの？」ダイアナが、なげきました。

どうしてこのひどい災難《さいなん》が起《お》きたのかつきつめてみると、やがてパイ家《け》のせいだということがわかりました。改善員《かいぜんいん》たちは、モートン・ハリス社《しゃ》のペンキを使《つか》うことにしていたのですが、モートン・ハリス社《しゃ》のペンキ缶《かん》には色《いろ》ごとに番号《ばんごう》がついており、購入者《こうにゅうしゃ》は色表《いろひょう》で色《いろ》をえらんで番号《ばんごう》で注文《ちゅうもん》するのです。ほしかった緑色《みどりいろ》は一四七番《ばん》で、ロジャー・パイが町《まち》へ行《い》ってペンキを買《か》ってきてあげると言《い》って、息子《むすこ》のジョン・アンドルーを改善員《かいぜんいん》たちのところへ使《つか》いによこしたとき、改善員《かいぜんいん》たちは一四七番《ばん》を買《か》うようにおとうさんに伝《つた》えてくださいと言《い》ったのです。ジョン・アンドルーはそう伝《つた》えたと言《い》い張《は》るのですが、ロジャー・パイは息子《むすこ》は一五七番《ばん》と言《い》ったと主張《しゅちょう》して、いつまでたっても、らちがあかないのです。

その夜《よ》、アヴォンリーじゅう、どの改善員《かいぜんいん》の家《いえ》でも、落胆《らくたん》の色《いろ》が広《ひろ》まっていました。グリーン・ゲイブルズでの陰《いん》うつさはあまりにも強烈《きょうれつ》で、デイヴィーでさえおとなしくなったほどです。

アンはなみだがとまらず、どうなぐさめても泣《な》きやみませんでした。

「もうすぐ十七だとしても、泣《な》きたいのよ、マリラ」と、アンはすすり泣《な》きました。「あまりにもひどいんですもの。あたしたちの協会《きょうかい》を葬《ほうむ》りさる死《し》の鐘《かね》をひびかせる事件《じけん》だわ。協会《きょうかい》は笑《わら》いものになって、消《き》えてしまうのよ。」

しかしながら、夢《ゆめ》と同《おな》じく、人生《じんせい》において、物事《ものごと》はさかさまになることがよくあり、アヴォンリーの人々《ひとびと》は笑《わら》いませんでした。あまりにも怒《おこ》っていたのです。公会堂《こうかいどう》をぬるお金《かね》は自分《じぶん》たちが出《だ》したのですから、このまちがいにひどく腹《はら》をたてたのです。みんなの怒《いか》りは、パイの親子《おやこ》だし、パイ家《け》へむけられました。へまをやったのは、ロジャー・パイとジョン・アンドルー・パイの親子だし、ジョシュア・パイだって、缶《かん》を開《あ》けてペンキの色《いろ》を見《み》たらなにかおかしいとわかりそうなものなのに、それをそのままぬるなんて、よっぽどのばかなんじゃないかと言《い》われました。このようにとがめだてられたジョシュア・パイは、アヴォンリーの人《ひと》たちの色《いろ》の趣味《しゅみ》など自分《じぶん》の知《し》ったことではないし、自分自身《じぶんじしん》の意見《いけん》は関係《かんけい》ないと言《い》いかえしました。自分《じぶん》は公会堂《こうかいどう》をぬるためにやとわれたのであって、意見《いけん》を言《い》うためではないのだから、仕事《しごと》をした報酬《ほうしゅう》は受《う》けとってとうぜんだと主張《しゅちょう》したのです。

協会《きょうかい》は、判事《はんじ》をしているピーター・スローン氏《し》に相談《そうだん》してから、くやしい思《おも》いをしながら、ジヨシュア・パイにお金《かね》を払《はら》いました。

「払《はら》わなければならないよ」と、ピーターは言《い》いました。「ジョシュア・パイは、何色《なにいろ》になるかということを教《おし》えてもらわずに、ただ缶《かん》を渡《わた》されてぬるように言《い》われたと主張《しゅちょう》している以上《いじょう》、このまちがいの責任《せきにん》を問《と》うわけにはいかない。それにしても、こいつはとんでもない大失態《だいしったい》だね。公会堂《こうかいどう》はまったくひどいことになってしまった。」

ついてない協会《きょうかい》は、これまで以上《いじょう》にアヴォンリーの人《ひと》たちから白《しろ》い目《め》で見《み》られるのではないかと思《おも》いましたが、逆《ぎゃく》にみんなの同情《どうじょう》を買《か》いました。目的《もくてき》のためにいっしょうけんめいがんばってきた熱心《ねっしん》な、まじめな若者《わかもの》たちが、ひどいめにあったと人々《ひとびと》は考《かんが》えたのです。リンド夫人《ふじん》は、改《かい》善員《ぜんいん》たちに、この世《よ》の中《なか》には物事《ものごと》を台《だい》なしにしないでなしとげる人《ひと》もいることをパイ家《け》に思《おも》い知《し》らせるためにもつづけなさいと言《い》ってくれました。

メイジャー・スペンサー氏《し》は、自費《じひ》で、自分《じぶん》の農場《のうじょう》の前《まえ》の道《みち》から切《き》り株《かぶ》をぜんぶぬきとって、しばふの種《たね》をまこうと言《い》ってよこしましたし、ハイラム・スローン夫人《ふじん》はある日《ひ》、学校《がっこう》に立《た》ちよって、アンを意味《いみ》ありげに入《い》り口《ぐち》へ呼《よ》びだし、春《はる》に協会《きょうかい》が三叉路《さんさろ》のところにゼラニウムの花《か》だんを作《つく》るつもりなら、うちの牛《うし》のことは心配《しんぱい》しなくていい、うちの牛《うし》が荒《あ》らしまわらないようにきちんと閉《と》じこめておくから、と言《い》ってくれました。ハリソンさんさえ、裏《うら》でこっそりくすくす笑《わら》いながらも、表《おもて》むきはすっかり同情《どうじょう》してくれました。

「気《き》にするな、アン。ペンキなんてもんは、毎年《まいとし》はげ落《お》ちてみっともなくなるもんだが、あの青《あお》は最初《さいしょ》っからみっともないんだから、逆《ぎゃく》にだんだんきれいになっていくさ。それに屋根《やね》は、きちんとふきかえられて、ちゃんとした色《いろ》もぬられたわけだろ。これからは、雨《あま》もりもせずに、公会《こうかい》堂《どう》が使《つか》えるじゃないか。」それだけでも、まあ、やることはやったってことだよ。」

「でも、アヴォンリーの青《あお》い公会堂《こうかいどう》は、これからずっと、まわりの村々《むらむら》の笑《わら》いものになるわ。」

アンは、にがにがしく言《い》いました。

ざんねんながら、それはたしかにそのとおりでした。

第10章 デイヴィー、刺激《しげき》をもとめる

ある十一月《がつ》の午後《ごご》、〝樺《かば》の道《みち》〟を通《とお》って学校《がっこう》から歩《ある》いて帰《かえ》ってきたアンは、人生《じんせい》がとてもすばらしいものだという思《おも》いをあらためて強《つよ》くしていました。その日《ひ》は、よい一日《いちにち》でした。アンの小《ちい》さな王国《おうこく》では、すべてがうまくいったのです。セント・クレア・ドネルは、自分《じぶん》の名前《なまえ》のことで、だれともけんかをしませんでした。プリリー・ロジャソンは、顔《かお》が歯痛《はいた》でふくれあがったため、近《ちか》くの男《おとこ》の子《こ》に色目《いろめ》を使《つか》おうなどと一度《いちど》もしませんでした。バーバラ・ショーは、ひしゃくの水《みず》を床《ゆか》にこぼすというたったひとつの失敗《しっぱい》しかしませんでした……そして、アンソニー・パイは、今日《きょう》はお休《やす》みでした。

「この十一月《がつ》は、ほんと、すてきだったわ！」ひとりごとを言《い》う子《こ》どものころのくせがぬけきらないアンは、自分《じぶん》に言《い》いました。「十一月《がつ》って、たいていひどくいやな月《つき》……まるで一年《いちねん》が年《とし》をとったことにふと気《き》づいて、もはや泣《な》いてやきもきするしかないといったふうな。でも今年《ことし》は、上品《じょうひん》に年《とし》をとっているわ……白髪《しらが》やしわがあっても魅力的《みりょくてき》になれるとわかっている、風格《ふうかく》のある

老婦人《ろうふじん》のように。日中《にっちゅう》もすてきだったし、夕暮《ゆうぐ》れも美《うつく》しかったわ。この二週間《しゅうかん》はとくにおだやかで、デイヴィーでさえ、おぎょうぎがいいくらいだったし。あの子《こ》、ほんとに進歩《しんぽ》したと思《おも》う。今日《きょう》は森《もり》がなんてしずかなんでしょう……そよ風《かぜ》が梢《こずえ》をゆらすほかには、なんのざわめきもないなんて！　どこか遠《とお》くの浜《はま》に打《う》ちよせる波《なみ》の音《おと》のよう。森《もり》ってなんてすてきなのかしら！　美《うつく》しい木々《きぎ》たちよ！　あなたたち一本一本《いっぽんいっぽん》を友《とも》として愛《あい》してるわ。」

アンは立《た》ちどまり、ほっそりした若《わか》い樺《かば》の木《き》に片腕《かたうで》をまわして、そのうすいクリーム色《いろ》の幹《みき》にキスをしました。小道《こみち》のまがり角《かど》をまがってきたダイアナが、そんなアンを見《み》つけて笑《わら》いました。

「アンったら、おとなになったふりをしてただけなのね。ひとりのときは、むかしと変《か》わらない小《ちい》さな女《おんな》の子《こ》じゃないの。」

「あら、いきなり小《ちい》さな女《おんな》の子《こ》をやめるなんて、できないわよ。」アンは、陽気《ようき》に言《い》いました。「だって、十四年間《ねんかん》も子《こ》どもをやってきて、おとなっぽくなってまだ三年《ねん》もたっていないのよ。あたし、森《もり》のなかだといつだって子《こ》どもの気分《きぶん》になるの。今《いま》じゃ、この学校《がっこう》からの帰《かえ》り道《みち》しか、夢《ゆめ》を見《み》るときがないんですもの……ねむりに落《お》ちる前《まえ》の三十分《さんじっぷん》は別《べつ》としてね。教《おし》えたり、研究《けんきゅう》したり、マリラを手《て》つだってふたごの世話《せわ》をしたりで、想像《そうぞう》する時間《じかん》なんてすっかりなくなってしまったわ。毎晩《まいばん》、東《ひがし》の妻壁部屋《つまかべべや》でおふとんに入《はい》ってからほんの少《すこ》し、あたしがどんなにすばらしい冒険《ぼうけん》をしているか知《し》らないでしょ。いつも、自分《じぶん》が華《はな》やかで、意気揚々《いきようよう》とした、りっぱな人《ひと》になる想像《そうぞう》をするの……偉大《いだい》なプリマドンナとか、赤十字《せきじゅうじ》の看護婦《かんごふ》とか、女王《じょおう》さまとか。ゆうべは、あたし、女王《じょおう》さまだったわ。女王《じょおう》になった想像《そうぞう》をするのは、ほんとにすごいわよ。実際《じっさい》のめんどうは一切《いっさい》なしに、楽《たの》しいところだけはぜんぶ味《あじ》わえて、やめたいときにいつだってやめられるんですもの。現実《げんじつ》の人生《じんせい》ではそうはいかないけど。でも、この森《もり》では、すっかりちがうことを想像《そうぞう》するの……古《ふる》い松《まつ》の木《き》に住《す》んでる妖精《ようせい》になったとか、しわくちゃの葉《は》の下《した》にかくれている小《ちい》さな茶色《ちゃいろ》の森《もり》の小妖精《エルフ》になったとかね。あの、あたしがキスをしていた白《しろ》い樺《かば》の木《き》は、あたしの妹《いもうと》なの。ただちがうのは、あの子《こ》は木《き》で、あたしは女《おんな》の子《こ》ってことだけ。でも、それってたいしたちがいじゃないのよ。どこへ行《い》くの、ダイアナ?」

「ディクソンさんのおうち。アルバータに、新《あたら》しい服《ふく》を裁《た》つ手伝《てつだ》いをする約束《やくそく》をしたのよ。夕方《ゆうがた》、アンもこない? そしたらいっしょに帰《かえ》れるわ。」

「そうね……フレッド・ライトが町《まち》へ出《で》かけて、るすだものね。」アンは、とぼけて言《い》いました。ダイアナは顔《かお》を赤《あか》らめて、頭《あたま》をつんとそらせて、歩《ある》きさりました。でも、気《き》をわるくしたようには見《み》えませんでした。

アンは、その夕方《ゆうがた》ディクソン家《け》へ行《い》くつもりだったのですが、行《い》きませんでした。グリーン・

ゲイブルズに着《つ》いてみると、一切《いっさい》ほかのことなどどうでもよくなってしまうような大事件《だいじけん》が起《お》こっていたのです。裏庭《うらにわ》で出会《であ》ったマリラは、目《め》を大《おお》きく見開《みひら》いていました。

「アン、ドーラがいないの！」

「ドーラが！　いない！」アンは、庭《にわ》の木戸《きど》の上《うえ》で体《からだ》をゆらしているデイヴィーを見《み》やり、その目《め》がゆかいそうに光《ひか》っているのに気《き》づきました。「デイヴィー、ドーラがどこにいるか知《し》ってるの？」

「ううん、知《し》らないよ。」デイヴィーは、きっぱり言《い》いました。「お昼《ひる》ごはんのあと、見《み》てないよ。誓《ちか》って、ほんとだよ。」

「私《わたし》は一時《じ》から家《いえ》をあけていたんだよ」と、マリラ。「トマス・リンドが急《きゅう》に具合《ぐあい》がわるくなって、すぐにきて、とレイチェルに呼《よ》ばれたもんだから。私《わたし》が出《で》ていくときは、ドーラは台所《だいどころ》でお人形遊《にんぎょうあそ》びをしていて、デイヴィーは納屋《なや》のうしろで、どろのパイを作《つく》っていたわ。ほんの三十分《さんじっぷん》ほど家《いえ》をあけただけなのに……ドーラがどこにも見《み》あたらないのよ。デイヴィーは、私《わたし》が出《で》てか

らドーラを見《み》ていないと言《い》うし。」

「見《み》てないよ」と、デイヴィーはおごそかに誓《ちか》いました。

「どこかにいるはずだわ」と、アン。「ひとりで遠《とお》くまで行《い》ったりしない子《こ》だもの……とってもおくびょうだから。ひょっとしたら、どこかの部屋《へや》でぐっすりねむりこんでいるんじゃないかしら。」

マリラは首《くび》をふりました。

「家《いえ》じゅう見《み》てまわったよ。でも、ほかの建物《たてもの》のどこかにいるかもしれないね。」

徹底的《てっていてき》な捜索《そうさく》がはじまりました。家《いえ》じゅう、庭《にわ》じゅう、そして納屋《なや》などのほかの建物《たてもの》のすみずみまで、ふたりは、必死《ひっし》になってさがしました。アンは、ドーラの名前《なまえ》を呼《よ》びながら、果樹園《かじゅえん》と〝おばけの森《もり》〟をさまよいました。マリラは、ろうそくをもって、地下《ちか》の食料庫《しょくりょうこ》をさがしました。

デイヴィーは、アンとマリラのあとをかわるがわるについてまわり、ドーラがいそうなところをつぎつぎにあげていきました。とうとう三人《にん》は、また庭《にわ》で落《お》ちあいました。

「これは、いよいよ、ふしぎだわ」と、マリラはうなりました。

「どこへ行《い》ってしまったのかしら?」アンは、みじめな気持《きも》ちで言《い》いました。

「たぶん井戸《いど》に落《お》っこちたんだよ。」デイヴィーが陽気《ようき》に言《い》いました。

アンとマリラはぞっとして、たがいの目《め》をのぞきこみました。その考《かんが》えは、さがしているあいだじゅうずっと頭《あたま》にあったのですが、どちらもことばにすることができないでいたのでした。

「そう……そうかもしれないね」と、マリラがささやきました。

気《き》が遠《とお》くなりそうになったアンは、井戸《いど》のところへ行《い》き、なかをのぞきこんで、気分《きぶん》がわるくなりました。井戸《いど》のおけが、内《うち》がわのたなにのっています。ずっと下《した》のほうに、水面《すいめん》がちらちら光《ひか》っています。

カスバート家《け》の井戸《いど》はアヴォンリー一深《いちふか》いのです。もしドーラが……しかし、アンはその考《かんが》えとむきあうことはできませんでした。アンは身《み》ぶるいして、井戸《いど》から離《はな》れました。

「ひとっ走《ぱし》り、ハリソンさんを呼《よ》びにいってきて」と、マリラが両手《りょうて》をもみしぼりながら言《い》いました。

「ハリソンさんも、ジョン・ヘンリーもどっちも、るすよ……今日《きょう》は町《まち》へ出《で》かけてる。バリーさんを呼《よ》んでくるわ。」

アンとともにやってきたバリー氏《し》は、ものをひっかけてつかむ鉤《かぎ》の形《かたち》をした道具《どうぐ》のついたロープをひと巻《ま》きかかえていました。マリラとアンが、恐怖《きょうふ》と心配《しんぱい》に冷《つめ》たくふるえながらそばで見守《みまも》るなか、バリー氏《し》は井戸《いど》をさらいました。デイヴィーは、木戸《きど》にまたがって、おもしろくてたまらないという顔《かお》をして、三人《にん》を見《み》ていました。

　とうとうバリー氏《し》は、ほっとしたようすで首《くび》をふりました。

「ここにはいないね。だけど、いったい、どこへ行《い》ってしまったのだろうね。おい、ぼうや、ドーラがどこに行《い》ったか、ほんとに知《し》らんのかね？」

「知《し》らないって、何十回《なんじっかい》も言《い》ったよ。」デイヴィーは、気《き》をわるくしたようすで言《い》いました。「たぶん知《し》らないおじさんに、さらわれちゃったんだよ。」

「ばかなことを。」井戸《いど》のおそろしい恐怖《きょうふ》から解放《かいほう》されたマリラがぴしゃりと言《い》いました。「アン、ひょっとしてハリソンさんのお宅《たく》へ迷《まよ》いこんだりしたんじゃないかしら。あんたがあの子《こ》をあそ

こへつれていってからというもの、あの子《こ》、あのオウムの話《はなし》ばかりしてたじゃないの。」

「ドーラがひとりでそんな遠《とお》くまで行《い》くとは思《おも》えないけど、見《み》てくるわ」と、アン。

そのときデイヴィーを見《み》ている人《ひと》はいませんでしたが、もし見《み》ていたら、その顔《かお》つきが見《み》る見《み》るうちに変《か》わったのがわかったでしょう。デイヴィーはこっそりと木戸《きど》からおりると、そのぽちゃっとした足《あし》でできるかぎり速《はや》く、納屋《なや》のほうへかけていきました。

アンはたいして期待《きたい》もせずに、畑《はたけ》を急《いそ》いでぬけて、ハリソン家《け》の敷地《しきち》に入《はい》りました。家《いえ》にはかぎがかかっていて、窓《まど》にはブラインドがおりていて、だれもいないようすでした。アンはベランダに立《た》って、大声《おおごえ》でドーラの名前《なまえ》を呼《よ》びました。

うしろの台所《だいどころ》にいたジンジャーが、ふいに、けたたましくののしりだしましたが、その声《こえ》にまじって、ハリソンさんが庭《にわ》の道具《どうぐ》置《お》き場《ば》に使《つか》っている小《ちい》さな納屋《なや》から、うったえるような泣《な》き声《ごえ》が聞《き》こえてきました。アンはその戸口《とぐち》へ飛《と》んでいき、掛《か》け金《がね》をはずすと、釘《くぎ》のたるをふせたところにしょんぼり腰《こし》かけている小《ちい》さな子《こ》を抱《だ》きあげました。顔《かお》は、なみだでぐちゃぐちゃでした。

「まあ、ドーラ、ドーラ。どんなに心配《しんぱい》したことか！　どうしてこんなところにいたの？」

「デイヴィーといっしょに、ジンジャーを見《み》にきたの」と、ドーラはすすり泣《な》きました。「でも、やっぱり見《み》られなくて、デイヴィーがドアをけっとばすと、ジンジャーがどなっただけだったの。

それから、デイヴィーがあたしをここにつれてきて、ぱっと外《そと》へ飛《と》び出《だ》して、ドアを閉《し》めちゃったの。あたし、出《で》られなくて、泣《な》いて、泣《な》いて、こわかったの。ああ、おなかがすくし、寒《さむ》いし。もうきてくれないんじゃないかと思《おも》ったわ、アン。」

「デイヴィーが？」アンには、それ以上《いじょう》、なにも言《い》えませんでした。

アンは、重《おも》たい心《こころ》で、ドーラをだっこして家《いえ》に帰《かえ》りました。ぶじにドーラを見《み》つけてよかったというよろこびは、デイヴィーのふるまいがひきおこした苦痛《くつう》のために消《き》えてしまいました。いたずらでドーラをとじこめるくらいなら、許《ゆる》せます。しかし、デイヴィーは何度《なんど》もうそをついたのです……それも血《ち》もこおるようなひどいうそを。それはおぞましい事実《じじつ》であって、アンはそれに目《め》をつぶることはできませんでした。すわりこんで、落胆《らくたん》のあまり泣《な》いてしまいたい気持《きも》ちでした。デイヴィーが大好《だいす》きだったのに……この瞬間《しゅんかん》までどれほど愛《いと》おしく思《おも》っていたのか、わかっていませんでした……だからこそ、あの子《こ》がわざとうそをついたということに耐《た》えられず、つらいのでした。

マリラは、アンの話《はなし》をじっと聞《き》いていましたが、その沈黙《ちんもく》は、デイヴィーにとって決《けっ》してよいきざしではありませんでした。バリー氏《し》は笑《わら》って、さっさとデイヴィーにおしおきすればいいと言《い》いました。氏《し》が行《い》ってしまうと、アンはすすり泣《な》いてふるえているドーラをなだめてあたためてやり、夕食《ゆうしょく》を食《た》べさせて、ベッドに寝《ね》かせました。それから台所《だいどころ》へもどると、ちょうどそこへこわい顔《かお》をしたマリラが、デイヴィーをひっぱって、というより、ひきずってきました。デイヴィーは、馬小屋《うまごや》のいちばん暗《くら》いすみにかくれていて、クモの巣《す》だらけだったのです。

マリラは、デイヴィーをおしやって、床《ゆか》のまんなかのしきものの上《うえ》に立《た》たせると、自分《じぶん》は東《ひがし》の窓辺《まどべ》にすわりました。アンは西《にし》の窓辺《まどべ》にぐったりとすわっており、ふたりのあいだに犯人《はんにん》は立《た》たされたわけです。デイヴィーはマリラに背《せ》をむけており、その背中《せなか》はいかにもおとなしく、しゅんとして、こわがっているように見《み》えました。しかし、アンのほうへむけた顔《かお》は、少《すこ》しばつがわるそうではありましたが、その目《め》には、わるいことをした罰《ばつ》は受《う》けるけれども、あとでアンといっしょに笑《わら》ってすませることができるかのような、仲間《なかま》だよねと、うったえかけるきらめきがありました。

ところが、アンの灰色《はいいろ》の目《め》には、そんなデイヴィーにこたえるようなほほえみは少《すこ》しものぞいていませんでした。いたずらだけだったら、ほほえんだかもしれません。アンの目《め》にあったのは、ほほえみとはちがう……ぞっとする、よそよそしいものでした。

「どうしてあんなことができたの、デイヴィー?」アンは、悲《かな》しそうにたずねました。

デイヴィーは、おちつかずに、もじもじしました。

「ふざけただけだよ。ここって、ずっと、めちゃくちゃしずかで、つまんないんだもん。みんなをぎょっとさせたらおもしろいだろうなって思《おも》ったんだ。それでほんとにおもしろかったし。」

恐《おそ》れと少々《しょうしょう》の後悔《こうかい》を感《かん》じながらも、デイヴィーは思《おも》い出《だ》して、にやりとしました。

「でも、いつわりを言《い》いましたね、デイヴィー」と、アンはこれまでになく悲《かな》しそうに言《い》いました。

デイヴィーは、わけがわからないという顔《かお》をしました。

「いつわりってなに？　うそっぱちのこと？」

「うそをつくということです。」

「もちろん、うそついたよ。」デイヴィーはあっさり言《い》いました。「うそつかなきゃ、こわがってくれなかったでしょ。うそつかなきゃだめだったんだ。」

アンは、さっきまでの恐怖《きょうふ》と緊張《きんちょう》のせいで、どっとつかれを感《かん》じていましたが、デイヴィーの無反省《むはんせい》な態度《たいど》がとどめをさしました。ふたつの大《おお》きななみだがアンの両目《りょうめ》にうかんで、こぼれそうになりました。

「ああ、デイヴィー、よくもそんなことを？」声《こえ》をふるわせて、アンは言《い》いました。「それがどんなにわるいことか、わからないの？」

デイヴィーはびっくりしました。

アンが泣《な》いている……アンを泣《な》かせちゃったんだ！

ほんものの後悔《こうかい》が洪水《こうずい》となって、そのあたたかく小《ちい》さな心臓《しんぞう》に波《なみ》のようにおしよせて、のみこみました。デイヴィーはアンのもとへかけよると、そのひざにとびこみ、アンの首《くび》に両腕《りょううで》を巻《ま》きつけて、どっと泣《な》きだしました。

「うそっぱち言《い》うのがいけないなんて知《し》らなかったんだ」と、デイヴィーはすすり泣《な》きました。

「わかるわけないよ。スプロットさんとこの子《こ》たちは、毎日《まいにち》かならずうそっぱちを言《い》って、しかもほんとだって誓《ちか》うんだもん。きっとポール・アーヴィングは、ぜったいうそっぱちなんか言《い》わないんだろうね。ぼく、ここでいっしょうけんめい、ポールみたいないい子《こ》になろうとしてきたけど、アンはもう二度《にど》とぼくのこと愛《あい》してくれないんだろうね。でも、わるいことだって教《おし》えてくれたらよかったと思《おも》うよ。泣《な》かせてごめんなさい、アン、もう二度《にど》と、うそっぱちは言《い》いません。」

デイヴィーはアンの肩《かた》に顔《かお》をうずめて、嵐《あらし》のように泣《な》きました。ふっと納得《なっとく》できたアンは、うれしくなって、しっかりとデイヴィーを抱《だ》きしめて、その巻《ま》き毛《げ》の髪《かみ》ごしにマリラを見《み》ました。

「この子《こ》はうそをつくのがいけないって知《し》らなかったのよ、マリラ。もう二度《にど》とうそをつかないと約束《やくそく》するなら、今回《こんかい》ばかりは、その点《てん》は許《ゆる》してやらなければならないと思《おも》うわ。」

「約束《やくそく》する。わるいことだってわかったから。」デイヴィーはすすり泣《な》きのあいまに、はっきりと言《い》いました。「またうそっぱち言《い》ってるのを見《み》つけたら、そのときは……」デイヴィーは、ふさわしい罰《ばつ》をさがして考《かんが》えをめぐらせました……「生《い》きたまま皮《かわ》をはいでもいいよ、アン。」

「〝うそっぱち〟なんて言《い》わないの、デイヴィー……〝いつわり〟と言《い》いなさい。」学校《がっこう》の先生《せんせい》らしく、アンは言《い》いました。

「なんで？」おちついてすわりこんだデイヴィーは、なみだでよごれた顔《かお》で、知《し》りたそうに見《み》あげてたずねました。「どうして〝うそっぱち〟はだめで、〝いつわり〟はいいの？　教《おし》えて。どっちも、かっこいいことばだよ。」

「〝うそっぱち〟は、くだけた表現《ひょうげん》です。小《ちい》さな子《こ》は、きちんとした表現《ひょうげん》をしなければいけません。」

「やっちゃいけないことが、ずいぶんたくさんあるんだな。」デイヴィーはため息《いき》をつきました。

「そんなにたくさんあるなんて思《おも》ってもみなかった。うそっぱ……いつわりを言《い》ってわるかったよ。すっごく言《い》いやすいんだけど。でも、わるいことだから、もうだれにも言《い》わないよ。こんどは、いつわりを言《い》った罰《ばつ》に、なにするの？　教《おし》えて。」

アンは懇願《こんがん》するようにマリラを見《み》ました。

「この子《こ》にきつく当《あ》たりたくはないのよ」と、マリラ。「きっと、だれもこの子《こ》にうそをついてはいけないと教《おし》えたことがないのだろうし、あのスプロット家《け》の子《こ》たちは、よい遊《あそ》び相手《あいて》じゃなかったんだからね。かわいそうなメアリーは病気《びょうき》のせいで、この子《こ》をちゃんとしつけられなかったわけだし、六才《さい》の子《こ》にそういったことを自分《じぶん》でわかれと言《い》うわけにもいかないしね。この子《こ》はなにひとつ正《ただ》しいことがわかっていないとあきらめて、最初《さいしょ》からはじめるよりほかないだろうね。でも、ドーラを閉《と》じこめた罰《ばつ》は受《う》けさせなきゃならないよ。これまでやってきたとおり夕食《ゆうしょく》ぬきで寝《ね》かせるというよりほかなにも思《おも》いつかないけれど、アン、あんた、なにかほかに思《おも》いつかない？　いつだってじまんにしている持《も》ち前《まえ》の想像力《そうぞうりょく》で、なにか思《おも》いつきそうなものじゃないか。」

「罰《ばつ》なんて、おそろしいことだわ。あたしは楽《たの》しいことしか想像《そうぞう》しないの」と、アンは、デイヴィーを抱《だ》きしめながら言《い》いました。「この世《よ》には、多《おお》すぎるほどいやなことがすでにあるんだから、これ以上《いじょう》いやな想像《そうぞう》をすることはないのよ。」

とうとうデイヴィーはいつものようにベッドに追《お》いやられ、そこであくる日《ひ》の昼《ひる》までいるように命《めい》じられました。デイヴィーはどうやらなにやら考《かんが》えたらしく、アンがしばらくして二階《かい》にあがると、そっとアンの名前《なまえ》を呼《よ》ぶ声《こえ》が聞《き》こえました。なかに入《はい》ると、デイヴィーはベッドの上《うえ》にすわっていて、ひざの上《うえ》にひじをついて、あごを両手《りょうて》でささえていました。

「アン」と、デイヴィーは重々《おもおも》しく言《い》いました。「うそっぱ……いつわりを言《い》うのは、だれにとってもいけないことなの？　教《おし》えて。」

「そう、そのとおりよ。」

「おとなでも、いけない？」

「そうよ。」

「だったら」と、デイヴィーは決心《けっしん》したように言《い》いました。「マリラはいけないよ。マ、リ、ラ、だっていつわりを言《い》ったもの。しかも、ぼくよりひどいよ。だって、ぼくはわるいって知《し》らなかったけど、マリラは知《し》ってるんだもの。」

「デイヴィー・キース、マリラは生《う》まれてこのかた、いつわりを言《い》ったことはありません」と、アンは怒《おこ》って言《い》いました。

「言《い》ったもん。このあいだの火曜日《かようび》、毎晩《まいばん》おいのりをしないと、おそろしいことが起《お》こりますよって言《い》ったんだ。ぼく、どうなるか見《み》ようと思《おも》って、一週間《しゅうかん》おいのりを言《い》わなかったの。……そしたらなにも起《お》こらなかったよ。」デイヴィーは不満《ふまん》そうに言《い》いました。

アンは、大笑《おおわら》いしたい衝動《しょうどう》を——笑《わら》ってしまってはすべてがだめになると思《おも》って——おさえて、マリラの名誉《めいよ》を守《まも》るために、まじめに説明《せつめい》をはじめました。

「なに言《い》ってるの、デイヴィー・キース。」アンは、おごそかに言《い》いました。「まさに今日《きょう》、おそろしいことが起《お》こったじゃないの。」

デイヴィーは、うたがわしい表情《ひょうじょう》をしました。

「夕食《ゆうしょく》ぬきで寝《ね》かされたこと？」と、デイヴィーは、ばかにしたように言《い》いました。「そんなの、ちっともおそろしいことじゃないよ。もちろん、いやだけど、ここにきてから何度《なんど》もやってるから、なれちゃったもん。それに、ぼくの夕食《ゆうしょく》をぬいても、なんの節約《せつやく》にもならないよ。だって、朝《あさ》ごはんを二倍《ばい》食《た》べるだけのことだもん。」

「夕食《ゆうしょく》をぬいたことを言《い》ってるんじゃありません。あなたが今日《きょう》いつわりを言《い》ったことを言《い》っているんです。そして、デイヴィー……」アンは、ベッドの足板《あしいた》から身《み》を乗《の》り出《だ》して、わるい人《ひと》にむかって「いけません」というように、人《ひと》さし指《ゆび》を立《た》ててふりながら言《い》いました。「子《こ》どもがいつわりを言《い》うなんて、その子《こ》に起《お》こりうる最悪《さいあく》のことと言《い》ってもいいくらいですよ。……ほんとにひどいこと。だから、マリラはほんとうのことを言《い》ったんです。」

「わるいことって、わくわくすることかと思《おも》ってた」と、デイヴィーは不服《ふふく》そうな口調《くちょう》で言《い》いました。

「そんなことを思《おも》ったからといって、マリラのせいにはなりません。わるいことは、かならずしもわくわくすることじゃありません。たいていは、ただいやらしくて、おろかしいことです。」

「でも、マリラとアンが井戸《いど》をのぞき見《み》ているのは、すっごくおもしろかったけどな。」デイヴィーはひざを抱《だ》きしめながら言《い》いました。

アンは、一階《かい》におりるまでまじめな顔《かお》をしつづけ、居間《いま》のソファーにころがりこむと、わき腹《ばら》が痛《いた》くなるまで笑《わら》いました。

「なにがおかしいの？」マリラが、つっけんどんに言《い》いました。「今日《きょう》は、あまり笑《わら》えるようなことはなかったと思《おも》うけど。」

「これを聞《き》いたら、マリラも笑《わら》うわよ」と、アンは言《い》いました。

そして、たしかにマリラは笑《わら》ったので、アンとくらすようになってマリラもずいぶんやわらかくなったことがわかります。しかし、そのあとすぐ、マリラはため息《いき》をつきました。

「あの子《こ》にああ言《い》うべきじゃなかったんだろうね。一度《いちど》牧師《ぼくし》さまが子《こ》どもにそう言《い》っているのを聞《き》いたものでね。でも、あんたがカーモディのコンサートに出《で》た晩《ばん》にあの子《こ》を寝《ね》かしつけていたとき、つい、いらいらしてしまってね。あの子《こ》が、神《かみ》さまのお役《やく》にたてるくらい大《おお》きくなるまではおいのりをしても意味《いみ》がないなんて言《い》うもんだから。アン、あの子《こ》をどうしたらいいのか、私《わたし》にはわからないよ。あんないたずらっ子《こ》は見《み》たことがない。もうすっかりお手《て》あげだわ。」

「あら、そんなこと言《い》わないで、マリラ。あたしがここにきたとき、どんなにわるい子《こ》だったか思《おも》い出《だ》して。」

「アン、あんたはわるい子《こ》だったことは一度《いちど》もないよ……一度《ど》も、ね。ほんとのわるさがどういうものか知《し》った今《いま》になって、それがわかるわ。あんたはたしかに、ひどいもめごとを起《お》こしてばかりいたけれど、いつだって、よかれと思《おも》ってやっていたのよ。デイヴィーは、ただ、わるさが好《す》きでやってるんだから。」

「あら、ちがうわ。あの子《こ》だって、ほんとにわるいわけじゃないと思《おも》うわ」と、アン。「ただ、いたずらなだけよ。それに、ここはあの子《こ》にはしずかすぎるのね。ほかにいっしょに遊《あそ》ぶ男《おとこ》の子《こ》のお友《とも》だちもいないし、なにかおもしろいことがしたいのよ。ドーラじゃ、おすましさんで、きちんとしすぎて、男《おとこ》の子《こ》の遊《あそ》び相手《あいて》にならないし。ふたりを学校《がっこう》にやるのがいちばんだと思《おも》うわ、マリラ。」

「いいや。」マリラは、きっぱりと言《い》いました。「私《わたし》の父《ちち》は、子《こ》どもは七才《さい》になるまでは学校《がっこう》の壁《かべ》のなかに閉《と》じこめるべきではないといつも言《い》っていたし、アラン牧師《ぼくし》も同《おな》じことをおっしゃってるわ。家《いえ》で少《すこ》し教《おし》えるのはいいけれど、あの子《こ》たちを学校《がっこう》にやるのは、七才《さい》になるまではだめです。」

「じゃあ、デイヴィーを家《いえ》でしつけるようにがんばらなきゃね」と、アンは陽気《ようき》に言《い》いました。「いろいろ欠点《けってん》はあるけれど、ほんとにかわいい子《こ》なのよ。愛《あい》さずにはいられないわ。マリラ、こう言《い》っちゃひどいかもしれないけど、ほんとのところ、あたし、ドーラよりもデイヴィーが好《す》き。ドーラはあんなにいい子《こ》ちゃんだけど。」

「どういうわけか、私《わたし》もだよ」と、マリラも白状《はくじょう》しました。「えこひいきになるけどね。ドーラはちっともめんどうをかけていないのに。あんなにいい子《こ》はいないもの。いるんだかいないんだか、わからないくらいだし。」

「ドーラは、いい子《こ》すぎるのよ」と、アン。「あの子《こ》は、だれも教《おし》えなくても、自分《じぶん》できちんとできるんだわ。生《う》まれたときから、しつけが行《い》きとどいてる。だから、あたしたちがいなくてもいいんだわ。そして、思《おも》うに、」と、重要《じゅうよう》な真実《しんじつ》に気《き》づいたアンは結論《けつろん》づけました。「人《ひと》は、自分《じぶん》を必要《ひつよう》としてくれる人《ひと》をいちばん愛《あい》するのね。デイヴィーは、あたしたちがいないと、どうしようもないもの。」

「たしかに、あの子《こ》はどうしようもないね」と、マリラは同意《どうい》しました。「レイチェル・リンドだったら、『おしりをたたいてやらないと、どうしようもない』と言《い》うだろうよ。」

第11章 ほんとのことと想像世界《そうぞうせかい》

「子《こ》どもたちを教《おし》えるのは、とてもおもしろいです」と、アンはクイーン学院《がくいん》の学友《がくゆう》に書《か》き送《おく》りました。「ジェーンは、たいくつな仕事《しごと》だと言《い》いますが、私《わたし》はそうは思《おも》いません。毎日《まいにち》かならずといっていいほど、おかしなことが起《お》こるし、子《こ》どもたちはへんなことを言《い》うので、思《おも》わず笑《わら》いだしたくなるほどです。ジェーンは、生徒《せいと》がおかしな発言《はつげん》をしたら罰《ばつ》をあたえると言《い》いますが、だから教《おし》えるのがたいくつに思《おも》えるのでしょう。

今日《きょう》の午後《ごご》、小《ちい》さなジミー・アンドルーズが〝斑点《はんてん》〟(speckle《スペクル》)と書《か》こうとして、つづりがわかりませんでした。『ふんだ、書《か》けなくったって、意味《いみ》は知《し》ってるよ』と、ジミーはとうとう言《い》いました。

『なんですか?』と、私《わたし》はたずねました。

『セント・クレア・ドネルの顔《かお》だよ、先生《せんせい》。』

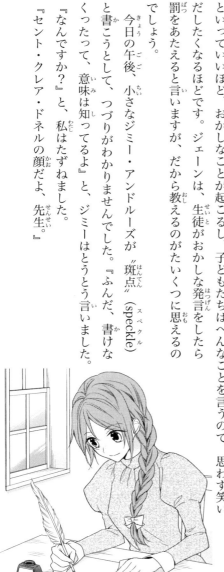

セント・クレアは、たしかにそばかすだらけなのですが、私《わたし》はそのことをほかの子《こ》に言《い》わせないようにしています……というのも、私《わたし》もかつてはそばかすだらけで、そのことをよくおぼえているからです。でも、セント・クレアは気《き》にしていないと思《おも》います。セント・クレアが学校《がっこう》からの帰《かえ》り道《みち》にジミーをぶったのは、セント・クレアと呼《よ》ばれたからです。ぶったということは耳《みみ》にしましたが、こっそり聞《き》いたのですから、知《し》らない顔《かお》をしていようと思《おも》います。

きのう、ロティ・ライトに足《た》し算《ざん》を教《おし》えようとしました。『片手《かたて》にキャンディーが三つあって、もういっぽうの手《て》にふたつあったら、ぜんぶでいくつ？』ロティの答《こた》えは、こうです。

『お口《くち》にいっぱい。』

それから理科《りか》の時間《じかん》に、畑《はたけ》の害虫《がいちゅう》を食《た》べてくれるヒキガエルを殺《ころ》してはいけない理由《りゆう》をたずねたら、ベンジー・スローンが大《おお》まじめにこう答《こた》えました。

『つぎの日《ひ》、雨《あめ》が降《ふ》るからです。』

笑《わら》わないようにするのはとてもむずかしいですよ、ステラ。家《いえ》に帰《かえ》りつくまで、おかしいのをこらえていなければなりません。ところが、マリラは、私《わたし》の部屋《へや》からたいした理由《りゆう》もないのにけたたましい笑《わら》い声《ごえ》が聞《き》こえると不安《ふあん》になると言《い》います。かつてグラフトンに住《す》んでいた男《おとこ》の人《ひと》の頭《あたま》がおかしくなったのは、そんなふうにしてはじまったのだそうです。

聖人《せいじん》トマス・ア・ベケットはカニ様《さま》のようにえらいって知《し》っていましたか？　ローズ・ベルはそう言《い》っています……それから、ウィリアム・ティンダルは、新約聖書《しんやくせいしょ》を訳《やく》したのではなく書いたのですって。

英語《えいご》のglacier《グレイシャー》（氷河《ひょうが》）って-er《イーアール》でおわるから『glace《グラス》を～する人《ひと》』みたいに見《み》えるでしょ。だから、クロード・ホワイトったら、glacier《グレイシャー》は『窓《まど》ガラスをはめる人《ひと》』のことですって。

教《おし》えるのでいちばんむずかしいのは——いちばんおもしろいことでもあるけど——子《こ》どもたちに、さまざまなことについて、ほんとうに思《おも》っていることを話《はな》してもらうことだと思《おも》います。

先週《せんしゅう》、ある嵐《あらし》の日《ひ》、お昼《ひる》ごはんのときにみんなをまわりに集《あつ》めて、みんなと同《おな》じお友《とも》だちのひとりだと思《おも》って私《わたし》に話《はな》しかけてもらおうとしました。みんなのいちばんの望《のぞ》みはなんですかと聞《き》くと、人形《にんぎょう》とか、子馬《こうま》とか、スケートとかいった、ありきたりな答《こた》えもありましたが、ものすごくユニークなのもありました。ヘスター・ボウルターは、『毎日《まいにち》ドレスを着《き》て、居間《いま》でお食事《しょくじ》をしたい』のだそうです。ハンナ・ベルは、『苦労《くろう》しないでもいい子《こ》でいられるようになりたい。』マージョリー・ホワイトは、十才《じっさい》なのに、『未亡人《みぼうじん》』になりたいそうです。どうして、と聞《き》くと、結婚《けっこん》してないとオールド・ミスって言《い》われるし、結婚《けっこん》すると夫《おっと》にえらそうにされるけど、未亡人《みぼうじん》ならどちらでもないからって、まじめに答《こた》えるの。いちばんすごい希望《きぼう》は、サリー・ベルのでした。『ハネムーン』がほしいそうです。どういうことか知《し》ってるのってたずねると、モントリオールにいるいとこが結婚《けっこん》してハネムーンに行《い》ったとき、いつも最新《さいしん》の自転車《じてんしゃ》に乗《の》っていたので、すっごくすてきな自転車《じてんしゃ》のことだと思《おも》うと答《こた》えてくれました！

　ほかの日《ひ》に、『これまでしたことのあるいちばんいけないいたずらを教《おし》えて』と言《い》いました。大《おお》きな子《こ》たちは教《おし》えてくれませんでしたが、三年生《ねんせい》はかなりざっくばらんに答《こた》えてくれました。イライザ・ベルは、『おばさんがすいて丸《まる》めた羊毛《ようもう》に火《ひ》をつけたこと』だと言《い》いました。失敗《しっぱい》して燃《も》やしてしまったのかとたずねると、『そうなの』との返事《へんじ》。はしっこがどんなふうに燃《も》えるかしらと思《おも》ったら、あっという間《ま》にぜんぶ燃《も》えちゃったの、ですって。エマソン・ギリスは、教《きょう》会《かい》の募金箱《ぼきんばこ》に入《い》れるべき十《じっ》セントでキャンディーを買《か》ってしまいました。アネッタ・ベルの最悪《さいあく》の犯罪《はんざい》は、『墓地《ぼち》に生《は》えていたブルーベリーを食《た》べたこと。』ウィリー・ホワイトのは、『晴《は》れ着《ぎ》のズボンをはいたまま何度《なんど》も羊小屋《ひつじごや》の屋根《やね》からすべりおりた』こと。『でも、その夏《なつ》、日曜学校《にちようがっこう》に行《い》くとき、ずっとつぎの当《あ》たったズボンをはかなきゃならなかったから、罰《ばつ》は受《う》けたよ。罰《ばつ》を受《う》けたら、反省《はんせい》しなくてもいいんだ』と、しゃあしゃあと言《い》うのです。

　子《こ》どもたちの作文《さくぶん》も読《よ》んでもらいたいです……ですから、最近《さいきん》のを写《うつ》してお送《おく》りします。先週《せんしゅう》、四年生《ねんせい》に、楽《たの》しかったことについて先生《せんせい》あてに手紙《てがみ》を書《か》いてくださいと言《い》いました。ヒントとして、遊《あそ》びに行《い》った場所《ばしょ》のことでもいいし、見《み》たり会《あ》ったりしたおもしろいものや人《ひと》のことでもいいですと、つけくわえました。本物《ほんもの》の便箋《びんせん》に書《か》いて、封筒《ふうとう》に入《い》れて封《ふう》をして、私《わたし》への宛名《あてな》も書《か》かせました。だれにも手伝《てつだ》ってもらわずに、やらせたのです。

先週《せんしゅう》の金曜《きんよう》の朝《あさ》、私《わたし》のつくえの上《うえ》に手紙《てがみ》が山《やま》とつまれていて、その日《ひ》の夕方《ゆうがた》、教《おし》えるってたいへんだけど、楽《たの》しいことでもあるんだなって思《おも》いました。作文《さくぶん》を読《よ》むと、ずいぶんむくわれた気《き》持《も》ちになります。これはネッド・クレイ〔ネッドはエドワードの愛称《あいしょう》〕のです。宛名《あてな》も、つづりも、文法《ぶんぽう》も、原文《げんぶん》どおり。

カナダ国《こく》、プリンス・エドワード島《とう》
グリン・ゲブルズ
シャアリー先生《せんせい》さま

とり
先生《せんせい》こんにちわ。ぼくわとりについて作文《さくぶん》をかきます。とりわとてもやくにたつどうぶつです。うちのねこわとりをつかまえます。ねこの名前《なまえ》わウィリアムですがパパわトムとよびます。からだじゅうしましまでこないだの冬《ふゆ》かたっぽの耳《みみ》がこうってしまいました。そうでなければかっこいねこです。おぢさんちもねこをかいました。ある日《ひ》おぢさんちにきて出《で》ていかないのでこんなわすれっぽいねこわいないとおぢさんわ言《い》いました。おぢさんがゆりいすでねむらせるのでおばさんわじぶんのこどもよりたいせつにしてるよと言《い》います。それはよくないです。ねこにやさしくしてしんせんなミルクをあげなければいけませんがこどもよりたいせつにしてわいけません。ぼくがおもったのわそれだけです先生《せんせい》さようなら。

えどわあど・ぶれいく・くれい

セント・クレア・ドネルのは、いつものように、短《みじか》く要領《ようりょう》を得《え》ています。ことばをむだにしないのです。悪意《あくい》があって、このテーマをえらんだわけでも、追伸《ついしん》をつけたわけでもないと思《おも》います。ただ、気《き》がきかなくて、想像力《そうぞうりょく》が働《はたら》かないだけなのです。

シャーリー先生《せんせい》

先生《せんせい》は、これまでに見《み》たふしぎなことを書《か》くように言《い》いました。ぼくは、アヴォンリー公《こう》会堂《かいどう》のせつめいをします。ドアがふたつ、なかと外《そと》にあります。まどが六つに、えんとつがひとつあります。長《なが》ぼそい建物《たてもの》です。青《あお》くぬられています。それでおかしく見《み》えます。カーモディへの〝下《した》の道《みち》〟にあって、アヴォンリーで三つめにじゅうような建物《たてもの》です。あとのふたつは、教会《きょうかい》と、かじ屋《や》さんのお店《みせ》です。公会堂《こうかいどう》では、とうろん会《かい》や講演《こうえん》やコンサートがひらかれます。

敬具《けいぐ》

ジェイコブ・ドネル

ついしん　公会堂《こうかいどう》は、とても明《あか》るい青《あお》です。

アネッタ・ベルの手紙《てがみ》はとても長《なが》くておどろきました。というのも、作文《さくぶん》はアネッタの得意分野《とくいぶんや》ではないからで、たいていはセント・クレアぐらい短《みじか》いのです。アネッタはしずかな小《ちい》さな少女《しょうじょ》で、いい子《こ》のお手本《てほん》のような子《こ》ですが、独創性《どくそうせい》のかけらもありません。これがその手紙《てがみ》です。

親愛《しんあい》なる先生《せんせい》へ

私《わたし》がどんなに先生《せんせい》を愛《あい》しているか手紙《てがみ》にしたためます。私《わたし》は心《こころ》の底《そこ》からあなたを愛《あい》しています……私《わたし》に愛《あい》せるかぎり……永遠《えいえん》にあなたにおつかえしたく思《おも》います。そうできたら、なんてすばらしいことでしょう。だから学校《がっこう》ではいい子《こ》でいようとてもがんばっていますしおべんきょおもがんばっています。

先生《せんせい》、あなたはとても美《うつく》しい。その声《こえ》は音楽《おんがく》のごとく、その目《め》は、露《つゆ》にそぼ濡《ぬ》れるパンジーさながら。あなたは、すらりとした堂々《どうどう》たる女王《じょおう》です。その髪《かみ》は、波打《なみう》つ黄金《おうごん》のようです。アンソニー・パイは先生《せんせい》のかみは赤《あか》だといいますがアンソニーなんか気《き》にすることありません。

私《わたし》は、あなたのことをまだ数《すう》か月《げつ》しか知《し》りませんが、あなたのことを知《し》らなかった時《とき》があったなんて信《しん》じられません……あなたが私《わたし》の人生《じんせい》に入《はい》ってきて、祝福《しゅくふく》をあたえて神聖《しんせい》なものにしてくださったのが最近《さいきん》のことであるなんて信《しん》じられないのです。あなたが私《わたし》のもとにいらしてくださった今年《ことし》を、わが人生《じんせい》のなかでもっともすばらしい年《とし》として、一生《いっしょう》思《おも》いかえすことになるでしょう。それは、うちがニューブリッジからアヴォンリーへひっこした年《とし》です。あなたへの愛《あい》のおかげで、わが人生《じんせい》はとてもゆたかになり、害《がい》や悪《あく》から守《まも》られています。それもすべて、わが最愛《さいあい》の先生《せんせい》であるあなたのおかげです。

あなたが髪《かみ》に花《はな》をさして、あの黒《くろ》い服《ふく》を着《き》ていらしたとき、とてもすてきに見《み》えたことを、私《わたし》は一生《いっしょう》わすれないでしょう。私《わたし》たちが年《とし》をとって、白髪《しらが》になっても、あなたはいつまでもあのように美《うつく》しくあってほしいと思《おも》います。最愛《さいあい》の先生《せんせい》、先生《せんせい》は私《わたし》には、いつまでも若《わか》くて美《うつく》しいのです。私《わたし》はいつもあなたのことばかり考《かんが》えています……朝《あさ》も、昼《ひる》も、夕方《ゆうがた》も。あなたが笑《わら》うときも、ため息《いき》をつくときも……にらんでいらっしゃるときでさえ、あなたを愛《あい》します。あなたが怒《おこ》ってらっしゃるのを見《み》たことがありませんが。アンソニー・パイは先生《せんせい》がいつだっておこってるといいますが先生《せんせい》がアンソニーにおこったかおをするのはあたりまえだとおもいます。先生《せんせい》がどんな服《ふく》でも、私《わたし》はあなたを愛《あい》します。……新《あたら》しい服《ふく》でいらっしゃるたびに、さらにすてきになったように思《おも》えます。

親愛《しんあい》なる先生《せんせい》、おやすみなさい。太陽《たいよう》はしずみ、星《ほし》がかがやいています。……あなたの目《め》のようにきらきらと美《うつく》しい星《ほし》です。私《わたし》はあなたの手《て》と顔《かお》にキスをします、愛《いと》しい人《ひと》。神《かみ》さまがあなたをお見守《みまも》りくださって、あらゆる害《がい》からお守《まも》りくださいますよう。

あなたをおしたもおしあげている生徒《せいと》　アネッタ・ベルより

このものすごい手紙《てがみ》には、少《すく》なからずなやみました。アネッタにこんなことが書《か》けないのは、あの子《こ》が空《そら》を飛《と》べないのと同《おな》じぐらい明《あき》らかなことです。あくる日《ひ》学校《がっこう》へ行《い》ったとき、休《やす》み時間《じかん》にアネッタを小川《おがわ》まで散歩《さんぽ》につれだして、あの手紙《てがみ》についてほんとうのことを教《おし》えてほしいと言《い》いました。アネッタは泣《な》いて、すっかり白状《はくじょう》してくれました。

手紙《てがみ》なんて書《か》いたことないから、どうしたらいいのか、なにを書《か》いたらいいのかわからなかったんだけど、おかあさんのたんすのいちばん上《うえ》の引《ひ》き出《だ》しに、ラブレターがいっぱい入《はい》っていたんですって。むかしの『彼氏《かれし》』からの手紙《てがみ》。

『おとうさんのじゃなかった』と、アネッタはすすり泣《な》きながら教《おし》えてくれました。『牧師《ぼくし》になろうとして勉強《べんきょう》してる人《ひと》で、だからラブレターも書《か》けたんだけど、ママは結局《けっきょく》その人《ひと》と結婚《けっこん》しなかったの。その人《ひと》がなにを言《い》おうとしているのか、半分《はんぶん》はわかんなかったって。でもあたし、すてきな手紙《てがみ》だと思《おも》って、あちこちを書《か》き写《うつ》して先生《せんせい》への手紙《てがみ》にしようと思《おも》ったの。手紙《てがみ》に「貴女《あなた》」って書《か》いてあるところを「先生《せんせい》」に変《か》えて、自分《じぶん》で思《おも》いついたことも入《い》れて、いくつかのことばは変《か》えたの。「気分《きぶん》」のかわりに「服《ふく》」って書《か》いたの。「気分《きぶん》」ってどういう意味《いみ》かわからなかったけど、身《み》に着《つ》けるものだと思《おも》ったんだ。先生《せんせい》が見《み》やぶるなんて思《おも》わなかった。どうしてあたしがぜんぶ書《か》いたんじゃないってわかったのかな。先生《せんせい》って、すっごく頭《あたま》がいいんだね。』

私《わたし》は、アネッタに、人《ひと》の手紙《てがみ》を写《うつ》して自分《じぶん》のものとして提出《ていしゅつ》するのはとてもいけないことよって言《い》ったんだけど、アネッタが後悔《こうかい》したのは見《み》つかったことだけみたい。

『だって、あたし、先生《せんせい》のこと愛《あい》しているもの。』アネッタはそう言《い》ってすすり泣《な》くのです。『牧《ぼく》師《し》さまが最初《さいしょ》に書《か》いたにしても、心《こころ》から先生《せんせい》を愛《あい》しているわ。』

こんなことを言《い》われてしまうと、きちんとしかるのは、とてもむずかしいです。

つぎはバーバラ・ショーの手紙《てがみ》です。オリジナルにあったシミを再現《さいげん》することはできません。

先生《せんせい》へ

先生《せんせい》は、どこかへお出《で》かけしたときのことを書《か》いてよいと言《い》いました。わたしは一度《いちど》しかお出《で》かけしたことがありません。このあいだの冬《ふゆ》、メアリーおばさんのところへ行《い》きました。メアリーおばさんはとても変《か》わっていて、りっぱな主《しゅ》ふです。最初《さいしょ》のばん、お夕食《ゆうしょく》をしました。わたしは、ソース入《い》れをたおして、わってしまいました。メアリーおばさんは、そのとう器《き》は結《けっ》こん以来《いらい》もっているもので、これまでだれもわったことがなかったと言《い》いました。テーブルから立《た》ちあがるとき、わたしはおばさんの服《ふく》をふんでしまい、スカートのギャザーをすっかりほどいてしまいました。あくる朝《あさ》、起《お》きたとき、水《みず》さしをせん面器《めんき》にぶつけて、両方《りょうほう》ともひびが入《はい》ってしまいました。それから朝《あさ》ごはんのとき、お茶《ちゃ》の入《はい》ったコップをひっくりかえして、テーブルクロスをびしょびしょにしてしまいました。メアリーおばさんがお昼《ひる》ごはんの食器《しょっき》をかたづけるのを手伝《てつだ》ったときは、とう器《き》のお皿《さら》を落《お》としてわってしまいました。その夜《よ》、わたしは階《かい》だんから落《お》ちて、ひざをねんざし、一週間《しゅうかん》ねていなければなりませんでした。メアリーおばさんがジョゼフおじさんに、やれありがたや、こうでもならなきゃあの子《こ》は家《いえ》じゅうのものをこわしてしまうところだと言《い》っているのが聞《き》こえました。なおったときは、もうおうちに帰《かえ》る日《ひ》になっていました。お出《で》かけはあまり好《す》きではありません。学校《がっこう》に行《い》くほうが好《す》きです。とくにアヴォンリーにきてから学校《がっこう》が好《す》きになりました。

さようなら
バーバラ・ショー

ウィリー・ホワイトのは、こんなふうにはじまります。

尊敬《そんけい》する先生《せんせい》へ
ぼくのとてもゆうかんなおばさんの話《はなし》を書《か》きます。おばさんはオンタリオに住《す》んでいて、ある日《ひ》、なやへ行《い》ってみると、庭《にわ》に犬《いぬ》がいました。そんなところに犬《いぬ》はおよびでないので、おばさんは、ぼうでなぐりつけ、なやへ追《お》いこんで、とじこめました。やがて、男《おとこ》の人《ひと》が重《じゅう》物園《ぶつえん》（注《ちゅう》——動物園《どうぶつえん》のことでしょうか）のライオンをさがしにやってきました。サーカスからにげだしたそうです。そして、さっきの犬《いぬ》がライオンで、とてもゆうかんなおばさんは、ぼう一本《ぽん》でライオンをなやに追《お》いこんだのでした。おばさんが食《た》べられなかったのはふしぎですが、おばさんはとてもゆうかんだったのです。エマソン・ギリスは、ほんとに犬《いぬ》だったらちっともゆうかんじゃないわけで、おばさんは犬《いぬ》だと思《おも》ってやっただけなんだから、やっぱりゆうかんじゃないよと言《い》うけれど、エマソンは自分《じぶん》にゆうかんなおばさんがいなくて、おじさんばっかりだから、うらやましいんだと思《おも》います。

最後《さいご》は、とってもおきのいちばんおもしろいのです。私《わたし》がポールを天才《てんさい》だと思《おも》っていることであなたは笑《わら》うけれど、この子《こ》の手紙《てがみ》を読《よ》めば、なみの子《こ》どもでないことはわかってもらえると思《おも》います。ポールは、おばあちゃまといっしょに、海岸近《かいがんちか》くに住《す》んでいて、遊《あそ》び友《とも》だちが……ほんとうの遊《あそ》び友《とも》だちがいません。私《わたし》たちの学校経営《がっこうけいえい》の教授《きょうじゅ》が、生徒《せいと》のなかに『お気《き》に入《い》り』を作《つく》ってはいけませんと教《おし》えてくださったけれど、ほかの生徒《せいと》よりもポール・アーヴィングを愛《あい》さずにははいられません。でも、みんながポールを愛《あい》しているんだから、とくに問題《もんだい》にはならないと思《おも》います。リンドのおばさまだって、こんなにヤンキーが好《す》きになるなんて信《しん》じられないっておっしゃってるほどなんだから。学校《がっこう》のほかの男《おとこ》の子《こ》たちもポールが好《す》きです。あの子《こ》は、夢《ゆめ》を見《み》たり、想像《そうぞう》したりするわりには、女《おんな》の子《こ》っぽいところや気弱《きよわ》なところはありません。とても男《おとこ》らしくて、なにをしてもへこたれないのです。最近《さいきん》セント・クレア・ドネルとけんかをしたのですが、それというのもセント・クレア・ドネルが、英国国旗《えいこくこっき》のユニオン・ジャックのほうがアメリカ国旗《こっき》の星条旗《せいじょうき》よりもずっとえらいと言《い》ったためでした。結果《けっか》はひきわけで、それ以来《いらい》おたがいの愛国心《あいこくしん》を尊敬《そんけい》しあうことにしたみたい。セント・クレアによれば、ぼくのほうが強くなぐれるけど、ポールのほうがたくさんなぐれるんですって。

ポールの手紙《てがみ》です。

先生《せんせい》へ、

先生《せんせい》は、ぼくらが知《し》っているおもしろい人《ひと》について書《か》いてもよいとおっしゃいました。ぼくが知《し》っているいちばんおもしろい人《ひと》は、岩《いわ》に住《す》んでいる〝岩場《いわば》の人《ひと》たち〟で、その話《はなし》を書《か》きます。このことはおばあちゃまとおとうさん以外《いがい》にはだれにも話《はな》していませんが、先生《せんせい》はわかってくれるので、先生《せんせい》にも知《し》ってもらいたいです。わかってくれない人《ひと》がとてもたくさんいますが、そういう人《ひと》たちには話《はな》しても意味《いみ》がありません。

ぼくの〝岩場《いわば》の人《ひと》たち〟は海岸《かいがん》に住《す》んでいます。冬《ふゆ》になる前《まえ》、ぼくはほとんど毎晩《まいばん》、会《あ》いに行《い》きました。今《いま》は春《はる》まで行《い》けませんが、〝岩場《いわば》の人《ひと》たち〟はそこにいるはずです。ああいう人《ひと》たちは変《か》わらないからです――そこのところが、〝岩場《いわば》の人《ひと》たち〟のすばらしいところです。ぼくが最初《さいしょ》に知《し》りあったのはノーラなので、ノーラがいちばん好《す》きです。アンドルーズさんの入《い》り江《え》に住《す》んでいて、黒髪《くろかみ》に黒《くろ》い目《め》をして、人魚《にんぎょ》のことやケルピー〔馬《うま》のすがたをした水《みず》の精《せい》〕のことについてなにもかも知《し》っています。先生《せんせい》も、ノーラのお話《はなし》を聞《き》いてみるといいですよ。それから、ふたごの船乗《ふなの》りがいます。おうちはなくて、いつも船《ふね》に乗《の》っているのですが、ときどき岸《きし》にあがって、ぼくに話《はな》しにきます。陽気《ようき》な船乗《ふなの》りで、世界《せかい》じゅうのすべてを見聞《みき》きしています……この世《よ》にないものまで知《し》っています。あるとき、弟《おとうと》の船乗《ふなの》りになにが起《お》こったかわかりますか？　船《ふね》に乗《の》っていて、〝月《つき》の道《みち》〟のなかへ入《はい》っていったのです。〝月《つき》の道《みち》〟というのは、満月《まんげつ》が海《うみ》からあがってくるときに水面《すいめん》に月明《つきあ》かりがのびてできる道《みち》のことです。知《し》ってますよね、先生《せんせい》。さて、ふたごの弟《おとうと》の船乗《ふなの》りは、〝月《つき》の道《みち》〟を航海《こうかい》していき、やがて月《つき》に到着《とうちゃく》しました。月《つき》には小《ちい》さな金色《きんいろ》のドアがあって、それを開《あ》けて、どんどんなかへ進《すす》んでいきました。月《つき》ですばらしい冒険《ぼうけん》をしたのですが、それをここに書《か》くと手紙《てがみ》が長《なが》くなってしまいます。

それから、ほら穴《あな》に〝黄金の淑女《ゴールデン・レディ》〟がいます。ある日《ひ》、ぼくは、岸辺《きしべ》に大《おお》きなほら穴《あな》を見《み》つけて、なかへ入《はい》っていくと、しばらくして〝黄金の淑女《ゴールデン・レディ》〟と出会《であ》いました。足《あし》もとまで金《きん》色《いろ》の髪《かみ》の毛《け》をたらしていて、その服《ふく》は、まるで生《い》きている金《きん》みたいにきらきらぴかぴかとかがやいているのです。そして、金《きん》の竪琴《たてごと》をもっていて、一日《いちにち》じゅう、かなでています――気《き》をつけて耳《みみ》をすませば、岸辺《きしべ》からいつでもその音楽《おんがく》が聞《き》こえるのですが、たいていの人《ひと》たちは、それは岩場《いわば》の風《かぜ》にすぎないと思《おも》ってしまいます。ぼくは、ノーラに〝黄金の淑女《ゴールデン・レディ》〟のことを話《はな》したことはありません。気《き》をわるくするのではないかと思《おも》ったからです。ふたごの船乗《ふなの》りたちと長々《ながなが》と話《はな》しすぎても、気《き》をわるくするのです。

ふたごの船《ふな》乗《の》りとは、いつも〝まだらの岩《いわ》〟のところで会《あ》います。弟《おとうと》は、とても気立《きだ》てがよいのですが、兄《あに》のほうは、ときどき、おそろしいほどこわいです。この兄《あに》はどうもあやしいと思《おも》います。きっと海賊《かいぞく》にだってなれたでしょう。ほんとにふしぎなところがあります。一度《いちど》、きたないことばを言《い》ったことがあって、ぼくは、またやったら、もうぼくに話《はな》しに海《かい》岸《がん》にこないでくれと言《い》いました。きたないことばを使《つか》うような人《ひと》とはお友《とも》だちにならないとおばあちゃまと約束《やくそく》したからです。兄《あに》の船《ふな》乗《の》りがとてもおびえてしまったのがわかりました。そして、もし許《ゆる》してくれるなら、夕日《ゆうひ》までつれていってくれるというのです。

そこであくる日《ひ》の夕方《ゆうがた》、〝まだらの岩《いわ》〟にすわっていると、兄《あに》の船《ふな》乗《の》りが海《うみ》のむこうから魔法《まほう》の船《ふね》でやってきて、ぼくを乗《の》せてくれました。船《ふね》はどこもかしこも、まるでムラサキイガイの貝《かい》がらのなかみたいに真珠色《しんじゅいろ》や虹色《にじいろ》にかがやいていて、帆《ほ》は月光《げっこう》のようでした。

さて、ぼくらは夕日《ゆうひ》まで船《ふね》で進《すす》んでいきました。考《かんが》えてもみてください、先生《せんせい》。ぼくは、夕日《ゆうひ》のなかにいたのです。そこはなんだったと思《おも》いますか？　夕日《ゆうひ》は、大《おお》きなお庭《にわ》のような、お花《はな》でいっぱいの島《しま》でした。雲《くも》が、花《か》だんなのです。ぼくらは、どこもかしこも金色《きんいろ》の大《おお》きな港《みなと》に着《つ》いて、ぼくは船《ふね》からおりて、バラほどの大《おお》きさのあるキンポウゲでおおわれた大《おお》きな牧場《ぼくじょう》を歩《ある》きました。一年近《ねんちか》くそこにいたように思《おも》えましたが、兄《あに》の船《ふな》乗《の》りは、数分《すうふん》しかたっていないと言《い》いました。つまり、夕日《ゆうひ》の国《くに》では、こちらとはちがって、時間《じかん》がとても長《なが》く感《かん》じられるのです。

あなたを愛《あい》する生徒《せいと》、ポール・アーヴィングより

追伸《ついしん》　もちろん、この手紙《てがみ》はほんとうのことではありません、先生《せんせい》。P《ピー》・I《アイ》（ポール・アーヴィングのイニシャル）

第12章 試《し》練《れん》の日《ひ》

そもそも前《まえ》の晩《ばん》から、歯《は》がどうにも痛《いた》くてねむれず、いたたまれない思《おも》いでいたのでした。どんよりとした、いやな冬《ふゆ》の朝《あさ》に起《お》きたアンは、まるで悲劇《ひげき》の主人公《しゅじんこう》ハムレットのように、人生《じんせい》が「うとましく、つまらぬ、くだらないもの」と感《かん》じていたのです。

学校《がっこう》へ行《い》くときも、天使《てんし》の気分《きぶん》ではありませんでした。ほっぺたがはれて、顔《かお》がずきずき痛《いた》みました。教室《きょうしつ》は寒《さむ》く、けむたく感《かん》じられました。というのも、ストーブの火《ひ》がなかなか燃《も》えなかったためで、子《こ》どもたちはふるえながらストーブのまわりにむらがっていました。アンは、これまで出《だ》したことのないような高《たか》い声《こえ》で、子《こ》どもたちを席《せき》につかせました。アンソニー・パイがいつもの生意気《なまいき》そうなのしのし歩《ある》きで席《せき》にもどり、となりの席《せき》の子《こ》になにやらささやいてから、にやりとこちらを見《み》やったのを、アンは見《み》ていました。

その朝《あさ》ほど、石筆《せきひつ》がカリカリときしむ音《おと》をたてたことはないように、アンには感《かん》じられました。バーバラ・ショーが算数《さんすう》の答《こた》えを書《か》いた石盤《せきばん》をもって先生《せんせい》のつくえまでやってくるとき、石炭《せきたん》の

入《はい》ったバケツにつまずいてひっくりかえしてしまいました。石《せき》炭《たん》は教室《きょうしつ》じゅうにちらばるし、バーバラの石盤《せきばん》はこなごなにくだけ、バーバラが起《お》きあがると、顔《かお》が石炭《せきたん》のすすでまっ黒《くろ》になっていたので、教室《きょうしつ》じゅうの男《おとこ》の子《こ》がどっと笑《わら》いました。

二年生《ねんせい》の国語《こくご》の朗読《ろうどく》を聞《き》いていたアンは、ふりかえりました。

「まったく、バーバラ」と、アンは冷《つめ》たく言《い》いました。「なにかにぶつからずに動《うご》けないなら、席《せき》でじっとしていなさい。あなたほどの年齢《ねんれい》の子《こ》がそんなに不器用《ぶきよう》なのは、ほんとうに、はずかしいことですよ。」

かわいそうなバーバラは、よろめくように自分《じぶん》のつくえにもどり、ぽろぽろなみだを流《なが》したので、顔《かお》のすすとまざって、見《み》られた顔《かお》ではなくなりました。大《だい》好《す》きな、やさしい先生《せんせい》から、こんなふうにしかられたことはなかったので、胸《むね》がはりさける思《おも》いだったのです。アン自身《じしん》、良心《りょうしん》が痛《いた》みましたが、そのためかえっていらいらがつのるばかりとなりました。二年生《ねんせい》の子《こ》たちは、そのときの読《よ》みかたの授業《じゅぎょう》とそのあとの算数《さんすう》の情《なさ》けようしゃのないしごかれかたを、あとあとまでわすれることはありませんでした。アンが算数《さんすう》をびしばし教《おし》え

ているとと、セント・クレア・ドネルが息《いき》せききってやってきました。

「三十分遅刻《さんじっぷんちこく》です、セント・クレア。」アンは冷《つめ》たく言《い》いました。「どうしたのです？」

「すみません、先生《せんせい》。お客《きゃく》さんがくるので、おかあさんがお昼《ひる》に出《だ》すプディングを作《つく》る手伝《てつだ》いをしなければならなかったんです。クラリス・アルマイラが病気《びょうき》なので」というのが、セント・クレアの答《こた》えでした。完《かん》ぺきに敬意《けいい》をこめた声《こえ》で言《い》ったのですが、それでも男《おとこ》の子《こ》たちはどっと笑《わら》いました。

「着席《ちゃくせき》して、罰《ばつ》として、算数《さんすう》の八十四ページの六つの問題《もんだい》を解《と》きなさい」と、アンは言《い》いました。セント・クレアは、その言《い》いかたにかなりびっくりしましたが、おとなしく席《せき》に着《つ》いて、石盤《せきばん》をとり出《だ》しました。それから、こっそりと小《ちい》さな包《つつ》みを通路《つうろ》ごしにジョー・スローンに渡《わた》しました。その現場《げんば》を見《み》たアンは、その包《つつ》みについてとんでもない早合点《はやがてん》をしました。

年老《としお》いたハイラム・スローン夫人《ふじん》は、最近《さいきん》わずかなこづかいかせぎに、「ナッツ入《い》りケーキ」を作《つく》っては売《う》ることに夢中《むちゅう》なのです。ケーキは、とくに小《ちい》さな男《おとこ》の子《こ》たちに人気《にんき》で、この数週間《すうしゅうかん》というもの、アンはそのことで少《すく》なからず手《て》を焼《や》いていたのでした。学校《がっこう》へくるとちゅうで、少年《しょう ねん》たちはおこづかいをもって夫人《ふじん》の家《いえ》へ行《い》ってケーキを買《か》い、それを学校《がっこう》へもってきて、先生《せんせい》に見《み》つからなければ学校《がっこう》で食《た》べたり友《とも》だちにあげたりするようになったのです。また学校《がっこう》にケーキをもってきたら没収《ぼっしゅう》しますよ、と、アンは警告《けいこく》しました。それなのに、セント・クレア・ドネルは、すずしい顔《かお》をして、ハイラム夫人《ふじん》が使《つか》っている青《あお》と白《しろ》のしまもようの包《つつ》み紙《がみ》にくるんだものを、アンの目《め》の前《まえ》で手渡《てわた》しているではありませんか。

「ジョゼフ」と、アンはジョーの正式《せいしき》な名前《なまえ》をしずかに言《い》いました。「その包《つつ》みをここへもってきなさい。」

ジョーは、びくっとして、はずかしそうにしたがいました。太《ふと》っていて、おびえるといつも赤《あか》くなって、ことばがつっかえてしまう男《おとこ》の子《こ》なのです。このときのかわいそうなジョーほど、もうしわけなさそうな顔《かお》をした子《こ》はいませんでした。

「それをストーブの火《ひ》のなかに投《な》げ入《い》れなさい」と、アン。

ジョーは、あっけにとられました。

「あ……あ……あ……あの、せ……せ……せんせ」と、ジョーは言《い》いはじめました。

「だまって言《い》われたとおりになさい、ジョゼフ。」

「で……で……でも、せ……せ……せんせ……こ……こ……これは……」と、ジョーは死《し》にものぐるいで、あえぎました。

「ジョゼフ、先生《せんせい》の言《い》うことを聞《き》くんですか、**聞《き》かないんですか**」と、アン。

ジョー・スローンよりも度胸《どきょう》があってしっかりした子《こ》であっても、このときのアンの声《こえ》のひびきと、その目《め》の危険《きけん》な光《ひかり》には、おじけづいたことでしょう。

こんなアンは、はじめてです。生徒《せいと》のだれも見《み》たことがありません。

ジョーは、セント・クレアをこまったようにちらりと見《み》てから、ストーブのところへ行《い》き、大《おお》きな四角《しかく》いとびらを開《あ》け、セント・クレアがとびあがってなにか言《い》うよりも早《はや》く、青《あお》と白《しろ》の包《つつ》みを投《な》げこみました。それから、ぎりぎり間《ま》に合《あ》って、うしろへとびのきました。

とたんに大爆発《だいばくはつ》のような音《おと》がさく裂《れつ》し、数分《すうふん》のあいだ、アヴォンリー校《こう》の生徒《せいと》たちは、地震《じしん》が

起《お》きたのか、火山《かざん》が爆発《ばくはつ》したのか、わけがわからずにおびえていました。アンがせっかちにもハイラム夫人《ふじん》のナッツ入《い》りケーキが入《はい》っていると思《おも》いこんだ何気《なにげ》ない包《つつ》みには、ジョーの父親《ちちおや》ウォーレン・スローンが今日《きょう》の誕生日《たんじょうび》のお祝《いわ》いに使《つか》おうと、セント・クレア・ドネルの父親《ちちおや》にたのんで、きのう町《まち》で買《か》いもとめてもらった爆竹《ばくちく》やネズミ花火《はなび》のつめあわせが入《はい》っていたのでした。

爆竹《ばくちく》はものすごい音《おと》をたてて破裂《はれつ》し、ネズミ花火《はなび》はストーブから飛《と》び出《だ》して、シューシュー、パチパチと音《おと》をたてながら、教室《きょうしつ》じゅうをめちゃくちゃにはねまわりました。びっくりぎょうてんしたアンは、まっ青《さお》になって、いすにへたりこみ、女《おんな》の子《こ》たちは悲鳴《ひめい》をあげてつくえの上《うえ》へにげました。ジョー・スローンは、さわぎのまんなかで立《た》ったまま、石《いし》のように動《うご》かなくなっており、セント・クレアは笑《わら》いがとまらなくなって、通路《つうろ》で体《からだ》をゆすって笑《わら》いました。プリリー・ロジャソンは気《き》を失《うしな》い、アネッタ・ベルはヒステリーを起《お》こしました。

長《なが》い時間《じかん》に思《おも》えました。最後《さいご》のネズミ花火《はなび》がおさまるまで実際《じっさい》は数分《すうふん》だったのですが。

アンは、ようやく我《われ》にかえって、さっと動《うご》いてドアや窓《まど》を開《あ》けて、教室《きょうしつ》にこもったにおいや煙《けむり》を外《そと》へ出《だ》しました。それから、意識《いしき》を失《うしな》ったプリリーをポーチへ運《はこ》び出《だ》そうとしている女《おんな》の子《こ》たちを手伝《てつだ》いました。バーバラ・ショーは、なんとか役《やく》にたとうと必死《ひっし》にあせるあまり、とめる間《ま》もなく、プリリーの顔《かお》と肩《かた》に、半分凍《はんぶんこお》った水《みず》をバケツ一ぱいかけてしまいました。

さわぎがおさまったのは、まるまる一時間《じかん》たったあとでした……しかし、そのしずけさは、ぴりぴりしていました。あんな爆発《ばくはつ》があっても先生《せんせい》のきげんが直《なお》っていないことをだれもがわかっていて、アンソニー・パイ以外《いがい》、ひとこともささやこうとする者《もの》はいませんでした。ネッド・クレイは、たまたま算数《さんすう》をしているときに、石筆《せきひつ》をきしらせてしまってアンににらまれ、床《ゆか》がパカッと開《ひら》いて自分《じぶん》をのみこんでくれたらいいのにと思《おも》いました。地理《ちり》の授業《じゅぎょう》は目《め》のまわる速《はや》さで大陸《たいりく》をかけぬけ、文法《ぶんぽう》の授業《じゅぎょう》は息《いき》の根《ね》がとまりそうになるまで細《こま》かく文《ぶん》の文法構造《ぶんぽうこうぞう》を分析《ぶんせき》させられました。チェスター・スローンは、「芳香《ほうこう》（odoriferous《オウドリファラス》）」というつづりにf《エフ》をふたつ入《い》れて書《か》いてしまい、死《し》んでもこの汚名《おめい》をそそぐことはできないと思《おも》えるほど、しかられました。

アンは、自分《じぶん》がばかなことをしているのはわかっていましたし、その晩多《ばんおお》くの家《いえ》で食事《しょくじ》どきの笑《わら》い話《ばなし》にされるだろうとも思《おも》いましたが、そう思《おも》うと、いっそういらいらしました。もっとおちついていたら、笑《わら》ってすませることもできたでしょうが、こうなっては、それもむりです。だから、冷《ひ》ややかな軽《けい》べつでもって、この場《ば》をやりすごすことにしました。

アンがお昼《ひる》ごはんをすませて学校《がっこう》にもどってくると、子《こ》どもたちは全員《ぜんいん》いつものとおり席《せき》に着《つ》いて、どの子《こ》もいっしょけんめいつくえにむかっており、顔《かお》をあげている子《こ》はアンソニー・パイ以外《いがい》はいませんでした。アンソニーは、その黒《くろ》い目《め》を好奇心《こうきしん》とあざけりとで、かがやかせながら、本《ほん》ごしにアンをのぞき見《み》ていました。アンがチョークをさがして、自《じ》分《ぶん》のつくえのひきだしをガタガタと開《あ》けると、手《て》の下《した》から元《げん》気《き》なネズミが飛《と》び出《だ》して、つくえの上《うえ》を走《はし》って、床《ゆか》へとびおりました。

アンは悲《ひ》鳴《めい》をあげて、まるでヘビでもいたかのように、うしろへとびのきました。アンソニー・パイは声《こえ》をたてて笑《わら》いました。

それから、しーんとなりました……とても、いやな、おちつかないしずけさです。アネッタ・ベルは、もう一《いち》度《ど》ヒステリーを起《お》こすべきかどうか、まよっていました。とりわけ、ネズミがどこへ行《い》ったのかわからなかったのでさわぎたてたかったのですが、やめました。目《め》の前《まえ》にこんなに青《あお》ざめた顔《かお》で、目《め》をぎらぎらさせた先《せん》生《せい》が立《た》っているというのに、どうしてヒステリーを起《お》こしてなどいられるでしょう?

「先《せん》生《せい》のつくえにネズミを入《い》れたのはだれですか?」と、アンは言《い》いました。

その声《こえ》はとても低《ひく》いものでしたが、ポール・アーヴィングの背《せ》筋《すじ》をぞぞっとさせるだけの、おそろしいひびきがありました。先《せん》生《せい》と目《め》が合《あ》ったジョー・スローンは、頭《あたま》のてっぺんから足《あし》の裏《うら》まで自《じ》分《ぶん》がわるいかのような気《き》がして、必《ひっ》死《し》になって、しどろもどろに言《い》いました。

「ぼ……ぼ……ぼくじゃ……な……ないです……せ……先《せん》生《せい》、ぼ……ぼ……ぼくじゃ……な……

ないです。」

アンは、かわいそうなジョゼフには目《め》もくれませんでした。アンソニー・パイを見《み》ていたのです。アンソニー・パイは、ふてぶてしく、平然《へいぜん》とアンを見《み》かえしました。

「アンソニー、あなたなの？」

「はい、そうです」と、アンソニーは生意気《なまいき》に言《い》いました。

アンは、つくえから棒《ぼう》をとりあげました。それは、黒板《こくばん》の文字《もじ》を指《さ》ししめすときに使《つか》う、長《なが》くて重《おも》たい、かたい木《き》でできた棒《ぼう》でした。

「ここにきなさい、アンソニー。」

それは、アンソニー・パイがこれまで受《う》けたこともないほどきびしい罰《ばつ》というわけではありませんでしたし、アンには、心《こころ》が嵐《あらし》のようにみだれていようと、子《こ》どもを残酷《ざんこく》に罰《ばっ》することはできませんでした。しかし、棒《ぼう》はするどくアンソニーに打《う》ちつけられ、さすがのアンソニーも空《から》いばりができなくなって、たじろいで、なみだをうかべました。

アンは、良心《りょうしん》の呵責《かしゃく》を感《かん》じて、棒《ぼう》を落《お》とし、アンソニーに席《せき》にもどるように言《い》うと、恥《はじ》と後悔《こうかい》とはげしい無念《むねん》におそわれて、自分《じぶん》の席《せき》にすわりました。かっとなった怒《いか》りは消《き》えました。もし泣《な》いてしまうことができたら、どれほど救《すく》われたことでしょう。あんなにえらそうなことを言《い》っていたのに、こんなことになってしまうなんて……実際《じっさい》に自分《じぶん》の生徒《せいと》をむち打《う》ったのです。どんなにジェーンが、ほら見《み》たことかと得意《とくい》がることでしょう！　どんなにハリソンさんがクックッと笑《わら》うことでしょう！　でも、それよりもひどい、なによりも最悪《さいあく》だと思《おも》えることは、アンソニー・パイを自分《じぶん》の味方《みかた》につける最後《さいご》のチャンスを失《うしな》ってしまったことです。もうアンのことを好《す》きになってくれることは、ぜったいに、ないでしょう。

アンがその日《ひ》の夕方《ゆうがた》、家《いえ》に帰《かえ》りつくまで、なみだをこらえたのは、ギリシャ神話《しんわ》の怪力無双《かいりきむそう》の英雄《えいゆう》ヘラクレスばりの努力《どりょく》でした（まちがえて「ヘルクラネウムばりの努力《どりょく》」なんて古代都市《こだいとし》の名前《なまえ》を言《い》う人《ひと》もいるようですが)。それからアンは、自分《じぶん》の部屋《へや》にこもって、恥《はじ》と後悔《こうかい》と失望《しつぼう》にかられて、まくらに顔《かお》をうずめて、わんわん泣《な》きました。あまりにも長《なが》いあいだ泣《な》いたものですから、マリラがあわてて部屋《へや》におし入《い》ってきて、どうしたのか言《い》いなさいと命《めい》じました。

「自分《じぶん》の良心《りょうしん》にそむくことをしてしまったのよ」と、アンはすすり泣《な》きました。「ああ、今日《きょう》はなんて試練《しれん》の日《ひ》だったのかしら、マリラ。あたし、自分《じぶん》がなさけない。かっとなって、アンソニー・パイをむち打《う》ってしまったの。」

「そりゃ、よかったじゃないかい。」マリラはきっぱりと言《い》いました。「ずっと前《まえ》から、そうすべきだったんだよ。」

「あら、とんでもないわ、マリラ。あたし、もうあの子《こ》たちに合《あ》わせる顔《かお》がない。もうなさけなくって、消《き》え入《い》りたい気分《きぶん》。あたしがどんなに怒《おこ》って、こわくておそろしかったか、マリラは知《し》らないのよ。ポール・アーヴィングの目《め》にうかんだ表情《ひょうじょう》をわすれることはできないわ……ひどくびっくりして、がっかりしてた。ああ、マリラ、あたし、ものすごく、がんばって、がまんにがまんを重《かさ》ねて、アンソニーに気《き》に入《い》ってもらおうとしてたのに……なにもかも、むだだったわ。」

マリラは、働《はたら》いてかたくなった手《て》で、アンのつやつやした、もつれた髪《かみ》を、おどろくほどやさしくなでました。アンのすすり泣《な》きがおさまってくると、マリラはとてもやさしくアンに言《い》いました。

「気《き》にしすぎだよ、アン。だれだって失敗《しっぱい》はあるもの……でも、みんなわすれてしまうわ。そして試練《しれん》の日《ひ》はだれにでもやってくる。アンソニー・パイなんか、好《す》きになってくれなくたっていいじゃないか？　あの子《こ》ひとりだけなんだから。」

「気《き》になるのよ。だれからも愛《あい》されるようになりたいの。愛《あい》してくれない子《こ》がいると傷《きず》つくのよ。そして、もうアンソニーからは愛《あい》されないんだわ。ああ、あたし、今日《きょう》とんでもないことをしてしまったのよ、マリラ。最初《さいしょ》からすっかり話《はな》すわね。」

マリラは最初《さいしょ》からすっかり話《はなし》を聞《き》いてくれましたが、ところどころにっこりしたことに、アンは気《き》づきませんでした。話《はなし》がおわると、マリラはあっさり言《い》いました。

「まあ、気《き》にすることはないよ。今日《きょう》はおわり、明日《あした》は明日《あした》だからね。あんたが自分《じぶん》で言《い》ってたように、まだ失敗《しっぱい》をしていない明日《あした》がくるじゃないか。さ、下《した》へきて、夕食《ゆうしょく》をおあがり。おいしいお茶《ちゃ》と、今日《きょう》私《わたし》が焼《や》いたプラム入《い》りケーキで元気《げんき》が出《で》るかどうか、ためしてごらん。」

「プラムケーキでは〝心《こころ》の病《やまい》は手当《てあ》てできぬ〟」と、アンはシェイクスピアの悲劇《ひげき》『マクベス』の一節《いっせつ》を引用《いんよう》しながら、やるせなく言《い》いました。しかし、マリラは、引用《いんよう》ができるほどアンがいつもの自分《じぶん》をとりもどしたのは、よいきざしだと思《おも》いました。

ふたごの明《あか》るい顔《かお》と、マリラの最高《さいこう》のプラムケーキ（デイヴィーは四切《き》れも食《た》べました）とがある楽《たの》しい夕食《ゆうしょく》のおかげで、結局《けっきょく》アンはかなり元気《げんき》がでました。その晩《ばん》はぐっすり寝《ね》て、翌朝《よくあさ》起《お》きてみると、自分《じぶん》も世界《せかい》も一新《いっしん》していました。暗《くら》い夜《よる》のあいだを通《とお》してしんしんと降《ふ》り積《つ》もった雪《ゆき》がまっ白《しろ》になって、凍《こお》るような日光《にっこう》に美《うつく》しくきらめいており、まるで過《す》ぎさった失敗《しっぱい》や屈辱《くつじょく》をすっかりおおい隠《かく》してくれる慈悲《じひ》の衣《ころも》のように見《み》えました。

朝《あさ》はいつも、新《あら》たなはじまり　朝《あさ》はいつも、新世界《しんせかい》

アンは、おぼえた詩《し》を口《くち》ずさみながら着替《きが》えました。

雪《ゆき》のせいで、学校《がっこう》までまわり道《みち》をしなければなりませんでした。それにしても、なんて間《ま》がわるい、ひどいぐうぜんでしょう。アンがグリーン・ゲイブルズの小道《こみち》から出《で》たとたんに、アンソニー・パイが雪《ゆき》をかきわけやってきたのです。

アンは、まるで立場《たちば》が逆転《ぎゃくてん》したかのように、うしろめたい気持《きも》ちになりましたが、アンソニーは、帽子《ぼうし》をひょいと上《うえ》にあげたのみならず――そんなこと、今《いま》までしたこともなかったのです

――何気《なにげ》なくこう言《い》ったものですから、アンはことばも出《で》ないほどおどろいてしまいました。

「歩《ある》きにくいですね。その本《ほん》、持《も》ってあげましょうか、先生《せんせい》？」

アンは、本《ほん》を手渡《てわた》し、これは夢《ゆめ》かしらと思《おも》いました。アンソニーはだまって学校《がっこう》へ歩《ある》きつづけましたが、アンは本《ほん》を受《う》けとるとき、アンソニーにほほえみかけました――これまでアンソニーのためにずっとがんばって見《み》せてきた、とってつけたような「やさしい」ほほえみではなくて、仲間《なかま》になったねと、ふと、よろこびあうようなほほえみでした。アンソニーもほほえみました――いえ、ほんとうのところを言《い》えば、アンソニーは、にやっとしたのでした。にやっとするなんて、ふつうは尊敬《そんけい》する人《ひと》に対《たい》してすることではありませんが、アンはふと感《かん》じたのでした、まだアンソニーに好《す》かれてはいないにしても、どういうわけか尊敬《そんけい》は、されるようになったのだ、と。

レイチェル・リンド夫人《ふじん》が、つぎの土曜日《どようび》にやってきて、このことを確認《かくにん》してくれました。

「まあ、アン、あなた、アンソニー・パイをものにしましたね、まったくもって。あなたのこと、女《おんな》だけど、やっぱりいい先生《せんせい》だって言《い》ってますよ。あなたがあの子《こ》にくわえたむち打《う》ちは、『男《おとこ》の先生《せんせい》のみたいに効《き》いた』んですって。」

「だけど、むちで打《う》ってものにするつもりじゃなかったんだけどな。」アンは、自分《じぶん》の理想《りそう》がどこかで自分《じぶん》を裏切《うらぎ》っているように感《かん》じて、少《すこ》しなげくように言《い》いました。「正《ただ》しいようには思《おも》えないわ。あたしのやさしさの理論《りろん》がまちがっているはずはないんだけど。」

「そうね。だけど、パイ家《け》ってのは、あらゆる規則《きそく》の例外《れいがい》ですからね、まったくもって」と、リンド夫人《ふじん》は、確信《かくしん》をもって断言《だんげん》しました。

ハリソンさんは、このことを聞《き》くと「やっぱりね」と言《い》い、ジェーンは、かなりいじわるに、ほら見《み》たことか、と自分《じぶん》の正《ただ》しさを何度《なんど》も言《い》いたてたのでした。

第13章　黄《おう》金《ごん》のピクニック

アンは、ダイアナの家《いえ》があるオーチャード・スロープ〔果樹園《かじゅえん》の坂《さか》〕へ出《で》かけるとちゅう、〝おばけの森《もり》〟の下《した》を流《なが》れる小川《おがわ》にかかる苔《こけ》だらけの古《ふる》い丸木橋《まるきばし》のところで、グリーン・ゲイブルズにやってこようとしていたダイアナとばったり出会《であ》い、ふたりで〝妖精《ドリュアス》の泉《いずみ》〟のほとりに腰《こし》かけました。あたりには、くるくる丸《まる》まった芽《め》をほころばせはじめた小《ちい》さな羊歯《しだ》が生《は》えていて、まるでお昼寝《ひるね》から目《め》をさましたチリチリ頭《あたま》の緑《みどり》の妖精《ようせい》のようでした。

「ちょうど、あなたにおねがいに行《い》くところだったのよ、土曜日《どようび》のあたしの誕生日《たんじょうび》のお祝《いわ》いを手《て》伝《つだ》ってもらいたくって」と、アン。

「お誕生日《たんじょうび》？　だけど、あなたのお誕生日《たんじょうび》は三月《がつ》でしょ！」

「それは、あたしのせいじゃないわ」と、アンは笑《わら》いました。「両親《りょうしん》があたしに相談《そうだん》してくれたら、三月《がつ》生《う》まれにはならなかったわよ。えらべるんだったら、ぜったい、春《はる》の生《う》まれにしたわ。岩梨《いわなし》やすみれといっしょにこの世《よ》に生《う》まれてこられたら、すてきに決《き》まってるもの。自分《じぶん》がそうしたお花《はな》といっしょに育《そだ》った姉妹《しまい》のように思《おも》えるでしょうねえ。でも、春《はる》に生《う》まれなかったんだから、せめて誕生日《たんじょうび》を春《はる》にお祝《いわ》いするぐらいのことしかできないでしょ。プリシラは土曜日《どようび》にやってくるし、ジェーンも帰《かえ》ってくるわ。あたしたち四人《にん》で森《もり》へ出《で》かけていって、春《はる》とお近《ちか》づきになる黄金《おうごん》の日《ひ》をすごしましょうよ。あたしたちのだれも春《はる》をよくは知《し》らないけど、森《もり》でなら、ほかでは会《あ》えない春《はる》に会《あ》えるはずよ。野原《のはら》も、さみしい場所《ばしょ》も、すっかり探検《たんけん》してみたいの。ちらりと見《み》られたことはあっても、だれもまだちゃんと見《み》ていない美《うつく》しいところがきっとあるにちがいないのよ。風《かぜ》や空《そら》やお日《ひ》さまとお友《とも》だちになって、心《こころ》に春《はる》をもって帰《かえ》りましょう。」

「そりゃすてきに思えるけど」と、ダイアナは、アンの魔法《まほう》のことばを内心《ないしん》うたがいながら言《い》いました。「でも、まだけっこうしめっているところが多《おお》いんじゃないかしら？」

「じゃ、ゴムのオーバーシューズをはきましょ。」アンは、現実問題《げんじつもんだい》に妥協《だきょう》しました。「それで、あなたには土曜《どよう》の朝早《あさはや》くにきてもらって、お昼《ひる》を用意《ようい》するお手伝《てつだ》いをしてほしいの。あたし、できるかぎりおいしいものを作《つく》るわ……春《はる》らしいものを、ね……小《ちい》さなゼリーのタルトと、レディ・フィンガー〔ビスケット〕と、ピンクと黄色《きいろ》のアイシングでかざった型《かた》ぬきしないクッキー。それから、バターカップケーキ。サンドイッチも、あんまり詩的じゃないけど、必要《ひつよう》ね。」

土曜日《どようび》は、まさにピクニック日和《びより》でした……そよ風《かぜ》が吹《ふ》き、青空《あおぞら》で、あたたかく、陽射《ひざ》しもよく、ほんの少《すこ》し牧草地《ぼくそうち》や果樹園《かじゅえん》を吹《ふ》く風《かぜ》がはしゃぎまわる程度《ていど》でした。日《ひ》に照《て》らされた高台《たかだい》や野原《のはら》には、花《はな》が星《ほし》のようにきらめくとてもきれいな緑《みどり》の世界《せかい》がありました。

裏《うら》の畑《はたけ》をたがやしていたまじめなハリソンさんも、いい年《とし》をして、春《はる》の魔法《まほう》にかかってうきうきしていましたが、バスケットをかかえた四人《にん》の少女《しょうじょ》たちが樺《かば》と樅《もみ》の林《はやし》と接《せっ》する野原《のはら》のはしのほうへ走《はし》っていくのが見《み》えました。やがて、少女《しょうじょ》たちの陽気《ようき》な声《こえ》や笑《わら》い声《ごえ》がひびいてきました。

「こんな日《ひ》には、すぐにしあわせになれるわね」と、アンが、まさにアンらしい哲学《てつがく》を語《かた》っていました。「今日《きょう》をほんとに黄金《おうごん》の一日《いちにち》としましょうよ、みんな。いつもよろこびとともに思《おも》いかえすことのできる一日《いちにち》に。あたしたちは美《び》をもとめているのであって、それ以外《いがい》のなにも見《み》ないのよ。『つまらぬ心配《しんぱい》、消《き》えてなくなれ!』って、むかしから言《い》うじゃない? ジェーン、あなた、きのう学校《がっこう》でうまくいかなかったことを考《かんが》えてるわね。」

「どうしてわかるの?」ジェーンは、おどろいて息《いき》をのみました。

「だって、そんな顔《かお》つき、身《み》におぼえがあるもの……こちらもしょっちゅうですからね。だけどわすれて、いい子《こ》だから。月曜日《げつようび》までほうっておいても、なくなりゃしないわ……なくなってくれたらずっといいけど。ほら、みんな、あのいっせいにさいたすみれを見《み》て! これぞまさに、記憶《きおく》の美術館《びじゅつかん》におさめるべきものね。八十になっても……八十まで生《い》きているとして……目《め》を閉《と》じれば、今見《いまみ》ているようにあのすみれを思《おも》い浮《う》かべることでしょう。これは、今日《きょう》という日《ひ》があたしたちにくれた最初《さいしょ》の贈《おく》りものね。」

「キスが目《め》に見《み》えるものなら、それって、すみれみたいなものだと思《おも》うわ」と、プリシラが言《い》いました。

アンの胸《むね》が熱《あつ》くなりました。

「その考《かんが》えを口にしてくれてうれしいわ、プリシラ、ただだまってそう考《かんが》えて自分《じぶん》だけの考《かんが》えにしないでくれて。みんなが自分《じぶん》のほんとに思《おも》っていることを口《くち》にしたら、この世《よ》はもっとずっとおもしろいものになると思《おも》うわ。そうでなくても、おもしろいけど。」

「いたたまれなくなる人《ひと》だっているでしょうよ」と、ジェーンが分別《ふんべつ》くさそうに言《い》いました。

「そうかもしれないけど、それは、その人《ひと》たちがいけないんだわ。いやなことを考《かんが》えてるってことだもの。ともかく、今日《きょう》は、あたしたち、美《うつく》しいことしか考《かんが》えないんだから、思《おも》ってることはなんでも口《くち》にできるはずよ。だれでも、思《おも》いついたことを言《い》いましょう。それこそ、会話《かいわ》ってもんだわ。この小道《こみち》、まだ見《み》たことないわね。探検《たんけん》しましょうよ。」

小道《こみち》はうねっていて、とてもせまかったので、みんなは一列《れつ》になりましたが、それでも樅《もみ》の枝《えだ》がみんなの顔《かお》をなでました。樅《もみ》の下《した》は苔《こけ》がベルベットのクッションのようになっていて、さらにおくに行《い》くと、木々《きぎ》が小《ちい》さく、少《すく》なくなってきて、地面《じめん》にさまざまな植物《しょくぶつ》がいっぱい生《は》えていました。

「〝象《ぞう》の耳《みみ》〟がこんなにたくさん！」ダイアナがさけびました。「すっごくかわいいから、たくさんつんでいこうっと。」

「どうしてこんなにふわふわの優雅《ゆうが》なベゴニアに、〝象《ぞう》の耳《みみ》〟なんていう、ぞっとしない名前《なまえ》がついたのかしら？」プリシラがたずねました。

「最初《さいしょ》にそう名《な》づけた人《ひと》に、想像力《そうぞうりょく》がぜんぜんなかったか、ありすぎたかしたんじゃないかしら」と、アン。「あら、みんな、あれを見《み》て！」

「あれ」というのは、小道《こみち》の行《い》きどまりとなった小《ちい》さな空地《あきち》のまんなかにある森《もり》の浅《あさ》い池《いけ》のことでした。夏《なつ》になると、池《いけ》はひあがって、その場所《ばしょ》には羊歯《しだ》がしげるのですが、今《いま》はおだやかにきらめく布《ぬの》のように水《みず》をたたえて、ティーカップのように丸《まる》く、水晶《すいしょう》のようにすきとおっていました。ほっそりとした樺《かば》の若木《わかぎ》が池《いけ》のまわりをとりかこみ、小《ちい》さな羊歯《しだ》が池《いけ》のふちをかざっていました。

「すてき！」と、ジェーン。

「森《もり》の妖精《ようせい》みたいに、あのまわりをおどりましょうよ」と、アンは、バスケットを落《お》として、両《りょう》手《て》をさしのべてさけびました。

しかし、地面《じめん》がぬかるんでいて、ジェーンのオーバーシューズがぬげてしまったので、おどりはうまくいきませんでした。

「オーバーシューズをはいて森《もり》の妖精《ようせい》はむりよ。」ジェーンはきっぱり言《い》いました。

「じゃあ、この場所《ばしょ》を去《さ》る前《まえ》に、名前《なまえ》をつけましょう。」アンは、否定《ひてい》しようのない事実《じじつ》に屈《くっ》して言《い》いました。「みんなそれぞれ名前《なまえ》を言《い》ってみて。それで、くじをひきましょう。ダイアナは？」

「樺《かば》の池《いけ》」と、すぐにダイアナが提案《ていあん》しました。

「クリスタル・レイク」と、ジェーン。

ふたりのうしろに立《た》っていたアンは、プリシラに、そんな名前《なまえ》はやめてと目《め》でおねがいし、プリシラは立《た》ちあがって「きらきらガラス」と言《い》いました。アンは、「妖精《ようせい》のかがみ」と言《い》いました。

これらの名前《なまえ》は、ジェーン先生《せんせい》がポケットからとり出《だ》したえんぴつで樺《かば》の樹皮《じゅひ》に書《か》いて、アンの帽子《ぼうし》に入《い》れました。それからプリシラが目《め》を閉《と》じて、ひとつをとり出《だ》しました。「クリスタル・レイク」と、ジェーンが勝《か》ちほこって読《よ》みあげました。こうしてこの池《いけ》は、〝クリスタル・

レイク〟となりました。池《いけ》がかわいそうとアンが思《おも》ったとしても、口《くち》には出《だ》しませんでした。

下草《したくさ》をかきわけながらさらに先《さき》へ進《すす》んでいくと、サイラス・スローンさんの裏《うら》の牧草地《ぼくそうち》のおくまった土地《とち》に若《わか》い植物《しょくぶつ》が生《は》えているところへ出《で》ました。そのむこうには、森《もり》をぬけていく道《みち》の入《い》り口《ぐち》が見《み》え、そこを探検《たんけん》しようということになりました。探検《たんけん》してみると、ずいぶんおどろくとの連続《れんぞく》で、なかなか探検《たんけん》しがいがありました。まず、スローンさんの牧草地《ぼくそうち》のはしを通《とお》っていくと、満開《まんかい》となった山桜《やまざくら》がトンネルのようになったところへ出《で》ました。女《おんな》の子《こ》たちは、帽子《ぼうし》を腕《うで》からぶらさげて、髪《かみ》にクリームのようにふわふわした花《はな》かんむりをつけました。それから、小道《こみち》は急《きゅう》に右《みぎ》にまがって、うっそうとした唐檜《とうひ》の森《もり》のおく深《ふか》くへ入《はい》りこんだものですから、まるで夕《ゆう》暮《ぐ》れの暗《くら》がりを歩《ある》くようで、空《そら》も見《み》えなければ、木《こ》もれ日《び》もなくなりました。

「ここは、わるい森《もり》の小妖精《エルフ》たちが住《す》むところよ」と、アンがささやきました。「いたずらで、わるさをするんだけど、春《はる》にわるさはできないことになっているから、あたしたちはだいじょうぶ。あの古《ふる》いまがった樅《もみ》のむこうから、のぞいているのがいたわ。それに、さっき通《とお》った大《おお》きなまだらのキノコの上《うえ》にたくさんいたでしょ？　よい妖精《ようせい》たちは、日《ひ》の当《あ》たるところに住《す》むのよ。」

「ほんとに妖精《ようせい》がいてくれたらなあ」と、ジェーン。「三つのおねがいをかなえてもらえたら、すてきだと思《おも》わない……ひとつでもいいわ。みんな、ねがいがかなうとしたら、どんなねがいをする？　あたしは、お金持《かねも》ちで、美人《びじん》で、頭《あたま》がよくなりたい。」

「あたしは背《せ》が高《たか》くなって、やせたい」と、ダイアナ。

「あたし、有名になりたい」と、プリシラ。アンは髪《かみ》の毛《け》のことを思《おも》いましたが、そんなことを考《かんが》えている場合《ばあい》ではないと思《おも》い直《なお》しました。

「みんなの心《こころ》のなかにずっと春《はる》があってほしい。それから、あたしたちの人生《じんせい》にも」と、アンは言《い》いました。

「それじゃ」と、プリシラ。「まるでこの世《よ》が天国《てんごく》みたいであってほしいってねがうようなものよ。」

「天国《てんごく》に似《に》ているところがあるというだけよ。天国《てんごく》には、夏《なつ》や秋《あき》だってあるはずだわ……そう、冬《ふゆ》もちょっと。あたし、天国《てんごく》にも、ときにはかがやく雪原《せつげん》や白《しろ》い霜《しも》があってほしいと思《おも》うわ。そう思《おも》わない、ジェーン？」

「あたし……わからないわ」と、ジェーンはおちつかずに言《い》いました。ジェーンは教会《きょうかい》のメンバーであり、教師《きょうし》にふさわしい人間《にんげん》になろうと良心的《りょうしんてき》につとめ、教《おそ》わったことはすべて信《しん》じているいい子《こ》でした。しかし、それにもかかわらず、天国《てんごく》に思《おも》いをはせたことなど、ほとんどなかったのです。

「妹《いもうと》のミニー・メイがこないだ、天国《てんごく》でも毎日《まいにち》ドレスが着《き》られるかしらって聞《き》いたのよ」と、ダイアナが笑《わら》った。

「着《き》られるわよって答《こた》えたんじゃないの？」アンはたずねました。

「まさか、そんな！　天国《てんごく》じゃ、お洋服《ようふく》のことなんか考《かんが》えたりしないのよって言《い》ったわ。」

「あら、するわよ……少し、は」と、アンは真剣《しんけん》に言《い》いました。「もっと重要《じゅうよう》なことをちゃんとしていても、お洋服《ようふく》を着《き》る時間《じかん》ぐらい、永遠《えいえん》にはたっぷりあるわ。あたしたちみんな、きれいなお洋服《ようふく》を着《き》て……衣《ころも》のほうがふさわしい言《い》いかたね。まず数世紀《すうせいき》はピンクを着《き》たいなあ……ピンクに飽《あ》きるのにそれくらいはかかるような気《き》がする。ピンクって大好《だいす》き。それに、あたし、この世《よ》ではピンクを着《き》られないし。」

道《みち》は、唐檜《とうひ》の森《もり》をぬけて、日当《ひあ》たりのよい小《ちい》さな空地《あきち》へと下《くだ》っていきました。小川《おがわ》に丸木橋《まるきばし》がかかっているその先《さき》の、さんさんとすばらしい日《ひ》がふりそそぐブナの林《はやし》では、空気《くうき》が黄金《おうごん》のワインのようにすきとおっていて、葉《は》は新鮮《しんせん》な緑《みどり》となり、森《もり》の地面《じめん》はふるえる陽光《ようこう》のモザイクとなりました。それから、また山桜《やまざくら》をぬけ、しなやかな樅《もみ》の小《ちい》さな谷《たに》をぬけていくと、やがてものすごく急《きゅう》な山道《やまみち》となって、のぼるのに息《いき》が切《き》れてしまいましたが、頂上《ちょうじょう》に着《つ》いて、ひらけたところへ出《で》ると、最高《さいこう》にすてきなおどろきが待《ま》ちかまえていました。

むこうのほうに見《み》えるのは、カーモディへつづく〝上《うえ》の道《みち》〟まで広《ひろ》がるあちこちの農場裏《のうじょううら》の畑《はたけ》でした。すぐ目《め》の前《まえ》には、ブナや樅《もみ》の木《き》にかこまれながらも、南《みなみ》のほうへひらけている小《ちい》さな一画《いっかく》があって、そこに庭《にわ》がありました――というより、かつては庭《にわ》だったものと言《い》うべきでしょう。

庭《にわ》のまわりをとりかこむ石垣《いしがき》はくずれ落《お》ち、苔《こけ》や草《くさ》がびっしりと生《は》えており、東《ひがし》がわは雪《ゆき》の吹《ふ》きだまりのようにまっ白《しろ》な庭桜《にわざくら》が一列《れつ》にならんでいました。古《ふる》い小道《こみち》のあとがまだ見《み》えていて、庭《にわ》のまんなかにバラのしげみが二列《れつ》植《う》わっていました。しかし、そのほかは、黄色《きいろ》と白《しろ》のナルキッソス〔水仙《すいせん》〕の花《はな》があたり一面《いちめん》、広《ひろ》がっているのでした。青々《あおあお》とした葉《は》の上《うえ》に、とてもふわりとした花《はな》が、びっしりと、風《かぜ》でそよいでいたのでした。

「ああ、なんて完《かん》ぺきにすてきなのかしら！」三人《にん》の少女《しょうじょ》がさけびました。アンだけが、雄弁《ゆうべん》な沈黙《ちんもく》を守《まも》って見《み》つめていました。

「こんなところにお庭《にわ》があるなんて、いったいどういうこと？」プリシラがおどろいて言《い》いました。

「ヘスター・グレイのお庭《にわ》にちがいないわ」と、ダイアナ。「おかあさんが話《はな》してたのを聞《き》いたことがあるけど、あたし、見《み》たことがなかったし、まだあるなんて思《おも》ってなかった。あなた、聞《き》いたことがあるでしょ、アン？」

「いいえ、でも、その人《ひと》の名前《なまえ》は聞《き》いたことがあるように思《おも》うわ。」

「じゃ、あなた、墓地《ぼち》で見《み》たのよ、その名前《なまえ》。ヘスターは、あそこのあのポプラのすみにうめられてるの。あの開《ひら》いた木戸《きど》のところの小《ち》さな茶色《ちゃいろ》の石《いし》に、『二十二才《さい》で亡《な》くなったヘスター・グレイをしのんで』と、きざまれていたじゃない。ジョーダン・グレイがヘスターのすぐとなりにうめられているんだけど、そっちには墓石《はかいし》がないの。マリラが話《はな》してくれていないなんて、へんよ、アン。たしかに三十年前《ねんまえ》に起《お》こったことなのに、みんなわすれてしまっているんだわ。」

「もしお話《はなし》があるなら、それを聞《き》かなくちゃ」と、アン。「この水仙《すいせん》のなかにすわって、ダイアナに話《はな》してもらいましょう。それにしても、みんな、何百本《なんびゃっぽん》もあるわよ、この水仙《すいせん》……なにもかもおおってしまっている。月明《つきあ》かりと日光《にっこう》がまざったじゅうたんがお庭《にわ》にしいてあるみたいね。これは、なかなかの発見《はっけん》よ。すぐ近《ちか》くに六年《ねん》も住《す》んできたのに、見《み》たこともなかったなんて！さ、ダイアナ。」

「ずっとむかし」と、ダイアナは、はじめました。「この農場《のうじょう》は、デイヴィッド・グレイというおじいさんのものでした。おじいさんは、ここに住《す》んでいたわけではなく、サイラス・スローンが今住《います》んでいるところに住《す》んでいました。ジョーダンという息子《むすこ》がひとりいて、ある冬《ふゆ》にボストンに出《で》かせぎに行《い》き、そこでヘスター・マレーという少女《しょうじょ》と恋《こい》に落《お》ちました。少女《しょうじょ》はお店《みせ》で働《はたら》いていたのですが、それがいやでたまりませんでした。いなか育《そだ》ちで、いつもいなかへ帰《かえ》りたがっていたのです。ジョーダンは結婚《けっこん》をもうしこみ、ヘスターは、野原《のはら》や木々《きぎ》しか見《み》えないようなどこかしずかな場所《ばしょ》へつれていってくれるなら、結婚《けっこん》すると言《い》いました。そこで、ジョーダンはヘスターをアヴォンリーへつれてきたのです。リンドのおばさまは、ヤンキーと結婚《けっこん》するなんて、おそろしい危険《きけん》を冒《おか》したものだと言《い》ったけど、たしかにヘスターは体《からだ》も弱《よわ》くて、主婦《しゅふ》としてはからきしだめだったの。だけど、おかあさんが言《い》うには、すごくかわいくて、すてきで、ジョーダンは彼女《かのじょ》が歩《ある》いた地面《じめん》まで崇拝《すうはい》するほど熱愛《ねつあい》したんですって。さて、グレイさんからこの農場《のうじょう》をもらって、この裏手《うらて》に小《ちい》さなおうちを建《た》てて、ヘスターといっしょに四年間《ねんかん》住《す》みました。ヘスターはめったに出歩《である》かなかったから、うちのおかあさんとリンドのおばさまのほかは、だれも遊《あそ》びにきたりしませんでした。このお庭《にわ》は、ジョーダンがヘスターのために造《つく》ってあげたもので、ヘスターはこのお庭《にわ》に夢中《むちゅう》になって、ほとんどいつもここですごしたの。家事《かじ》はだめだったけど、お花《はな》を育《そだ》てるのは得意《とくい》だったのね。それから病気《びょうき》になってしまいました。ここにくる前《まえ》から結核《けっかく》だったんじゃないかしらって、おかあさんは言《い》ってる。すっかり寝《ね》こんだりはしなかったんだけど、日《ひ》に日《ひ》に弱《よわ》っていきました。ジョーダンは、だれにも看病《かんびょう》をさせずに、自分《じぶん》だけでお世話《せわ》をしました。おかあさんによれば、女《おんな》の人《ひと》みたいに思《おも》いやりがあって、やさしかったんですって。毎日《まいにち》ヘスターをショールでくるんでお庭《にわ》につれだしてあげると、ヘスターはとてもうれしそうにベンチにすわっていたんですって。ヘスターは毎晩毎朝《まいばんまいあさ》すぐそばにジョーダンにひざまずいてもらって、その時《とき》がきたら、お庭《にわ》で死《し》ねるようにいのってもらったの。そして、いのりはかなえられました。ある日《ひ》、ジョーダンはヘスターをお庭《にわ》に運《はこ》んであげて、さいているバラをぜんぶつんできて、ヘスタ

ーの上《うえ》につみあげてあげたら、ヘスターはただジョーダンを見《み》あげて、にっこりして……そのまま目《め》を閉《と》じて……それが」と、ダイアナはそっと話《はなし》をおえました。「最期《さいご》だったんですって。」

「なんて美《うつく》しいお話《はなし》なの。」アンは、なみだをふきながら、ため息《いき》をつきました。

「ジョーダンはどうなったの？」プリシラがたずねました。

「ヘスターが死《し》んだあと、農場《のうじょう》を売《う》って、ボストンへ帰《かえ》ったわ。ジェイベズ・スローンさんが農《のう》場《じょう》を買《か》いとって、小《ちい》さなおうちを街道《かいどう》まで移動《いどう》したの。ジョーダンは、その十年後《ねんご》に死《し》んで、故《こ》郷《きょう》へつれてこられて、ヘスターのとなりにうめられたわけ。」

「どうしてヘスターが、なにもかもから離《はな》れて、こんなところに住《す》みたがったのかわからないわ」と、ジェーン。

「あら、そんなこと、すぐわかるじゃない」と、アンが考《かんが》えこむように言《い》いました。「あたしだったら、野原《のはら》や森《もり》も好《す》きだけど、人間《にんげん》も好《す》きだから、いつまでもここにいたいとは思《おも》わないけど。でも、ヘスターのその気持《きも》ち、わかるわ。大都会《だいとかい》の騒音《そうおん》や、しょっちゅう行《い》き来《き》するばかりでヘスターのことなどちっとも気《き》にかけてくれない雑踏《ざっとう》なんかが死《し》ぬほどいやになったのよ。そこからにげ出《だ》して、どこかおちついた、緑《みどり》がゆたかで、親《した》しみのもてる場所《ばしょ》に行《い》って、ほっとしたかったんだわ。それで、思《おも》ったとおりになったのよ。そんなことって、なかなかできないことだと思《おも》うわ。死《し》ぬ前《まえ》に四年間《ねんかん》、美《うつく》しい人生《じんせい》を送《おく》ったのよ……完《かん》ぺきにしあわせな四年間《ねんかん》。だから、かわいそうっていうより、うらやましいって思《おも》うべきなんだわ。そして、最愛《さいあい》の人《ひと》にほほえみとともに見守《みまも》られながら、バラにうもれて目《め》を閉《と》じて永遠《えいえん》のねむりにつくなんて……ああ、美《うつく》しいじゃないの！」

「あそこにあの桜並木《さくらなみき》を植《う》えたのもヘスターよ」と、ダイアナ。「自分《じぶん》はサクランボを食《た》べるまで生《い》きていられないけれど、自分《じぶん》が植《う》えたものが生《い》きつづけ、自分《じぶん》が死《し》んだあとも世界《せかい》を美《うつく》しくするのにお役《やく》にたてればうれしいって、うちのおかあさんに話《はな》したんですって。」

「こっちにきてよかったわねえ」と、アンは目《め》をかがやかせて言《い》いました。「今日《きょう》は、ね、あたしの新《あたら》しい誕生日《たんじょうび》なの。このお庭《にわ》とさっきのお話《はなし》は、あたしにとっての誕生日《たんじょうび》プレゼントだわ。あなたのおかあさまは、ヘスター・グレイがどういう外見《がいけん》だったか教《おし》えてくれた、ダイアナ？」

「ううん……ただ、かわいい人《ひと》だったって。」

「わからなくて、かえってよかったわ。事実《じじつ》にじゃまされずに、どんな感《かん》じだったか想像《そうぞう》できるもの。きっと、とてもやせている小柄《こがら》な人《ひと》で、ふんわりとカールした黒《くろ》い髪《かみ》に、大《おお》きくてすてきな、おずおずとした茶色《ちゃいろ》の目《め》をしていて、小《ちい》さな、物思《ものおも》いにふけるような青白《あおじろ》い顔《かお》をしていたんだわ。」

みんなはヘスターの庭《にわ》にバスケットをおいて、その日《ひ》の午後《ごご》の残《のこ》りをそのあたりの森《もり》や野原《のはら》を散策《さんさく》してすごし、人目《ひとめ》につかないかわいい場所《ばしょ》や小道《こみち》をたくさん見《み》つけました。おなかがすくと、いちばんかわいい場所《ばしょ》で……長《なが》い羽根《はね》のような下草《したくさ》のあいだから、白樺《しらかば》がにょきにょきのびている急《きゅう》な土手《どて》にすわって、足《あし》もとでゴボゴボ音《おと》をたてる小川《おがわ》をながめながら、お昼《ひる》をいただきました。白樺《しらかば》の根《ね》もとにすわって、アンの作《つく》ったおいしいお昼《ひる》に舌《した》つづみを打《う》ったのです。新鮮《しんせん》な空気《くうき》をすって楽《たの》しく体《からだ》を動《うご》かしたせいでおなかがぺこぺこになっていたため、詩的《してき》でないサンドイッチでさえ、とてもおいしく思《おも》えました。アンは、みんなをお客《きゃく》さんと思《おも》っていたので、レモネードをグラスに入《い》れて飲《の》んでもらいましたが、自分《じぶん》は樺《かば》の皮《かわ》で作《つく》ったコップで小川《おがわ》の冷《つめ》たい水《みず》を飲《の》みました。コップから水《みず》がもれて、水《みず》は土《つち》くさい味《あじ》がしました――春《はる》になると小川《おがわ》の水《みず》はそういうものなのです――が、アンは、こういうときはレモネードよりも、こんな水《みず》を飲《の》むほうがふさわしいと思《おも》いました。

「ねえ、あの詩《し》、見《み》える？」アンが、ふいに、指《ゆび》をさして言《い》いました。

「どこ？」ジェーンとダイアナが、樺《かば》の木《き》に古代北欧風《こだいほくおうふう》の押韻詩《おういんし》でも書《か》かれているのかと、目《め》をこらしました。

「あそこ……小川《おがわ》の水《みず》のなか……緑《みどり》の苔《こけ》の生《は》えた古《ふる》い丸太《まるた》の上《うえ》を水《みず》が流《なが》れて、まるでくしけずられたみたいに、さざなみをたてているでしょ。一条《いちじょう》の日光《にっこう》がななめに、水《みず》のおくまでさしこんでるわ。ああ、こんな美《うつく》しい詩《し》、見《み》たことないわ。」

「詩《し》というより、絵《え》というべきでしょ」と、ジェーン。「詩《し》って、行《ぎょう》や連《れん》にして書《か》いたものだもの。」

「あら、そうじゃないわ」と、アンは、ふわふわした山桜《やまざくら》の花《はな》かんむりをつけた頭《あたま》をふりました。

「行分《ぎょうわ》けした韻文《いんぶん》は、詩《し》がまとう服《ふく》のようなもので、あなたのお洋服《ようふく》のひだかざりがあなた、じゃないのと同《おな》じように、それが詩《し》なんじゃないわ。ほんとの詩《し》というのは、なかに魂《たましい》があるものよ……美《うつく》しいのは、まだ書《か》かれていない詩《し》の魂《たましい》だわ。魂《たましい》に出会《であ》えるなんて毎日《まいにち》あることじゃないもの……詩《し》の魂《たましい》だって同《おな》じよ。」

「魂《たましい》って……人《ひと》の魂《たましい》って……どんなふうに見《み》えるのかしら」と、プリシラが夢見《ゆめみ》るように言《い》いました。

「ああいうふうに見《み》えるんだと思《おも》うわ」と、アンが、一本《ぽん》の樺《かば》の木《き》をぬうようにしてさしこんでいる日光《にっこう》を指《ゆび》さして言《い》いました。「もちろん形《かたち》や特徴《とくちょう》はあるでしょうけど、あたし、魂《たましい》が光《ひかり》からできているって思《おも》いたいな。ピンク色《いろ》に染《そ》まってふるえている光《ひかり》もあったり……海《うみ》の月光《げっこう》みたいなやわらかくきらめくのもあるでしょうし……夜明《よあ》けの霧《きり》みたいにうすく透《す》けているのもあるん

だわ。」

「どこかに、魂《たましい》はお花《はな》のようなものだって書《か》いてあったけど」と、プリシラ。

「そしたら、あなたの魂《たましい》は、金色《きんいろ》の水仙《すいせん》ね」と、アン。「そしてダイアナのは、赤《あか》い、赤《あか》いバラのようで、ジェーンのは、ピンクで、健康的《けんこうてき》で、すてきなりんごのお花《はな》。」

「あなたのは白《しろ》いすみれ。おくにはむらさきのすじが入《はい》っているの」と、プリシラがまとめました。

ジェーンはダイアナに、ささやきました。「この人《ひと》たち、なに言《い》ってるか、ちっともわからないわ。わかる、あなた？」

みんなは、おだやかな黄金《おうごん》の夕日《ゆうひ》を浴《あ》びて家《いえ》に帰《かえ》りました。バスケットには、ヘスターの庭《にわ》でつんだ水仙《すいせん》がいっぱいつまっていて、そのうちいくらかをアンはあくる日《ひ》、墓地《ぼち》へもっていって、ヘスターのお墓《はか》に供《そな》えました。四人《にん》で帰《かえ》るとき、吟遊詩人《ぎんゆうしじん》の駒鳥《こまどり》が樅《もみ》の木《こ》立《だち》でさえずり、沼地《ぬまち》ではカエルが歌《うた》っていました。山《やま》の谷間《たにま》という谷間《たにま》には、トパーズの金色《きんいろ》をした西日《にしび》がさしこみ、新緑《しんりょく》のエメラルド色《いろ》の光《ひかり》とともに満《み》ちあふれていました。

「意外《いがい》と、今日《きょう》は楽《たの》しかったわね。」ダイアナは、出《で》かけたときにはそうは思《おも》っていなかったかのように言《い》いました。

「ほんとに黄金《おうごん》の一日《いちにち》だったわ」と、プリシラ。

「あたし、森《もり》って、ほんと、だあいすき」と、ジェーン。

アンは、なにも言《い》いませんでした。かなたの西《にし》の空《そら》をながめつつ、若《わか》きヘスター・グレイのことを思《おも》いやっていたのでした。

第14章

危《き》機《き》一《いっ》髪《ぱつ》

ある金曜日《きんようび》の夕方《ゆうがた》、郵便局《ゆうびんきょく》からの帰《かえ》り道《みち》に、アンは、あいかわらず教会《きょうかい》やら国事《こくじ》やらの心配事《しんぱいごと》をいっぱいかかえたリンド夫人《ふじん》と出会《であ》いました。

「今《いま》、ティモシー・コトンのところへ行《い》って、アリス・ルイーズを二、三日《にち》手伝《てつだ》いによこしてもらえないかって、たのみにいってきたところなんだけど」と、夫人《ふじん》は言《い》いました。「先週《せんしゅう》、ルイーズにきてもらってね。てきぱきはしてないけど、いないよりましだから。ところが、こんどは病気《びょうき》でこられないって言《い》うじゃないの。ティモシーもすわって、せきこんじゃ、ぶつくさ言《い》ってたわ。あの人《ひと》、この十年《ねん》ずっと死《し》にかけているけど、これから十年《ねん》も死《し》にかけたままなんでしょうね。ああいった手合《てあ》いは、ちゃっちゃとおわりにすることすらできないのよ……病気《びょうき》であろうが、なんであろうが、なにひとつ最後《さいご》までやりぬくことができなくて、いつまでもぐずぐずやってるんだわ。まったくだらしのない家《いえ》ですよ。この先《さき》どうなるか、わかったもんじゃない。神《かみ》さまならご存《ぞん》じなんだろうけど。」

リンド夫人《ふじん》は、まるで神《かみ》さまが果《は》たしてどこまでご存《ぞん》じなのかうたがうかのように、ため息《いき》をつきました。

「マリラは火曜日《かようび》にまた目《め》を診《み》てもらいに行《い》ったんでしょ？　専門《せんもん》のお医者《いしゃ》さんは、なんておっしゃってた？」夫人《ふじん》はつづけて言《い》いました。

「とてもよろこんでいらしたわ」と、アンは明《あか》るく言《い》いました。「目《め》はとてもよくなっていて、完全《かんぜん》に視力《しりょく》を失《うしな》う危険《きけん》はもうないんですって。でも、もう、読書《どくしょ》や細《こま》かな針仕事《はりしごと》はむりですって。バザーの準備《じゅんび》は、いかがですか？」

婦人会《ふじんかい》は、夕食会《ゆうしょくかい》をかねたバザー〔慈善即売会《じぜんそくばいかい》〕を準備《じゅんび》しており、リンド夫人《ふじん》がその企画《きかく》のリーダーなのでした。

「かなり順調《じゅんちょう》よ……それで思《おも》い出《だ》したけど、アラン夫人《ふじん》が、むかしの台所《だいどころ》みたいな売《う》り場《ば》を作《つく》って、ベイクド・ビーンズやドーナッツやパイといったお食事《しょくじ》をお出《だ》ししたらすてきだってお考《かんが》えになってね。あちこちからむかしの道具《どうぐ》を集《あつ》めているのよ。サイモン・フレッチャーのおくさまはおかあさまの編《あ》んだじゅうたんをかしてくださるし、リーヴァイ・ボウルターのおくさまは古《ふる》いいすのセット、メアリー・ショーのおばさまはガラス戸《ど》の食器《しょっき》だんすをかしてくださるのよ。マリラは、あのしんちゅうのろうそく立《た》てをかしてくれないかしら。それから、できるだけたくさんの古《ふる》い食器《しょっき》がほしいの。アラン夫人《ふじん》は、できたら本物《ほんもの》の中国製《ちゅうごくせい》の青《あお》い柳《やなぎ》もようの陶器《とうき》をとくにご希《き》望《ぼう》なんだけど、だれも持《も》っていないみたいなの。だれか持《も》っていらっしゃらないか、知《し》らない？」

「ジョゼフィーヌ・バリーおばさまが持《も》っていらっしゃるわ。手紙《てがみ》を書《か》いて、バザー用《よう》にかしてくださるか聞《き》いてみます」と、アン。

「そうしてくれると助《たす》かるわ。あと二週間《しゅうかん》もすれば、夕食会《ゆうしょくかい》ですものね。エイブ・アンドルーズおじさんは、そのころは暴風雨《ぼうふうう》になると予想《よそう》なさってるから、きっと晴《は》れますよ。」

この「エイブおじさん」というのは予言者《よげんしゃ》なのですが、そういう人《ひと》のご多分《たぶん》にもれず故郷《こきょう》ではあまり尊敬《そんけい》されていませんでした。その天気《てんき》についての予言《よげん》はまず当《あ》たらないので、物笑《ものわら》いの種《たね》となっているのです。自分《じぶん》は気《き》のきいたことを言《い》う男《おとこ》だと思《おも》いこんでいるイライシャ・ライト氏《し》は、アヴォンリーのだれひとりとしてシャーロットタウン新聞《しんぶん》の天気予報欄《てんきよほうらん》なんぞ見《み》やしない、だってエイブおじさんに明日《あした》の天気《てんき》を聞《き》いてその反対《はんたい》になると思《おも》えばいいからね、と言《い》うのでした。それでもエイブおじさんは、めげずに予想《よそう》をつづけてくれました。

「選挙《せんきょ》になる前《まえ》にバザーをすませてしまいたいのよ」と、リンド夫人《ふじん》はつづけました。「候補者《こうほしゃ》がきて、たくさんお金《かね》を使《つか》っていくはずですからね。保守党《ほしゅとう》はあちこちでお金《かね》をばらまいているけど、たまには正直《しょうじき》にお金《かね》を使《つか》うチャンスをあげてもいいと思《おも》うのよ。」

アンは、亡《な》くなったマシューへの忠義《ちゅうぎ》から、ぜったいに保守党《ほしゅとう》を支持《しじ》していましたが、なにも言《い》いませんでした。リンド夫人《ふじん》を相手《あいて》に政治談議《せいじだんぎ》などはじめたらたいへんなことになることがわかっていたからです。アンが郵便局《ゆうびんきょく》からとってきた郵便物《ゆうびんぶつ》には、ブリティッシュ・コロンビア州《しゅう》にある町《まち》の消印《けしいん》のついた、マリラ宛《あ》ての手紙《てがみ》がありました。

「きっとあの子《こ》たちのおじさんからよ」と、家《いえ》に帰《かえ》ったアンは、興奮《こうふん》して言《い》いました。「ああ、マリラ、なんて書《か》いてきたのかしら。」

「いちばんよいのは、開《あ》けて読《よ》んでみることだね」と、マリラはぶっきらぼうに言《い》いました。かんのするどい人《ひと》なら、マリラも興奮《こうふん》しているとわかったことでしょう。でも、マリラはそんなようすを見《み》せるくらいなら死《し》んだほうがましという人《ひと》でした。

アンは封《ふう》をちぎって開《ひら》き、ややぞんざいに書《か》かれた、そっけない手紙《てがみ》に目《め》を走《はし》らせました。

「この春《はる》は、子《こ》どもたちをひきとれないんですって……この冬《ふゆ》はずっと病気《びょうき》をしていて、結婚《けっこん》も延期《えんき》になりました。子《こ》どもたちを秋《あき》まであずかってくれませんか、秋《あき》になったらひきとります、ですって。もちろん、そうするわよね、マリラ？」

「それよりほか、どうしようもないじゃないか。」マリラは、ひそかにほっとしていたのですが、こわい顔《かお》をして言《い》いました。「まあ、むかしほど手《て》もかからなくなったし……あるいは、こっち

がなれたのかしらね。デイヴィーは、ずいぶんいい子《こ》になったわ。」

「あの子《こ》の〝礼儀作法《れいぎさほう》〟は、たしかにずっとましになったわ。」アンは、道徳心《どうとくしん》についてはあまりほめられたものではないというかのように、用心深《ようじんぶか》く言《い》いました。

前日《ぜんじつ》の夕方《ゆうがた》に学校《がっこう》からアンが帰《かえ》ってきたとき、マリラは婦人会《ふじんかい》の会合《かいごう》に出《で》かけていて、るすで、ドーラは台所《だいどころ》のソファーでねむっていて、デイヴィーが客間《きゃくま》の戸《と》だなから、マリラの評判《ひょうばん》の黄色《きいろ》いプラムのプリザーブ〔果実《かじつ》の砂糖煮《さとうに》〕のびんの中身《なかみ》をおいしそうに食《た》べているのをアンは見《み》つけたのでした。「お客《きゃく》さまのジャム」とデイヴィーが呼《よ》んでいて……さわってはいけないと言《い》われているものでした。

アンがとびかかって、デイヴィーを戸《と》だなの前《まえ》からひっぱり出《だ》したとき、デイヴィーはとてももうしわけなさそうにしていました。

「デイヴィー・キース、あの戸《と》だなのものはぜったいさわってはいけませんと言《い》われているのに、あのジャムを食《た》べるなんて、とてもいけないことだとわからないのですか？」

「うん、いけないことだって、わかってた。」デイヴィーは、もじもじして、みとめました。「でもさ、プラム・ジャムってすっごくうまいんだよ、アン。ちょっとなかをのぞいたら、すごいうまそうだったから、ほーんのちょっとだけ味《あじ》見《み》してみようと思《おも》ったの。指《ゆび》をつっこんで……」アンは、うなりました。「指《ゆび》をきれいになめたの。そしたら思《おも》ってたよりも、ずっとおいしかったから、スプーンでどんどん食べたの。」

アンは、プラム・ジャムをぬすむ罪《つみ》についてとても深刻《しんこく》にお説教《せっきょう》をしたので、デイヴィーはすっかり反省《はんせい》して、もう二度《にど》とやりませんと、後悔《こうかい》のキスをして約束《やくそく》しました。

「でも、天国《てんごく》にはジャムがいっぱいあるから、ちょっと安心《あんしん》だね」と、デイヴィーは満足《まんぞく》そうに言《い》いました。

アンは、にっこりしそうになるのをがまんしました。

「あるかもしれないけど……あってほしいと思《おも》うなら」と、アン。「でも、どうしてそう思《おも》ったの？」

「だって、教理問答《きょうりもんどう》〔キリスト教《きょう》の教《おし》えをやさしく説《と》いた書物《しょもつ》〕にそうあるもん」と、デイヴィー。

「いえいえ。教理問答《きょうりもんどう》には、そんなこと書《か》いてありませんよ、デイヴィー。」

「だけど、ほんとだもん」と、デイヴィーは言《い》い張《は》りました。「こないだの日曜日《にちようび》にマリラが教《おし》えてくれたのにあったもん。『なぜ神《かみ》を愛《あい》すべきか』ってあって、『なぜなら、神《かみ》はプリザーブをお造《つく》りになり〔メイクス　プリザーブズ〕、我《われ》らをお救《すく》いくださるからである』って書《か》いてあったもん。プリザーブって、ジャムの聖《せい》なる呼《よ》びかたでしょ。」

「お水《みず》を飲《の》んでくるわ」と、アンは急《いそ》いで言《い》いました。帰《かえ》ってくると、あの教理問答《きょうりもんどう》の文《ぶん》は、「神《かみ》は我《われ》らをお造《つく》りになり〔メイクス〕、お守《まも》りになり〔プリザーブズ〕、お救《すく》いくださるからである」と読《よ》むのであって、「プリザーブをお造《つく》りになり」という意味《いみ》ではないのだということを説明《せつめい》するのにずいぶんと骨《ほね》を折《お》り、時間《じかん》がかかってしまいました。

「やっぱ、話《はなし》がうますぎるとは思《おも》ったんだ」と、デイヴィーはとうとう、がっかりとため息《いき》をついてなっとくして言《い》いました。「それに、賛美歌《さんびか》にあるように、いつまでも安息日《あんそくび》だったらジャムなんか作《つく》る時間《じかん》がないと思《おも》ったしね。ぼく、天国《てんごく》に行《い》きたくないな。天国《てんごく》に土曜日《どようび》はないの、アン?」

「あるわよ。土曜日《どようび》も、ほかの美《うつく》しい曜日《ようび》も。そして、天国《てんごく》では毎日《まいにち》がその前《まえ》の日《ひ》よりももっと美《うつく》しいのよ、デイヴィー。」アンは、近《ちか》くにマリラがいなくてよかったと思《おも》いながら断言《だんげん》しました。いたら、腰《こし》をぬかしていたことでしょう。

言《い》うまでもありませんが、マリラは、昔《むかし》ながらのきちんとした神学《しんがく》の教《おし》えによってふたごを育《そだ》てており、神《かみ》さまのことで夢《ゆめ》のような空想《くうそう》をめぐらすなんておそれ多《おお》いことはさせませんでした。デイヴィーとドーラは、毎日《まいにち》曜日《ようび》、賛美歌《さんびか》をひとつ、教理問答《きょうりもんどう》の文《ぶん》をひとつ、聖書《せいしょ》の句《く》をふたつおぼえさせられていました。ドーラはおとなしくおぼえ、小《ちい》さな機械《きかい》のように暗唱《あんしょう》しましたが、どこまでわかっているのやら、おもしろいと思《おも》っているのやら、まるで小《ちい》さな機械《きかい》そのもので、なんの反応《はんのう》もありませんでした。ところがデイヴィーは、生《い》き生《い》きとした好奇心《こうきしん》に満《み》ちており、何度《なんど》も質《しつ》問《もん》しては、マリラをふるえあがらせ、この子《こ》は地獄《じごく》に落《お》ちやしないかしらと心配《しんぱい》させたのでした。

「チェスター・スローンが言《い》ってたけど、天国《てんごく》じゃ白《しろ》いドレスを着《き》て歩《ある》きまわって、ハープをかなでるほか、なあんにもしないんだって。でね、おじいちゃんになるまでは行《い》きたくないなって。おじいちゃんになったら、それもいいって思《おも》うようになるかもしれないからってさ。白《しろ》いドレス着《き》るなんてぞっとするって言《い》ってたけど、ぼくもそう思《おも》うな。どうして男《おとこ》の天使《てんし》はズボンをはかないの、アン？　チェスター・スローンは、将来牧師《しょうらいぼくし》になるから、そういったことに興味《きょうみ》があるんだ。おばあちゃんがあいつを大学《だいがく》に行《い》かせるお金《かね》をのこしてくれたんだけど、牧師《ぼくし》にならないならもらえないから、牧師《ぼくし》になるしかないんだって。おばあちゃんは、一族《いちぞく》から牧師《ぼくし》が出《で》たら、すごくほこらしいことだって思《おも》ったんだね。チェスターは、なんでもいいやって言《い》ってる……ほんとは、かじ屋《や》さんになりたかったんだけど……でも、牧師《ぼくし》になる前《まえ》にいろいろ楽《たの》しいことはぜんぶやるんだって。牧師《ぼくし》になっちゃったら、できないだろうから。ぼくは、牧師《ぼくし》なんかならないよ。お店屋《みせや》さんになるんだ、ブレアさんみたいに。で、キャンディーとかバナナとか山《やま》ほどおくの。でも、ハープじゃなくてハーモニカを吹《ふ》いてもいいなら、アンが言《い》うような天国《てんごく》に行《い》ってもいいな。ハーモニカ、吹《ふ》かせてくれるかなあ。」

「そうね。そうしたいなら、そうさせてもらえると思《おも》うわ」というのが、アンが言《い》えるぎりぎりの答《こた》えでした。

アヴォンリー村改善協会《むらかいぜんきょうかい》は、その日《ひ》の夕方《ゆうがた》、ハーモン・アンドルーズ氏《し》の家《いえ》に集《あつ》まりました。改善協会《かいぜんきょうかい》は大《おお》いに重要《じゅうよう》な件《けん》を話《はな》さなければならなかったので、全員《ぜんいん》の出席《しゅっせき》がもとめられました。改善協会はうまくいっており、すでにおどろくべき成果《せいか》をあげていました。春先《はるさき》にメイジャー・スペンサー氏《し》が約束《やくそく》を実行《じっこう》してくださり、氏《し》の農場《のうじょう》の前《まえ》の道《みち》から切《き》り株《かぶ》をとりのぞき、地面《じめん》をならして、しばふの種《たね》をまいてくださったのです。スペンサー家《け》なんかに先《さき》をこされてなるものかと思《おも》った人《ひと》もいましたし、家族《かぞく》に改善員《かいぜんいん》がいる家《いえ》では、改善員《かいぜんいん》にしつこく言《い》われてしぶしぶ腰《こし》をあげた人《ひと》もいて、ほかの十数人《じゅうすうにん》がスペンサー家《け》の例《れい》にならいました。その結果《けっか》、これまでみすぼらしい下草《したくさ》やしげみのあった場所《ばしょ》が一変《いっぺん》し、ずっとつづく、なめらかなベルベットのようなしばふが出現《しゅつげん》したのでした。そうしなかった農場《のうじょう》の表《おもて》がまえは、ずいぶん見《み》おとりして、きたならしく見《み》えたので、おくれをとった農場主《のうじょうしゅ》たちはこんどの春《はる》になんとかできないものかと、ひそかにほぞをかんだのでした。街道《かいどう》が交差《こうさ》する三叉路《さんさろ》もたがやされて、種《たね》がまかれ、アンのゼラニウムの花《か》だんが早《はや》くも中央《ちゅうおう》に作《つく》られて、そこなら牛《うし》に荒《あ》らされることもありませんでした。

全体《ぜんたい》として見《み》れば、協会《きょうかい》の仕事《しごと》はとてもうまくいっているとメンバーは思《おも》っていました。ただし、リーヴァイ・ボウルター氏《し》のところだけは、慎重《しんちょう》にえらばれた代表者《だいひょうしゃ》たちがたくみに働《はたら》きかけたにもかかわらず、上《うえ》のほうの農場《のうじょう》にある古《ふる》い家《いえ》のことはほっといてもらいたいと、にべもなくことわられてしまいました。

アンドルーズ氏宅《したく》での特別《とくべつ》な会合《かいごう》では、学校《がっこう》の敷地《しきち》のまわりに柵《さく》を立《た》ててもらえないだろうかと学校《がっこう》の理事会《りじかい》におねがいする請願書《せいがんしょ》を書《か》くことになっていました。そして、協会《きょうかい》の資金《しきん》に余裕《よゆう》があれば、教会《きょうかい》のそばに、かざりの木々《きぎ》を何本《なんぼん》か植《う》えるという計画《けいかく》も話《はな》されました……というのも、公会堂《こうかいどう》が青《あお》いままでは新《あら》たに募金《ぼきん》をはじめるわけにはいかないとアンが言《い》ったからでした。

メンバーはアンドルーズ家《け》の居間《いま》に集《あつ》まっていて、ジェーンがすでに立《た》ちあがって、その木々《きぎ》の値段《ねだん》を調《しら》べて報告《ほうこく》する委員《いいん》を任命《にんめい》しようと提案《ていあん》しかけたところへ、髪《かみ》をポンパドールにゆいあげて、体《からだ》じゅうフリルだらけのガーティー・パイが、すべりこんできました。ガーティーは、いつだって遅刻《ちこく》するのです……「自分《じぶん》の登場《とうじょう》を効果的《こうかてき》に見《み》せたいのよ」と、よく思《おも》わない人《ひと》たちは言《い》いました。ガーティーがこの瞬間《しゅんかん》に登場《とうじょう》したのは、たしかに効果満点《こうかまんてん》でした。ガーティーはみんなのまんなかで劇的《げきてき》に立《た》ちどまって、両手《りょうて》を上《うえ》へつき出《だ》し、目《め》をくるくるさせて、さけんだのです。

「完《かん》ぺきにひどいこと、聞《き》いちゃった。どう思《おも》う？　ジャドソン・パーカーさんは、**自分《じぶん》の農場《のうじょう》の道路《どうろ》がわの柵《さく》をぜんぶ製薬会社《せいやくがいしゃ》にかして、柵《さく》に広告《こうこく》をペンキでかかせる**んですってさ。」

生《う》まれてはじめて、ガーティー・パイは、望《のぞ》みどおり、みんなをあっと言《い》わせることができました。おちつきはらったメンバーのなかに爆弾《ばくだん》を投《な》げこんだとしても、これほどみんなをびっくりさせることはできなかったでしょう。

「そんな、ありえないわ。」アンが、ぽかんとして言《い》いました。

「あたしも、はじめて聞《き》いたときは、まさに、そう言《い》ったのよ」と、ガーティーは、ものすごく楽《たの》しそうに言《い》いました。「ありえないわって、あたしが言《い》ったのよ……ジャドソン・パーカーが、そんなことするはずないわって。だけど、うちのおとうさんが今日《きょう》の午後《ごご》にジャドソンに会《あ》って、たずねたら、ほんとうだって言《い》うじゃない。考《かんが》えてもみてよ！　あの人《ひと》の農場《のうじょう》ってさ、ニューブリッジ街道《かいどう》に面《めん》してるでしょ。あそこにずっと錠剤《じょうざい》だの、ばんそうこうだのの広告《こうこく》がずらりとならんだりしたら、おぞましいことになると思《おも》わない？」

改善協会《かいぜんきょうかい》メンバーは、心《こころ》からそう思《おも》いました。いちばん想像力《そうぞうりょく》のない人《ひと》でさえ、そんな広告《こうこく》でかざられた柵《さく》が約《やく》八百メートルもつづいたら目《め》も当《あ》てられないということがわかりました。この新《あら》

たな危機《きき》を前《まえ》にして、教会《きょうかい》や学校《がっこう》の敷地《しきち》のことなど、もはやどうでもよくなってしまいました。議事進行《ぎじしんこう》の規則《きそく》もわすれて、アンは絶望《ぜつぼう》のあまり、議事録《ぎじろく》をとるのをすっかりやめてしまいました。だれもがいっせいに話《はな》しはじめ、そのざわめきたるや、おそろしいほどでした。

「ちょっと、おちつきましょう」と、いちばん興奮《こうふん》していたアンがうったえました。「そして、やめさせる方策《ほうさく》を考《かんが》えなきゃ。」

「どうやってやめさせられるっていうの。」ジェーンが、にがにがしくさけびました。「だれだって、ジャドソン・パーカーがどういう人《ひと》か知《し》ってるわ。お金《かね》のためなら、なんだってやる人《ひと》よ。公徳心《こうとくしん》だとか、美的感覚《びてきかんかく》なんて、まるっきりないんだから。」

こまったことになりました。アヴォンリーのパーカー家《け》といえば、ジャドソン・パーカーとその姉《あね》しかいなかったので、親族《しんぞく》にたのんでやめさせることもできませんでした。姉《あね》のマーサ・パーカーは、あまりにも年《とし》をとっていて、若者《わかもの》のやることにはなにかにつけ文句《もんく》を言《い》うし、とりわけ改善協会《かいぜんきょうかい》にはご不満《ふまん》でした。ジャドソンは、陽気《ようき》で、おしゃべりな人《ひと》で、だれに対《たい》しても気《き》さくで人《ひと》あたりがいいので、友《とも》だちが少《すく》ないのはおどろきでした。ひょっとすると、あまりにも手《て》広《びろ》く商売《しょうばい》をたくみに進《すす》めるので、よく思《おも》われないということもあるのかもしれません。とても「ぬけめがない」という評判《ひょうばん》で、「節操《せっそう》がない」とみんな言《い》っていました。

「ジャドソン・パーカーは自分《じぶん》で言《い》ってるけど、『まっとうにかせぐ』チャンスを手《て》にしたら、ぜったいものにするのさ」と、フレッド・ライトが断言《だんげん》しました。

「だれか影響力《えいきょうりょく》のある人《ひと》は、ひ、と、り、も、い、な、い、の？」と、アンは絶望《ぜつぼう》してたずねました。

「ホワイト・サンズのルイーザ・スペンサーのとこへは遊《あそ》びに行《い》くわよ」と、キャリー・スローンが言《い》いました。「ひょっとしたら、ルイーザが、柵《さく》をかさないように説得《せっとく》できるんじゃない？」

「だめだね」と、ギルバートが語気《ごき》強《つよ》く言《い》いました。「ルイーザ・スペンサーのことはよく知《し》ってる。村《むら》の改善協会《かいぜんきょうかい》の言《い》うことなんかに耳《みみ》をかす人《ひと》じゃない。あの人《ひと》がた、い、せ、つ、にしているのはお金《かね》、お金《かね》だよ。やめさせるどころか、けしかけるんじゃないか」

「こうなったら、ジャドソン担当《たんとう》の委員《いいん》を任命《にんめい》して、抗議《こうぎ》に行《い》かせるしかないわ」と、ジュリア・ベル。「女《おんな》の子《こ》を派遣《はけん》しなきゃだめね。あの人《ひと》、男《おとこ》の子《こ》にはぞんざいな態度《たいど》に出《で》るから。……でも、あ、た、し、は行《い》かないから、あたしを任命《にんめい》しないで」

「アンひとりに行《い》ってもらうのがいいよ」と、オリヴァー・スローン。「アンじゃなきゃ、ジャドソンを説得《せっとく》なんてできないよ」

アンは反対《はんたい》しました。行《い》って説得《せっとく》をするのはいいけれど、「精神的《せいしんてき》なサポート」のためにほかの何人《なんにん》かもいっしょにきてほしいと言《い》ったのです。そこでダイアナとジェーンが「精神的《せいしんてき》なサポート」に任命《にんめい》され、会合《かいごう》は解散《かいさん》となり、みんな、ぷんぷん怒《おこ》ったハチのようにぶつぶつ言《い》いながら去《さ》っていきました。アンはあまりに心配《しんぱい》で、あくる日《ひ》の朝方《あさがた》まで寝《ね》られませんでした。そして、学校《がっこう》の理事会《りじかい》が学校《がっこう》じゅうに柵《さく》を張《は》って、柵《さく》じゅうに「むらさき錠剤《じょうざい》をお試《ため》しあれ」とペンキで書《か》いた夢《ゆめ》を見《み》ました。

アンたち担当委員《たんとういいん》は、翌日《よくじつ》の午後《ごご》にジャドソン・パーカーのもとへむかいました。アンは雄弁《ゆうべん》に、ジャドソンの無法《むほう》な計画《けいかく》をやめるようにうったえ、ジェーンとダイアナはアンを精神的《せいしんてき》に雄々《おお》しくささえました。ジャドソンは、口先《くちさき》うまく、上品《じょうひん》に、三人《にん》のことをほめました。ひまわりのように優美《ゆうび》だなどとお世辞《せじ》を言《い》い、こんな魅力的《みりょくてき》な若《わか》いご婦人《ふじん》たちのねがいをことわるのはほんとうに心苦《こころぐる》しいのだが……ビジネスはビジネスであって、このむずかしいご時世《じせい》にあまいことは言《い》っていられないと言《い》うのです。

「しかし、こうしようじゃないか」と、うすい色《いろ》の目《め》を大《おお》きく開《ひら》いて、きらりと光《ひか》らせながらジャドソンは言《い》いました。「業者《ぎょうしゃ》に、きれいな趣味《しゅみ》のいい色《いろ》だけを使《つか》うように言《い》うよ……赤《あか》とか黄《き》色《いろ》とかね。まちがっても、広告《こうこく》に、青なんか使《つか》っちゃならんってね。」

やぶれたアンたちは、とても口《くち》にはできないようなことばを頭《あたま》のなかで唱《とな》えながら、退散《たいさん》しました。

「人事《じんじ》は尽《つ》くしたから、あとは天命《てんめい》を待《ま》つしかありませんね」と、ジェーンは、無意識《むいしき》にリンド夫人《ふじん》の口調《くちょう》をまねて言《い》いました。

「アラン牧師《ぼくし》がお力《ちから》をかしてくださらないかしら」と、ダイアナは考《かんが》えました。アンは首《くび》をふりました。

「だめよ。アラン牧師《ぼくし》をわずらわせても、むだよ。とくに、今《いま》は赤《あか》ちゃんの具合《ぐあい》がすごくわるいんだから。ジャドソンさんは、あたしたちからじょうずににげたように、牧師《ぼくし》さまもすりぬけるわ。今《いま》やきちんと教会《きょうかい》に通《かよ》うようになったけれど、それだってただ、ルイーザ・スペンサーのおとうさんが教会《きょうかい》の長老《ちょうろう》で、そういったことにはうるさいからにすぎないわ。」

「アヴォンリー広《ひろ》しといえども、自分《じぶん》の柵《さく》をかし出《だ》そうなんてことを思《おも》いつくのは、ジャドソン・パーカーしかいないわ」と、ジェーンが腹《はら》をたてて言《い》いました。「リーヴァイ・ボウルターやロレンゾ・ホワイトでさえ、いくらけちんぼって言《い》ったって、そんなことまでしやしないもの。あの人《ひと》たちは、世間体《せけんてい》というのをちゃんと気《き》にしますからね。」

この話《はなし》が知《し》られるようになると、たしかに世間《せけん》はジャドソン・パーカーのことをこきおろしましたが、それもなんにもなりませんでした。ジャドソンはほくそえんで、気《き》にもかけなかったの

です。そして、改善協会《かいぜんきょうかい》のメンバーは、ニューブリッジ街道《かいどう》のいちばんすてきなところを広告《こうこく》でよごされるようすを見《み》ることになると覚悟《かくご》しなければなりませんでした。

ところが、協会《きょうかい》のつぎの会合《かいごう》で、代表委員《だいひょういいん》の報告《ほうこく》をするようにと会長《かいちょう》に呼《よ》ばれたアンはしずかに立《た》ちあがり、ジャドソン・パーカー氏《し》は製薬会社《せいやくがいしゃ》に柵《さく》をかさないことにしたから、そのように協会《きょうかい》に伝《つた》えてくれと言《い》われましたと告《つ》げたのです。

ジェーンとダイアナは、耳《みみ》をうたがって、目《め》をむきました。アヴォンリー村改善協会《むらかいぜんきょうかい》ではとてもきびしく執《と》りおこなわれている議会運営《ぎかいうんえい》の作法《さほう》のために、ふたりはすぐに好奇心《こうきしん》を表明《ひょうめい》するわけにはいきませんでしたが、会合《かいごう》がおわると、説明《せつめい》をもとめてアンをとりかこみました。アンには、なんの説明《せつめい》もできませんでした。前日《ぜんじつ》の夕方《ゆうがた》にジャドソン・パーカーが道《みち》でうしろから追《お》いかけてきて、製薬会社《せいやくがいしゃ》の広告《こうこく》に対《たい》してみょうな偏見《へんけん》をもっているアヴォンリー村改善協会《むらかいぜんきょうかい》のきげんをとることにしたと告《つ》げたと言《い》うばかりです。アンは、そのときも、そのあとも、それしか言《い》おうとしませんでしたが、アンの言《い》っていることは、まぎれもない真実《しんじつ》でした。しかし、ジェーン・アンドルーズは、帰宅《きたく》とちゅうでオリヴァー・スローンに、ジャドソン・パーカーの奇怪《きかい》な心《こころ》変《が》わりの裏《うら》にはアン・シャーリーが言《い》ったことよりほかになにかがあるにちがいないとささやきました。そして、ジェーンの言《い》っていることもまた、真実《しんじつ》だったのです。

アンは、その前の日の夕方《ゆうがた》に、海岸通《かいがんどお》りにあるアーヴィング家《け》をたずねた帰《かえ》り、近道《ちかみち》をして、低《ひく》く広《ひろ》がる岸辺《きしべ》の野原《のはら》から、ロバート・ディクソン家《け》のそばのブナの森《もり》へぬけました。森《もり》の小道《こみち》を通《とお》っていくと、〝きらめきの湖《みずうみ》〟（想像力《そうぞうりょく》のない人々《ひとびと》には、バリーさんの池《いけ》として知《し》られています）の上《うえ》にかかっている街道《かいどう》へ出《で》られるのです。

小道《こみち》がちょうど街道《かいどう》へ出《で》るところに、ふたりの男《おとこ》の人《ひと》が、道《みち》ばたで手綱《たづな》を休《やす》めて馬車《ばしゃ》にすわっていました。ひとりはジャドソン・パーカーで、もうひとりはジェリー・コーコランというニューブリッジからきた人《ひと》で、リンド夫人《ふじん》なら語気《ごき》を強《つよ》めて、うさんくさいことをしているのがまだばれていない、いないだけの人《ひと》だと教《おし》えてくれるでしょう。農機具販売《のうきぐはんばい》の口《くち》ききをしている人《ひと》で、政治《せいじ》に関《かん》しては一目《いちもく》おかれていました。政治《せいじ》がらみのおいしい話《はなし》にはなんにでも手《て》を出《だ》し、出《だ》せるだけの手《て》を出《だ》していると言《い》われていました。カナダでいよいよ総選挙《そうせんきょ》がおこなわれるというので、ジェリー・コーコランは何週間《なんしゅうかん》も、自分《じぶん》の政党《せいとう》の候補《こうほ》をよろしくと、いそがしくあいさつしてまわっていました。しだれたブナの枝《えだ》の下《した》からアンがすがたをあらわしたとき、コーコランがこう言《い》っているのが聞《き》こえました。

「エイムズベリーに投票《とうひょう》してくれたら、パーカーさん……そうさな、春《はる》にあんたが買《か》った馬鍬《まぐわ》二台《だい》の代金《だいきん》を払《はら》ってもらわにゃならんことを記《しる》した証書《しょうしょ》があるがね、そいつをあんたにあげるとしても、いやとは言《い》わんだろう、え、どうだね？」

「そうだなあ……まあ、そういうことにしてくれるなら」と、ジャドソンはにやりとして、のろのろと答《こた》えました。「そうしてもよかろうなあ。このせちがらい時代《じだい》、自分《じぶん》の利益《りえき》は自分《じぶん》で守《まも》らにゃならんもんな。」

ふたりはこのときアンを見《み》て、ふいに会話《かいわ》をやめました。アンは冷《ひ》ややかにおじぎをして、いつもよりあごをほんの少《すこ》しつき出《だ》して、歩《ある》きさろうとしました。すぐにジャドソン・パーカーがあとを追《お》いかけてきました。

「乗《の》っていかないか、アン？」ジャドソンは、愛想《あいそ》よく言《い》いました。

「いえ、けっこうです」と、アンはていねいに、しかし、するどい針《はり》のような軽《けい》べつを声《こえ》にこめて言《い》ったので、ジャドソン・パーカーの感《かん》じやすいところなどまったくなさそうな良心《りょうしん》でさえ、ぐさりと痛《いた》みました。顔《かお》が赤《あか》くなって、怒《おこ》ったように手綱《たづな》をぐいとひいて立《た》ちさろうとしましたが、つぎの瞬間《しゅんかん》、ぬけめのない考《かんが》えが働《はたら》いて、とどまりました。ジャドソンは、わき目《め》もふらずにさっさと立《た》ちさっていくアンを不安《ふあん》そうに見守《みまも》りました。

コーコランはあからさまな裏取引《うらとりひき》をもうし出《で》たし、おれはそいつをはっきりと受《う》けちまった。それを聞《き》かれちまったんだろうか？　コーコランのばかやろうめ！　もっと遠《とお》まわしな言《い》いかたができないようじゃ、そのうち、どつぼにはまるぞ。それに、この赤毛《あかげ》の女教師《おんなきょうし》め。用《よう》もないのにブナの森《もり》からひょっこり出《で》てきやがって。

「他人《たにん》の穀物《こくもつ》を自分《じぶん》のますで量《はか》る」といういなかの言《い》いまわしがありますが、ジャドソン・パーカーも自分《じぶん》の尺度《しゃくど》でアンを判断《はんだん》して、こういう自分勝手《じぶんかって》な人《ひと》がよくやるように思《おも》いちがいをして、アンはこのことをあちこちで言《い》いふらすだろうと思《おも》いました。もちろん、ジャドソン・パーカーは、これまでの話《はなし》でおわかりのように、世間《せけん》がなにを言《い》おうが気《き》にしない人《ひと》ではありますが、わいろを受《う》けとったことがばれては一大事《いちだいじ》です。それが裕福《ゆうふく》な農場主《のうじょうしゅ》アイザック・スペンサーの耳《みみ》にとどこうものなら、その跡《あと》とり娘《むすめ》であるルイーザ・ジェーン・スペンサーを妻《つま》にして楽《らく》な生活《せいかつ》ができる望《のぞ》みとも、さようならです。ジャドソン・パーカーは、スペンサー氏《し》がすでに自分《じぶん》に少々《しょうしょう》まゆをひそめていることを知《し》っていました。これ以上《いじょう》、危《あぶ》ない橋《はし》をわたるわけにはいきません。

「えへん……アン、先日話《せんじつはな》した例《れい》の一件《いっけん》で、会《あ》いたいと思《おも》ってたんだ。やっぱりうちの柵《さく》をあの会社《かいしゃ》にかさないことにしたよ。君《きみ》たちのような目的《もくてき》をもった協会《きょうかい》は、支援《しえん》してやらなくちゃな。」

アンは、ほんのわずかだけ態度《たいど》をやわらげました。

「ありがとうございます」と、アン。

「で……でだな……おれがジェリーとしてた会話《かいわ》は人《ひと》に言《い》うほどのことじゃないからね。」

「そもそも、言《い》うつもりなどありません」と、アンは冷《つめ》たく言《い》いました。自分《じぶん》の票《ひょう》を金《かね》で売《う》るような男《おとこ》と取引《とりひき》をするようないやしいことをするくらいなら、アヴォンリーじゅうの柵《さく》が広告《こうこく》だらけになったほうがましだと思《おも》っていたからです。

「それでいい……それでいい」と、ジャドソンは、たがいにうまくわかりあえたと思《おも》いこんで言《い》いました。「話《はな》さないとは思《おも》ってたよ。もちろん、おれはジェリーのやつをひっかけただけなんだ……あいつ、自分《じぶん》がすっごく頭《あたま》がよくて、さえてると思《おも》いこんでるからね。おれはエイムズベリーなんかに投票《とうひょう》するつもりはないんだ。今《いま》までどおりグラントに入《い》れる……選挙結果《せんきょけっか》が出《で》ればわかることさ。ただ、ジェリーがどこまで本気《ほんき》かためしただけなんだ。柵《さく》のことはだいじょうぶだ……協会《きょうかい》の連中《れんちゅう》にそう言《い》っていいから。」

その晩《ばん》、アンは東《ひがし》の妻壁部屋《つまかべべや》のかがみに映《うつ》った自分《じぶん》に話《はな》しかけました。

「世間《せけん》にはいろんな人《ひと》がいるけれど、いなくてもいい人《ひと》もいると思《おも》うわ。こんな恥知《はじし》らずな話《はなし》、だれにも言《い》うつもりなんてなかったから、その点ではあたしの良心《りょうしん》にやましいところはないわ。でも、このことをだれに、なにに感謝《かんしゃ》したらいいのかしら。こうなったのはあたしのせいじゃないし、まさか神《かみ》さまが、ジャドソン・パーカーやジェリー・コーコランのようなずるい人《ひと》たちが使《つか》うような手《て》を使《つか》って助《たす》けてくださったなんて、とても信《しん》じられないもの。」

第15章 いよいよ夏休《なつやす》み

しずかな夕暮《ゆうぐ》れどき、黄色《きいろ》い西日《にしび》を浴《あ》びながら、アンは校舎《こうしゃ》のかぎをかけました。校庭《こうてい》のまわりの唐檜《とうひ》の葉《は》が風《かぜ》に鳴《な》り、木々《きぎ》のかげが森《もり》のはしのほうに長《なが》くものうげにのびています。

かぎをポケットに入《い》れると、満足《まんぞく》のため息《いき》が出《で》ました。最初《さいしょ》の年度《ねんど》がおわり、いろいろな人《ひと》から感謝《かんしゃ》のことばをもらって、来年度《らいねんど》も先生《せんせい》をつづけてくださいと学校《がっこう》からたのまれたのです……。ただ、ハーモン・アンドルーズさんは、もっとむちを使《つか》うべきだと言《い》ってきましたが……。

がんばったごほうびとして、二か月《げつ》のうれしい夏休《なつやす》みが、アンを手《て》まねきしていました。アンは、自分《じぶん》にも、この世界《せかい》にも、安《やす》らぎを感《かん》じながら、花《はな》かごを手《て》にして山道《やまみち》をおりていきました。岩梨《いわなし》の花《はな》がさきはじめたころから毎週《まいしゅう》かかさず、マシューの墓参《はかまい》りへ行《い》っているのです。無口《むくち》で、はにかみやで、えらくもなかったマシュー・カスバートのことを、マリラをのぞいてアヴォンリーの人々《ひとびと》はみんなわすれてしまっていましたが、アンの心《こころ》にはマシューの思《おも》い出《で》はまだあざやかで、いつまでもあせることはないのです。つらかった子《こ》どものころ、アンがあんなにもほしかった愛《あい》と同情《どうじょう》をはじめてあたえてくれたあのやさしいおじいさんのことを、決《けっ》してわすれられるはずがありませんでした。

　山《やま》のふもと、唐檜《とうひ》の木《こ》かげの柵《さく》の上《うえ》に、男《おとこ》の子《こ》がすわっていました……大《おお》きな夢見《ゆめみ》るような目《め》をして、美《うつく》しい繊細《せんさい》な顔《かお》をした少年《しょうねん》です。柵《さく》からさっとおりると、にこにこしながらアンのもとへかけよりました。でも、ほほには、なみだのすじがあります。

「先生《せんせい》を待《ま》っていようって思《おも》ったんです。お墓《はか》にいらっしゃるの、知《し》ってたから」と、少年《しょうねん》はアンの手《て》にすっと自分《じぶん》の手《て》を重《かさ》ねて言《い》いました。「ぼくもお墓《はか》に行《い》くんです……このゼラニウムの花《はな》たばを、アーヴィングおじいちゃまのお墓《はか》にあげてきてちょうだいって、おばあちゃまにたのまれたから。で、見《み》て、先生《せんせい》、この白《しろ》いバラの花《はな》たばは、ぼくのおかあさんのために、おじいちゃまのお墓《はか》のとなりにおくんです……おかあさんのお墓《はか》まで行《い》ってお供《そな》えできないから。だけど、きっと、おかあさん、わかってくれますよね？」

「ええ、わかると思《おも》うわ、ポール。」

「ぼくのおかあさんが死《し》んでから今日《きょう》でちょうど三年《ねん》なんです、先生《せんせい》。ずっとずっと前《まえ》のことだけど、やっぱりとっても悲《かな》しいんです……おかあさんがいなくて、やっぱりとってもさびしいんです。がまんできないくらい、つらくなるときもあります。」

ポールの声《こえ》はふるえ、くちびるがわなわなとしました。ポールはバラを見《み》おろして、目《め》になみだがうかんだのが、先生《せんせい》に気《き》づかれなければいいなと思《おも》いました。

「だけど」と、アンはとてもやさしく言《い》いました。「つらい気持《きも》ちが消《き》えるのはいやでしょう……たとえわすれることができたとしても、おかあさまのことをわすれたくないでしょう。」

「そう、そのとおりなんです。わすれたくない……ほんと、そう思《おも》っています。先生《せんせい》って、すごくわかってくださるんですね。そんなにわかってくれる人《ひと》、いません……おばあちゃまだって、とても親切《しんせつ》にしてくれるけど、そこまでじゃありません。おとうさんは、かなりわかってくれるけど、おかあさんのことはあんまり話《はな》せないんです。おとうさん、つらくなっちゃうから。おと

うさんが手《て》で顔《かお》をおおったら、もうだまらなきゃいけないってわかるんです。おとうさん、ぼくがいなくて、すごくさみしがっていると思《おも》います。でも、今《いま》はおうちに家政婦《かせいふ》さんしかいなくて、小《ちい》さな男《おとこ》の子《こ》を育《そだ》てるのを家政婦《かせいふ》さんにまかせるわけにはいかないって、おとうさんは考《かんが》えたんです。自分《じぶん》は仕事《しごと》でしょっちゅう家《いえ》をあけるし。母親《ははおや》がいないなら、おばあちゃまがいいだろうってことになったんです。ぼく、いつか大《おお》きくなったら、おとうさんのところへもどって、二度《にど》と、離《はな》れないことにします。」

ポールは、おかあさんとおとうさんのことをアンによく話《はな》すので、アンはポールの両親《りょうしん》と会《あ》ったことがあるような気《き》がしていました。ポールのおかあさんは、性格《せいかく》や気《き》だてがポールとそっくりだったのでしょう。おとうさんのスティーブン・アーヴィングは、とてもひかえめな男性《だんせい》で、洞察力《どうさつりょく》のある、やさしい性格《せいかく》であるのを世間《せけん》から隠《かく》してきたのではないでしょうか。

「おとうさんって、あんまり打《う》ち解《と》けるタイプじゃないんです」と、かつてポールは話《はな》したことがありました。「おかあさんが死《し》ぬまでは、おとうさんとはあんまり打《う》ち解《と》けてなかったんです。でも、話《はな》すようになると、すごいんです。ぼく、世界《せかい》でいちばんおとうさんが好《す》きです。つぎがアーヴィングおばあちゃまで、そのつぎが先生《せんせい》。アーヴィングおばあちゃまを大好《だいす》きになるのがぼくの〝義務《ぎむ》〟じゃなかったら、おとうさんのつぎが先生《せんせい》なんだけどな。おばあちゃまって、ぼくにすごくよくしてくださるから。先生《せんせい》なら、わかるでしょう。だけど、ぼくがねむるまで、お部屋《へや》にランプをおいといてくれるといいんだけど。おばあちゃま、ぼくをベッドに入《い》れるとすぐにもってっちゃうんです。ぼくがおくびょうになっちゃいけないからって。ぼく、こわくないけど、明《あ》かりがあったほうがいいんです。おかあさんは、いつだってぼくのそばにすわって、ぼくがねむるまで手《て》をつないでてくれたの。おかあさんは、ぼくをあまえんぼうにしてたんだろうな。おかあさんって、そういうところ、あるでしょう。」

どうでしょうか。アンにはわかりませんでした。ただ、想像《そうぞう》するばかりです。自分のおかあさん――アンのことを「完《かん》ぺきに美《うつく》しい」と思《おも》ってくれて、ずっと前《まえ》に死《し》に、お墓参《はかまい》りにくる人《ひと》もない、遠《とお》くのお墓《はか》に、少年《しょうねん》のような夫《おっと》のとなりにうめられたおかあさんのことを、アンは悲《かな》しく考《かんが》えました。アンには自分《じぶん》の母親《ははおや》を思《おも》い出《だ》すことができなかったので、ポールがうらやましくさえ思《おも》えたのです。

「ぼくのお誕生日《たんじょうび》、来週《らいしゅう》なんです。」六月《がつ》の日《ひ》ざしを浴《あ》びながら、ふたりで長《なが》い赤土《あかつち》の坂道《さかみち》をのぼっているとき、ポールが言《い》いました。「で、おとうさんから、ぼくがいちばん好《す》きだろうってものをぼくに贈《おく》ってくださるって手紙《てがみ》がきたんです。きっと、もうとどいたんだろうな。だって、おばあちゃま、本《ほん》だなの引《ひ》き出《だ》しにかぎをかけてたけど、いつもそんなことしないもの。『どうしてかぎかけるの』って聞《き》いたら、『子《こ》どもはあんまり知《し》りたがるもんじゃありません』だって。あれ、ぜったいなんかかくしてるよ。お誕生日《たんじょうび》って、とってもわくわくするでしょう。ぼく、十一になるんです。十一に見《み》えないでしょ。ぼくは年《とし》のわりに体《からだ》が小《ちい》さいけど、おばあちゃまは『それというのも、ちゃんと朝食《ちょうしょく》のポリッジ〔オートミールを牛乳《ぎゅうにゅう》や水《みず》でどろどろに煮《に》たおかゆ〕を食《た》べないからです』って言《い》うんです。ぼく、ちゃんとがんばってるんだけど、おばあちゃま、たっぷりよそうんだよ……おばあちゃま、いじわるしてるわけじゃないけどね。日曜学校《にちようがっこう》からの帰《かえ》り道《みち》、先生《せんせい》とおいのりのことを話《はな》して、……先生《せんせい》、こまったことがあったら、おいのりしなさいって、おっしゃったでしょ……あれから毎晩《まいばん》、ぼく、毎朝《まいあさ》ポリッジを残《のこ》さず食《た》べられますようにって、神《かみ》さまにおいのりしてるんです。でも、まだできないんだ。ぼくのおいのりがたりないのか、ポリッジが多《おお》すぎるのか、わからないけど。おとうさんはポリッジを食《た》べて大《おお》きくなったんですよって、おばあちゃまは言《い》うんです。たしかに、おとうさんには効果満点《こうかまんてん》でした。肩《かた》を見《み》たら、わかるもの。だけど、ときどき」と、ポールはため息《いき》をついて、考《かんが》えるように言《い》いました。「ポリッジがいやで、死《し》んじゃうんじゃないかって思《おも》うことがあるんです。」

　ポールがこちらを見《み》ていなかったので、アンはそっとほほえみました。アーヴィングのおばあさんが、むかしながらの食事《しょくじ》としつけで孫《まご》を育《そだ》てていることは、アヴォンリーじゅうのだれもが知《し》っていることでした。

「そんなことにならないといいわね」と、アンは陽気《ようき》に言《い》いました。「あなたの〝岩場《いわば》の人《ひと》たち〟は元気《げんき》？　ふたごのお兄《にい》さんは、いい子《こ》にしてる？」

「もちろんです」と、ポールは熱《ねつ》をこめて言《い》いました。「いい子《こ》にしてなきゃ、ぼくが遊《あそ》んであげないって、わかってるもの。ほんと、いたずらっ子《こ》なんだから。」

「ノーラは〝黄金の淑女《ゴールデン・レディ》〟のこと、気《き》づいたの？」

「ううん。でも、感《かん》づいてると思《おも》います。ぼくがこないだほら穴《あな》に行《い》ったとき、ぼくのことを見《み》ていたと思《おも》うから。気《き》づいても、ぼくはかまいません……わからないほうが、ノーラのためになるってだけだから……気《き》をわるくしちゃいけないと思《おも》って。でも自分《じぶん》で自分《じぶん》の気《き》をわるくしようってつもりなら、どうしようもありません。」

「私《わたし》もポールといっしょに夜《よる》、海岸《かいがん》に行《い》ったら、私《わたし》にも岩場《いわば》の人《ひと》たちが見《み》えると思《おも》う？」

ポールは重々《おもおも》しく首《くび》を横《よこ》にふりました。

「ううん。先生《せんせい》にぼくの岩場《いわば》の人《ひと》たちは見《み》えません。ぼくだけが見《み》えるんです。でも、先生《せんせい》には先生《せんせい》の岩場《いわば》の人《ひと》たちが見《み》えますよ。先生《せんせい》は、見《み》えるほうの人《ひと》だもの。ぼくたちは、そっちでしょう。先生《せんせい》、わかってるくせに。」ポールは、アンの手《て》をなかよしだというふうに、ぎゅっとにぎりしめて言《い》いました。「見《み》えるほうの人《ひと》だって、すてきだよね、先生《せんせい》？」

「すてきね。」アンは、灰色《はいいろ》のかがやく目《め》で、青《あお》くかがやく目《め》をのぞきこみながら言《い》いました。

アンとポールは――

想像力《そうぞうりょく》が見《み》せる王国《おうこく》のそのたぐいまれなる美《うつく》しさ

――を知《し》っていましたし、そのしあわせな王国《おうこく》への道《みち》を知《し》っていました。そこでは、谷《たに》や小川《おがわ》のそばでよろこびのバラが永遠《えいえん》にさき、青空《あおぞら》が雲《くも》でかげることもなく、『ハムレット』のオフィーリアが言《い》うように「すてきな鐘《かね》がひびわれた音《おと》を出《だ》す」こともなく、〝魂《たましい》のひびきあう友《とも》〟がたくさんいるのです。その王国《おうこく》がどこにあるか――ノルウェーの民話《みんわ》で言《い》われるように「太陽《たいよう》の東《ひがし》、月《つき》の西《にし》」にある――ということは、どんなにお金《かね》をつんでも買《か》うことのできない貴重《きちょう》な知識《ちしき》でした。それはきっと、生《う》まれたときによい妖精《ようせい》たちがくれた贈《おく》りものであり、いくつになっても、すりへったりなくなったりすることはないのです。この王国《おうこく》への道《みち》を知《し》ってさえいれば、たとえ屋根裏《やねうら》に住《す》んでいようと心《こころ》は満《み》たされ、知《し》らずに王宮《おうきゅう》に住《す》むよりもずっといいのです。

アヴォンリー墓地《ぼち》は、今《いま》までどおり、草《くさ》ぼうぼうの、さびしい場所《ばしょ》でした。たしかに、改善協会《かいぜんきょうかい》は墓地《ぼち》の手入《てい》れをすべきだと思《おも》っており、プリシラ・グラントが墓地《ぼち》について報告書《ほうこくしょ》を読《よ》みあげたのは、協会《きょうかい》のこのあいだの会合《かいごう》よりも前《まえ》のことでした。いつかは、墓場《はかば》の苔《こけ》むしてまがりくねった古《ふる》い板《いた》べいをきれいな針金《はりがね》の柵《さく》にかえて、しばを刈《か》り、かたむいた記念碑《きねんひ》をまっすぐにするつもりだったのです。

アンは、マシューのお墓《はか》に花《はな》をお供《そな》えし、それからヘスター・グレイがねむる小《ちい》さなポプラの木《こ》かげに行《い》きました。春《はる》のピクニックの日《ひ》以来《いらい》、マシューのお墓《はか》をたずねるときは、ヘスターのお墓《はか》にも花《はな》を供《そな》えることにしているのです。前日《ぜんじつ》の夕方《ゆうがた》に、森《もり》のなかの例《れい》の小《ちい》さな人知《ひとし》れぬ庭《にわ》へ行《い》って、ヘスターが育《そだ》てた白《しろ》いバラをつんできていたのでした。

「ほかのお花《はな》よりも、こっちのほうがお好《す》きじゃないかしらと思《おも》って」と、アンはそっと言《い》いました。

アンがまだそこにすわっていると、草《くさ》に人《ひと》かげが落《お》ち、目《め》をあげてみると、アラン牧師《ぼくし》のおくさまが立《た》っていました。ふたりは帰《かえ》り道《みち》をいっしょに歩《ある》きました。

アラン夫人《ふじん》の顔《かお》は、五年前《ねんまえ》にアラン牧師《ぼくし》がアヴォンリーにつれてきた花嫁《はなよめ》の少女《しょうじょ》らしい顔《かお》とは変《か》わっていました。華《はな》やかで若々《わかわか》しいまるみがなくなって、目《め》や口《くち》もとに忍耐《にんたい》づよそうな細《こま》かなしわが入《はい》っていました。それというのも、まさにこの墓地《ぼち》にある小《ちい》さなお墓《はか》が原因《げんいん》でした。また、小《ちい》さな息子《むすこ》が最近病気《さいきんびょうき》になったため――今《いま》は幸《さいわ》いにも治《なお》りましたが――さらにしわがふえていました。それでも、アラン夫人《ふじん》のえくぼは、あいかわらずすてきで、ふとしたときにできます。目《め》も以前《いぜん》のとおり、澄《す》んでいて明《あか》るく、真心《まごころ》がこもっていました。その顔《かお》から少女《しょうじょ》らしい美《うつく》しさがなくなったかわりに、やさしさと力強《ちからづよ》さとがあふれていました。

「夏休《なつやす》み、楽《たの》しみでしょう、アン？」ふたりが墓地《ぼち》を出《で》るとき、夫人《ふじん》が言《い》いました。

アンは、うなずきました。

「ええ……夏休《なつやす》みということばを、おいしいごちそうのようにかみしめることができます。この夏《なつ》は、すてきなものになると思《おも》います。ひとつには、モーガン夫人《ふじん》が七月《がつ》にこの島《しま》にいらっしゃるので、プリシラがうちにつれてきてくれることになってるんです。考《かんが》えただけで、むかしみたいに、わくわくします。」

「楽《たの》しんでほしいわ、アン。この一年《ねん》、とてもがんばったし、うまくいきましたからね。」

「あら、どうでしょう。いろいろたりないところばかりです。昨年《さくねん》の秋《あき》、教《おし》えはじめたとき、やるつもりだったことができませんでした。理想《りそう》どおりにいかなかったんです。」

「みんな、そうよ」と、アラン夫人《ふじん》は、ため息《いき》をつきました。「でもね、アン、詩人《しじん》のローウェルが『やってはならぬのは、失敗《しっぱい》ではない。目標《もくひょう》を低《ひく》くもつことだ』って言《い》ってるでしょう。理《り》想《そう》をかかげて、それをめざさなきゃだめよ。たとえ一度《いちど》もうまくいかなくても。理想《りそう》がなければ、人生《じんせい》はざんねんなことになってしまうわ。理想《りそう》があれば、りっぱで、すばらしいものになるのよ。理想《りそう》をあきらめないで、アン。」

「がんばります。でも、教育《きょういく》についての私《わたし》の理想《りそう》はほとんど捨《す》てないと」と、アンは、少《すこ》し笑《わら》いながら言《い》いました。「先生《せんせい》をはじめたときは、どうやって教《おし》えるべきかについてこれ以上《いじょう》ないくらいのりっぱな考《かんが》えをもっていたんですが、いざとなると、どれもうまくいきませんでした。」

「体罰《たいばつ》についてのあなたのご高説《こうせつ》も、やぶれさったしね」と、アラン夫人《ふじん》はからかいました。

アンは、顔《かお》を赤《あか》らめました。

「アンソニーをむち打《う》ったなんて、自分《じぶん》が許《ゆる》せません。」

「ばかなこと言《い》わないの。罰《ばつ》を受《う》けてとうぜんのわるい子《こ》よ。むちで打《う》つのがちょうどいい子《こ》なのよ。あれ以来《いらい》、あの子《こ》ともめごとがないし、あの子《こ》もあなたのことを特別《とくべつ》に思《おも》うようになったわ。『女《おんな》なんてたいしたことない』という考《かんが》えをあの子《こ》の意固地《いこじ》な心《こころ》から追《お》いだしたんだから、あなたのやさしさがあの子《こ》の愛《あい》を勝《か》ち得《え》たのよ。」

「罰《ばつ》を受《う》けるのがとうぜんかもしれませんが、そこが問題《もんだい》なんじゃないんです。もしあたしが、冷静《れいせい》にじっくりと考《かんが》えて、あの子《こ》にふさわしい罰《ばつ》だからということでむち打《う》つことにしたなら、こんなふうには思《おも》ったりしません。ほんとのところは、アラン夫人《ふじん》、あたし、かっとなって、それであの子《こ》をむち打《う》ったんです。それが正《ただ》しいか正《ただ》しくないかなんて考《かんが》えてなかった……あの子《こ》にふさわしくないことだったとしても、あたし、それでもやってたんです。だから、あたし、自《じ》分《ぶん》がはずかしいんです。」

「まあ、人《ひと》はだれでもまちがいをするものよ。だからもう、わすれてしまいなさい。まちがいを悔《く》いて、まちがいから学《まな》ぶべきだけど、いつまでもくよくよしてはだめよ。あら、あれはギルバート・ブライスね。自転車《じてんしゃ》に乗《の》って……ギルバートも夏休《なつやす》みに帰《かえ》ってきたのね。あの人《ひと》との勉強《べんきょう》は、進《すす》んでるの？」

「順調《じゅんちょう》です。今晩《こんばん》、ウェルギリウスを読《よ》みおえる予定《よてい》です。あと二十行《ぎょう》ばかりで。そしたら、九月《がつ》まで、もう勉強《べんきょう》はおしまいです。」

「大学《だいがく》へは行《い》こうと思《おも》わないの？」

「さあ、どうでしょうか。」アンは、宝石《ほうせき》のオパールのような虹色《にじいろ》に染《そ》まった地平線《ちへいせん》を遠《とお》く夢見《ゆめみ》るように見《み》やりながら言《い》いました。「マリラの目《め》は、これ以上《いじょう》あまりよくならないし――わるくもならないでくれているので、とてもありがたいんですけど――それに、ふたごのこともあるし……あの子《こ》たちのおじさん、もうひきとるつもりがないんじゃないかなって思《おも》うんです。ひょっとすると、これから先《さき》、大学《だいがく》に行《い》くようになるかもしれませんが、まだそのときではないし、あまり期待《きたい》してがっかりしたくないので、考《かんが》えないようにしています。」

「あら、あなたには大学《だいがく》に行《い》ってほしいわ、アン。でも、行《い》かなくても、がっかりすることはないわよ。結局《けっきょく》のところ、どこにいようと、それぞれの人生《じんせい》なんだから……大学《だいがく》に行《い》くと人生《じんせい》が楽《らく》になるって、それだけのこと。人生《じんせい》は、私《わたし》たちがそこからなにを得《え》るかではなく、なにをそそぎこむかによって、広《ひろ》くもなれば、せまくもなる。ここでは、人生《じんせい》はゆたかで充実《じゅうじつ》してるわ……いえ、どこでもそうね……そのゆたかさや充実《じゅうじつ》に心《こころ》のすべてを開《ひら》くことができさえしたら。」

「おっしゃること、わかります」と、アンは考《かんが》えながら言《い》いました。「だから、あたし、感謝《かんしゃ》してるんです……ほんと、心《こころ》から……この仕事《しごと》ができること、ポール・アーヴィング、愛《いと》しいふたご、そしてお友《とも》だちみんなに。そうなんです、アラン夫人《ふじん》、あたし、友情《ゆうじょう》には、とても感謝《かんしゃ》してるんです。ほんとに人生《じんせい》を美《うつく》しいものにしてくれるから。」

「真《しん》の友情《ゆうじょう》は、ほんとにとても助《たす》けになるわね」と、アラン夫人《ふじん》。「友情《ゆうじょう》については、とても高《たか》い理想《りそう》をもつべきね。うそをついたり、誠実《せいじつ》さを欠《か》いたりして、友情《ゆうじょう》を傷《きず》つけてはだめ。友情《ゆうじょう》という名前《なまえ》が、ただの親《した》しさにつけられて、真《しん》の友情《ゆうじょう》でないことが多《おお》いのがざんねんね。」

「ええ……ガーティー・パイとか、ジュリア・ベルとかの友情《ゆうじょう》がそうです。ふたりはとても親《した》しくしていて、どこへ行《い》くのもいっしょなのに、ガーティーはいつもジュリアにかくれて悪口《わるくち》を言《い》うんです。だれかがジュリアのことを批判《ひはん》すると、ガーティーはいつもすごくうれしそうな顔《かお》をするもんだから、ジュリアのことを嫉妬《しっと》してるんだって、みんな思《おも》っています。あれを友情《ゆうじょう》なんて呼《よ》んではいけないと思《おも》います。お友《とも》だちなら、お友《とも》だちのいいところだけを見《み》て、自分《じぶん》のいいところを相手《あいて》にあたえるべきだとは思《おも》いませんか。そうすれば、友情《ゆうじょう》は、世界一《せかいいち》美《うつく》しいものになります。」

「友情《ゆうじょう》は、今はとても美《うつく》しいものよ。」アラン夫人《ふじん》は、ほほえみました。「でも、いつか……」

そこで夫人《ふじん》は、ふいに口《くち》をつぐみました。となりの繊細《せんさい》な色白《いろじろ》の顔《かお》には、率直《そっちょく》な目《め》とゆたかな表情《ひょうじょう》とがあって、女《おんな》らしいというよりは、まだ子《こ》どもっぽいあどけなさがありました。アンの心《こころ》には、友情《ゆうじょう》や野望《やぼう》の夢《ゆめ》が宿《やど》っているだけなのです。まだなにもわかっていないアンのあまい胸《むね》にさく希望《きぼう》の花《はな》をはらい落《お》とすようなことはアラン夫人《ふじん》はしたくありませんでした。そこで、そのことばのつづきは、もっと先《さき》になってから言《い》うことにしました。

第16章 望《のぞ》んでいたことが、ついに

「アン。」グリーン・ゲイブルズの台所《だいどころ》の、つやつやした革《かわ》ばりのソファーにすわってアンが手《て》紙《がみ》を読《よ》んでいると、デイヴィーがうったえるように、ソファーにはいあがってきました。「アン。すっごくおなかがすいたよ。ぺっこぺっこ。」

「今《いま》すぐバターつきパンをあげるわ」と、アンは、ぼんやりと言《い》いました。手紙《てがみ》には、わくわくする知《し》らせが書《か》いてあったようです。ほおが、外《そと》の大《おお》きなしげみにさいたバラと同《おな》じピンク色《いろ》をしていて、目《め》には、アンの目《め》ならではの星《ほし》のかがやきがあります。

「だけど、バターつきパンのぺっこぺっこじゃないよ」と、デイヴィーは口《くち》をとがらせました。「プラムケーキのぺっこぺっこだよ。」

「あら」と、アンは笑《わら》って、手紙《てがみ》をおいて、デイヴィーに片手《かたて》をまわしてぎゅっと抱《だ》きしめながら言《い》いました。「そういうぺっこぺっこなら楽《らく》にがまんできるわね、デイヴィーぼうや。ごはんとごはんのあいだに、バターつきパンのほかは食《た》べてはいけませんというのが、マリラの決《き》めたルールでしょ。」

「じゃあ、パンでいいや……ください。」

デイヴィーはようやく「ください」が言《い》えるようになりましたが、たいてい、あとで思《おも》いついてつけくわえるのです。デイヴィーは、アンが今《いま》もってきてくれた厚切《あつぎ》りパンをうれしそうに見《み》ました。

「アンは、いつもバターをたっぷりぬってくれるよね。マリラはすっごくうすくぬるんだ。バターはたくさんあったほうが、つるりと食《た》べやすいんだよ。」

パンがあっという間《ま》になくなってしまったのを見《み》ると、パンはかなりつるつると入《はい》ったようです。デイヴィーは頭《あたま》からソファーをすべりおりて、じゅうたんの上《うえ》で二回《かい》でんぐりがえしをして、それからおしりをつけたまま身《み》を起《お》こして、決心《けっしん》したように宣言《せんげん》しました。

「アン、ぼく、天国《てんごく》のこと、決《き》めたよ。天国《てんごく》には行《い》きたくない。」

「どうして?」アンは、大《おお》まじめにたずねました。

「だって、天国《てんごく》って、サイモン・フレッチャーの屋根裏部屋《やねうらべや》にあって、ぼく、サイモン・フレッ

チャー好《す》きじゃないもん。」

「天国《てんごく》が……サイモン・フレッチャーの屋根裏部屋《やねうらべや》ですって！」アンは、あまりにもおどろいて、笑《わら》うこともできませんでした。「デイヴィー・キース、なんだってまた、そんなとんでもないことを思《おも》ったの？」

「ミルティー・ボウルターが、そう言《い》ってたよ。こないだの日曜《にちよう》、日曜学校《にちようがっこう》で。預言者《よげんしゃ》エリヤとエリシャについて勉強《べんきょう》していて、ぼく立《た》って、ロジャソン先生《せんせい》に、天国《てんごく》はどこにありますかって聞《き》いたの。ロジャソン先生《せんせい》は、すっごく怒《おこ》ってるみたいだった。とにかくふきげんだったよ。だって、エリヤは天国《てんごく》に行《い》ったときエリシャになにを残《のこ》しましたかって質問《しつもん》したとき、ミルティー・ボウルターが『古《ふる》い服《ふく》』って言《い》って、ぼくらなにも考《かんが》えないで笑《わら》ったの。先《さき》に考《かんが》えればいいんだけどね。そしたら、笑《わら》ったりしないもの。でも、ミルティーは、先生《せんせい》をうやまらなかったんじゃないと思《おも》う。ただ、ことばが出《で》てこなかったんだよ。ロジャソン先生《せんせい》は、『天国《てんごく》は神《かみ》さまがいらっしゃるところです、そんな質問《しつもん》をするものではありません』って言《い》った。ミルティーがぼくをひじでつついて、『天国《てんごく》はサイモンおじさんの屋根裏部屋《やねうらべや》にあるんだ。帰《かえ》り道《みち》にせちめいしてやる』って、ささやいたんだ。で、帰《かえ》りにせちめいしてもらったの。ミルティーって、せちめいするの、すごくうまいんだ。なんにも知《し》らないことでも、いろいろでっちあげて、ぜんぶせちちめいしちゃうんだよ。おかあさんとサイモンのおばさんが姉妹《しまい》だから、いとこのサイモン・ジェーン・エレンが死《し》んだとき、おかあさんといっしょに葬式《そうしき》に行《い》ったの。牧師《ぼくし》さまが、ジェーン・エレンは天国《てんごく》へ行《い》きましたって言《い》ったけど、ミルティーによれば、ジェーンはすぐ目《め》の前《まえ》のお棺《かん》に入《はい》っていたんだって。だけど、お棺《かん》は、そのあと、屋根裏部屋《やねうらべや》へ運《はこ》ばれたと思《おも》うって言《い》うんだ。で、ミルティーとおかあさんがなにもかもおわって二階《かい》におかあさんの帽子《ぼうし》をとりにあがったとき、ジェーン・エレンが行《い》った天国《てんごく》ってどこにあるのって聞《き》いたら、おかあさんは天井《てんじょう》を指《さ》して『この上《うえ》よ』って言《い》ったって。天井《てんじょう》の上《うえ》には屋根裏部屋《やねうらべや》しかないから、だから、それでわかったんだって。それ以来《いらい》、サイモンおじさんの家《いえ》に行《い》くのはすごくこわくなったって。」

アンはデイヴィーをひざの上《うえ》にのせて、このもつれた神学上《しんがくじょう》の問題《もんだい》をときほぐそうとがんばりました。アンは自分《じぶん》の子《こ》どものころをおぼえていて、七才《さい》の子《こ》どもが、もちろんおとなにはとてもはっきりしていて単純《たんじゅん》なことについて、おかしな考《かんが》えを抱《いだ》くということを本能的《ほんのうてき》に理解《りかい》していたので、この仕事《しごと》にはマリラよりもずっとむいていました。天国《てんごく》はサイモン・フレッチャーの屋《や》根裏部屋《ねうらべや》ではないことをわからせることができたとき、マリラが庭《にわ》から入《はい》ってきました。庭《にわ》でドーラといっしょにお豆《まめ》をつんでいたのです。

ドーラは、働《はたら》き者《もの》のおちびさんで、自分《じぶん》のふっくらした指《ゆび》にふさわしいちょっとした仕事《しごと》を

「お手伝《てつだ》い」するときがいちばんしあわせなのです。にわとりにエサをあげたり、たきつけ用《よう》の木切《きぎ》れを集《あつ》めたり、お皿《さら》をふいたり、たくさんお使《つか》いをしたりしました。きちんとしていて、言《い》うことを聞《き》いて、気《き》がきくのでした。こうしてちょうだいという指示《しじ》も一度《いちど》言《い》えばわかって、こまごまとしたことを決《けっ》してわすれません。それにひきかえデイヴィーは、とても不注意《ふちゅうい》で、わすれんぼでした。しかし、生《う》まれつき、愛《あい》されるコツを心得《こころえ》ていて、アンもマリラもデイヴィーのほうをかわいがっていたのでした。

ドーラがエンドウ豆《まめ》のさやを得意《とくい》そうにむき、デイヴィーがさやにマッチのマストを立《た》てて紙《かみ》の帆《ほ》をはって遊《あそ》んでいるとき、アンはマリラに手紙《てがみ》のすばらしい内容《ないよう》を話《はな》しました。

「ああ、マリラ、なんだと思《おも》う？　プリシラから手紙《てがみ》がきて、モーガン夫人《ふじん》が島《しま》にご到着《とうちゃく》なさっていて、木曜日《もくようび》にお天気《てんき》だったら、アヴォンリーまで馬車《ばしゃ》を走《はし》らせて、十二時《じ》ごろに、ここにくるんですってよ。あたしたちといっしょに午後《ごご》をすごしたら、夕方《ゆうがた》ホワイト・サンズのホテルにお帰《かえ》りになるそうよ。モーガン夫人《ふじん》のアメリカのお友《とも》だちがそこに泊《と》まっていらっしゃるから。ああ、マリラ、すてきじゃない？　これが夢《ゆめ》じゃないなんて信《しん》じられないくらい。」

「モーガン夫人《ふじん》といったって、ほかの人《ひと》と変《か》わりゃしないだろうよ」と、マリラは自分自身少《じぶんじしんすこ》し興奮《こうふん》しながら、そっけなく言《い》いました。モーガン夫人《ふじん》は有名人《ゆうめいじん》で、その訪問《ほうもん》を受《う》けるというのは、ありきたりなことではないのです。「じゃあ、ここでお食事《しょくじ》をなさるの？」

「そうよ。ああ、マリラ、あたしがぜんぶお食事《しょくじ》を料理《りょうり》してもいい？『バラのつぼみの園《その》』の著者《ちょしゃ》にあたしだってなにかしてさしあげられるんだって思《おも》いたいの。たとえ、お料理《りょうり》をお出《だ》しすることであってもね。いいでしょ、ね？」

「そりゃまあ、七月《がつ》に熱《あつ》い火《ひ》を前《まえ》に汗《あせ》だくになるのはあまり好《す》きじゃないから、できればだれかにかわってもらいたいところだからね。どうぞやってちょうだい。」

「ああ、ありがとう」と、アンは、まるでマリラがたいへんなねがいごとを聞《き》きとどけてくれたかのように言《い》いました。「今晩《こんばん》、メニューを考《かんが》えるわ。」

「あんまりかっこうをつけるんじゃないよ」と、マリラは、「メニュー」なんて気《き》どったことばに少《すこ》しびっくりして、警告《けいこく》しました。「そんなことしたら、あとで後悔《こうかい》することになるからね。」

「あら、かっこうなんてつけないわ。お祝《いわ》いのときにいつも出《だ》していないようなお料理《りょうり》を出《だ》すなってことなら。」アンは、うけあいました。「そんなことをするのは気《き》どりですもの。十七才《さい》の女《じょ》性《せい》として、学校教師《がっこうきょうし》として、まだ分別《ふんべつ》もおちつきもたりないことはわかってるけど、そこまでばかじゃないわ。でも、なにもかもできるかぎり、すてきで、おいしくしたいの。デイヴィーぼうや、そのお豆《まめ》のさやをお勝手《かって》の階段《かいだん》の上《うえ》にちらかすのはやめてちょうだい……だれかがふんで、すべってしまうわ。まずは、軽《かる》めのスープでしょ――あたし、おいしいオニオン・クリーム・スープが作《つく》れるわ――それから、鶏《とり》の丸焼《まるや》きをふたつ。あの白《しろ》いおんどり二羽《わ》を使《つか》うわ。あの二羽《わ》は大好《だいす》きだし、あの灰色《はいいろ》のめんどりがあの二羽《わ》だけを卵《たまご》からかえして……小《ちい》さな黄色《きいろ》い羽毛《うもう》のボールみたいだったときから、ずっとかわいがってきたけど、いつかは犠牲《ぎせい》になってもらわなきゃいけないことはわかってるし、こんなにふさわしい時《とき》はないもの。でも、ああ、マリラ、あたしにはとても殺《ころ》せないわ……モーガン夫人《ふじん》のためであったとしても、だめ。ジョン・ヘンリー・カーターにきてもらって、かわりにやってもらうわ。」

「ぼくがやる」と、デイヴィーが志願《しがん》しました。「マリラが足《あし》をもっててくれたらね。だって、おのをふるうのに、ぼく、両手《りょうて》を使《つか》わなきゃできないもん。首《くび》がちょんぎれてんのに、ばたばた走《はし》りまわるのって、すっごくおもしろいよね。」

「それから、野菜《やさい》は、エンドウ豆《まめ》とインゲンと、じゃがいものクリーム煮《に》、レタスのサラダね」と、アンはふたたびメニューをつづけました。「デザートは、ホイップ・クリームをそえたレモンパイ、コーヒーとチーズとレディ・フィンガー。パイとレディ・フィンガーは明日焼《あしたや》いて、白《しろ》いモスリンのドレスを着《き》られるようにしておくわ。ダイアナには今晩言《こんばんい》わなくちゃ。自分《じぶん》のドレスの用意《ようい》をしたいでしょうから。モーガン夫人《ふじん》のヒロインって、たいてい白《しろ》いモスリンを着《き》ていて、ダイアナとあたしは、もしモーガン夫人《ふじん》にお会《あ》いするようなことがあったら、白《しろ》いモスリンを着《き》なくちゃねっていつも言《い》ってるの。それってすごく気《き》のきいた歓迎《かんげい》のしかただと思《おも》わない？　デイヴィー君《くん》、エンドウ豆《まめ》のさやを床《ゆか》のわれ目《め》におしこまないで。アラン牧師《ぼくし》ご夫妻《ふさい》とミス・ステイシーもお食事《しょくじ》にお呼《よ》びしなくちゃ。どちらもモーガン夫人《ふじん》にお会《あ》いしたくてたまらないっておっしゃってるもの。ミス・ステイシーがここにいらっしゃるあいだに、モーガン夫人《ふじん》がいらしてくださって、ほんとよかったわあ。デイヴィー君《くん》、バケツの水《みず》にエンドウ豆《まめ》のさやを浮《う》かさない……外《そと》の飼葉桶《かいばおけ》でやりなさい。ああ、木曜日《もくようび》は晴《は》れてくれるといいなあ。きっと晴《は》れるわね。ゆうべ、エイブおじさんがハリソンさんのところへ遊《あそ》びにいらしてて、今週《こんしゅう》はたいがい雨《あめ》だっておっしゃってたから。」

「そりゃ、よかったね」と、マリラも同意《どうい》しました。

アンはその晩《ばん》、果樹園《オーチャード・スロープ》の坂へ走《はし》っていって、ダイアナに知《し》らせを伝《つた》えました。ダイアナもとても興奮《こうふん》して、ふたりでバリー家《け》の庭《にわ》にある大《おお》きな柳《やなぎ》の木《き》の下《した》のハンモックにゆられながら、このことを話《はな》しあいました。

「ああ、アン、あたしもお料理手伝《りょうりてつだ》っちゃだめ？」ダイアナがたのみました。「あたし、すばらしいレタス・サラダ、作《つく》れるわよ。」

「いいわよ」と、アンは、気前《きまえ》よく言《い》いました。「かざりつけも手伝《てつだ》ってほしいわ。客間《きゃくま》をお花《はな》のあずまやにしたいのよ……そして食卓《しょくたく》は野《の》バラでかざるの。ああ、なにもかもうまくいくといいなあ。モーガン夫人《ふじん》のヒロインは、失敗《しっぱい》なんかぜったいしないし、こまったことにもならないし、いつもおちついていて、おうちの切《き》りもりがきちんとできているんだもの。生まれながらのよき主婦《しゅふ》って感《かん》じね。『エッジウッドの日々《ひび》』のガートルードが、たった八才《さい》でおとうさんのために家事《かじ》をしていたの、おぼえてるでしょ。あたし、八才《さい》のときは、子《こ》どものめんどうをみるよりほか、なんにもできなかったわ。モーガン夫人《ふじん》って、女《おんな》の子《こ》のことをあんなにたくさん書《か》いていらっしゃるから、さぞかし女《おんな》の子《こ》のことをよくご存《ぞん》じなのね。あたしたちのこと、よく思《おも》ってくださるといいんだけど。いろんなことを、こと細《こま》かに想像《そうぞう》してみたわ……どんな外見《がいけん》のかたなのか、なにをおっしゃるか、あたしはなにを言《い》おうかしらってね。あたし、自分《じぶん》の鼻《はな》のことがすごく気《き》になるわ。鼻《はな》にそばかすが七つあるでしょ。アヴォンリー村改善協会《むらかいぜんきょうかい》のピクニックで、帽子《ぼうし》をかぶらずに、ひなたを動《うご》きまわっていてできてしまったの。むかしみたいに顔《かお》じゅうにないんだから、ありがたいと思《おも》うべきで、心配《しんぱい》するなんて感謝《かんしゃ》を知《し》らないみたいだけど、そばかすができなかったらよかったのにと思《おも》うの……モーガン夫人《ふじん》のヒロインはほんとに完《かん》ぺきな顔《かお》をしてるもの。そばかすのあるヒロインなんてひとりも思《おも》い出《だ》せないもの。」

「あなたのそばかす、あんまり目立《めだ》たないわよ」と、ダイアナがなぐさめました。「今晩《こんばん》、ちょっとレモン汁《じる》をかけてごらんなさいな。」

あくる日《ひ》、アンはパイとレディ・フィンガーを焼《や》いて、モスリンのドレスを用意《ようい》し、家《いえ》じゅうの部屋《へや》をそうじしました……グリーン・ゲイブルズはいつものとおり、マリラの満足《まんぞく》するまで、ちりひとつなくそうじされているので、まったく必要《ひつよう》ありませんでしたけれども。でも、アンは、シャーロット・E《イー》・モーガンの来訪《らいほう》の栄誉《えいよ》をたまわる家《いえ》に、ほこりひとつでもあってはいけないと考《かんが》えたのです。アンは、階段《かいだん》の下《した》のがらくたを入《い》れる物置《ものおき》まできれいにしました。モーガン夫《ふ》人《じん》がそんなところまでごらんになる可能性《かのうせい》などまったくありませんでしたが。

「だけど、完《かん》ぺきになっているって実感したいのよ。たとえごらんにならなくても。」アンはマリラに言《い》いました。「モーガン夫人《ふじん》は、『黄金《おうごん》のかぎ』っていう本《ほん》で、アリスとルイーザというふたりのヒロインに、ロングフェローのこういう詩《し》を座右《ざゆう》の銘《めい》〔いつも身近《みぢか》において、いましめとすることば〕にさせているの。

古《ふる》き時代《じだい》の芸術《げいじゅつ》は、
目《め》には見《み》えぬ細部《さいぶ》まで

心《こころ》こめて作《つく》れり。
神《かみ》はすべてを見《み》そなわすがゆえ。

だからふたりは、地下室《ちかしつ》の階段《かいだん》までいつもきれいにみがいて、ベッドの下《した》までわすれずにはきそうじをしたの。モーガン夫人《ふじん》がおうちにいらしてくださるのに物置《ものおき》がごちゃごちゃだったら、罪《つみ》の意識《いしき》にさいなまれると思《おも》うわ。こないだの四月《がつ》、『黄金《おうごん》のかぎ』を読《よ》んでからというもの、ダイアナとあたしは、この詩《し》をあたしたちの座右《ざゆう》の銘《めい》にすることにしたのよ。」

その日《ひ》の夕方《ゆうがた》、ジョン・ヘンリー・カーターとデイヴィーがふたりがかりで、二羽《わ》の白《しろ》いおんどりの首《くび》を切《き》り、アンが鶏肉《とりにく》として使《つか》えるように準備《じゅんび》しました。羽根《はね》をむしるのは、いつもならいやな仕事《しごと》でしたが、この太《ふと》った鳥《とり》たちをなんのために使《つか》うかを考《かんが》えれば、その仕事《しごと》さえ栄光《えいこう》にかがやくように思《おも》えたのでした。

「羽根《はね》をむしるのはいやだけど」と、アンはマリラに言《い》いました。「手《て》がやっていることに気持《きも》ちをこめなくてすむから、助《たす》かるわ。手《て》は鳥《とり》をむしっていても、心《こころ》は天《あま》の川《がわ》をさまよっているの。」

「どうりでいつもよりもそこいらじゅうに羽根《はね》をちらかしていると思《おも》ったよ」と、マリラが言《い》いました。

それからアンは、デイヴィーを寝《ね》かしつけ、明日《あした》は特別《とくべつ》いい子《こ》にすると約束《やくそく》させました。

「明日《あした》、ものすごくいい子《こ》にしていたら、あさっては、ものすごくわるい子《こ》になってもいい？」

デイヴィーはたずねました。

「それはだめよ」と、アンは慎重《しんちょう》に言《い》いました。「でも、あなたとドーラをボートに乗《の》せて、池《いけ》のはしまでつれっていってあげる。そしたら、砂丘《さきゅう》にあがって、ピクニックしましょう。」

「じゃあ、約束《やくそく》する」と、デイヴィー。「いい子《こ》になるよ。ほんとはハリソンさんのところへ行《い》って、新《あたら》しい豆鉄砲《まめでっぽう》でジンジャーを撃《う》ってやるつもりだったけど、明日《あした》じゃなくてもいいや。明日《あした》は日曜《にちよう》みたいになっちゃうんだろうけど、そのかわりに岸辺《きしべ》のピクニックに行《い》けるなら、まあいいや。」

下巻《げかん》へつづく

※本書《ほんしょ》には一部《いちぶ》、差別的《さべつてき》ともとれる表現《ひょうげん》がふくまれていますが、作者《さくしゃ》が故人《こじん》であること、作品《さくひん》が発表《はっぴょう》された当時《とうじ》の時代背景《じだいはいけい》、文学《ぶんがく》性《せい》や芸術性《げいじゅつせい》などを考慮《こうりょ》し、原文《げんぶん》をそのまま訳《やく》して掲載《けいさい》しています。

次巻《じかん》の『新訳《しんやく》 アンの青春《せいしゅん》（下《げ》）完全版《かんぜんばん》』は……

　アンもダイアナも大《おお》はりきりで、モーガン夫人《ふじん》をお迎《むか》えする準備《じゅんび》をします。

　ところが思《おも》いもよらぬ事件《じけん》が次《つぎ》から次《つぎ》へと起《お》こります。少《すこ》しおとなになったアンは、くじけずにひとつひとつ事件《じけん》を解決《かいけつ》しようとします——新《あら》たな失敗《しっぱい》をくりかえしながら。

　そんなアンに、新《あたら》しい“魂《たましい》のひびきあう友《とも》”ができます。古《ふる》い石《いし》のおうちにひっそりとくらす、白髪《はくはつ》のすてきな独身女性《どくしんじょせい》、ミス・ラベンダーです。実《じつ》はアンのお気《き》に入《い》りの生徒《せいと》ポールのおとうさんと、25年前《ねんまえ》に婚約《こんやく》していたのですが、つまらないことでケンカ別《わか》れしてしまったのです。その失恋《しつれん》が今《いま》でも彼女《かのじょ》を傷《きず》つけていることを知《し》り、アンは助《たす》けになろうとします。それが思《おも》わぬロマンスを生《う》み……。

　美《うつく》しい恋《こい》の花《はな》がさきほこり、アンを感動《かんどう》させます。親友《しんゆう》ダイアナの恋《こい》にも新《あたら》しい展開《てんかい》があるのですが、アンの恋《こい》はまだなのでしょうか？　ギルバートとの気《き》になる関係《かんけい》は？

　17才《さい》から18才《さい》。ちょっぴりおとなになったアンの、友情《ゆうじょう》と青春《せいしゅん》の日々《ひび》を描《えが》く、感動《かんどう》の下巻《げかん》をお楽《たの》しみに！

角川つばさ文庫

L・M・モンゴメリ（ルーシー・モード・モンゴメリ）／作
1874～1942年。小説家。カナダのプリンス・エドワード島出身。代表作は本作。

河合祥一郎／訳
1960年生まれ。東京大学教授。訳書に『新訳　アリス』シリーズ、『新訳　ドリトル先生』シリーズ、『新訳　ピーター・パン』（すべて角川つばさ文庫）など。

南 マキ／カバー絵
埼玉県出身の漫画家。5月20日生まれ、AB型。代表作に『声優かっ！』『S・A（スペシャル・エー）』『こももコンフィズリー』。（すべて白泉社刊）。

榊 アヤミ／挿絵
神奈川県出身。A型のイラストレーター。趣味は映画鑑賞。本作でデビュー。

角川《かどかわ》つばさ文庫《ぶんこ》　Eも1-3

新訳《しんやく》　アンの青春《せいしゅん》（上《じょう》）　完全版《かんぜんばん》

—赤毛《あかげ》のアン2—

作《さく》　L《エル》・M《エム》・モンゴメリ
訳《やく》　河合祥一郎《かわいしょういちろう》
カバー絵《え》　南《みなみ》　マキ　　挿絵《さしえ》　榊《さかき》　アヤミ

2015年3月15日　初版発行
2025年3月5日　再版発行

発行者　山下直久
発　行　株式会社KADOKAWA
〒102-8177　東京都千代田区富士見 2-13-3
電話　0570-002-301（ナビダイヤル）
印　刷　大日本印刷株式会社
製　本　大日本印刷株式会社
装　丁　ムシカゴグラフィクス

ISBN978-4-04-631496-3　C8297　　N.D.C.933　255p　18cm